百年风雨话沧桑

二〇一二年春雨 陈云林

李家泉／著

华艺出版社
HUA YI PUBLISHING HOUSE

图书在版编目（CIP）数据

百年风雨话沧桑：兼述我的"台湾缘"/ 李家泉著
. -- 北京：华艺出版社，2012.9

ISBN 978-7-80252-398-2

Ⅰ.①百… Ⅱ.①李… Ⅲ.①回忆录－中国－当代

Ⅳ.① I251

中国版本图书馆 CIP 数据核字 (2012) 第 206689 号

百年风雨话沧桑

—— 兼述我的"台湾缘"

作　　者：	李家泉
责任编辑：	鲍立衔
出　　版：	华艺出版社
社　　址：	北京市海淀区北四环中路 229 号海泰大厦 10 层
电　　话：	（010）82885151
传　　真：	（010）82884314
印　　刷：	北京天正元印务有限公司
开　　本：	1/16
字　　数：	324 千字
印　　张：	21.625 印张
版　　次：	2012 年 9 月第 1 版第 1 次印刷
书　　号：	ISBN 978-7-80252-398-2
定　　价：	46.00 元

百年风雨话沧桑

二〇一二年春雨

陈云林

作者简介

原为安徽省庐江县人，现该县已划归合肥市。作者系政治经济学硕士研究生，长期从事社会科学研究，中国大陆著名台湾问题学者专家，现为中国社会科学院台湾研究所资深研究员。曾相继出任全国台湾研究会常务理事，北京大学、北京联合大学、国务院侨务干部学校、中央社会主义学院等大专院校兼任教授，并为国务院两单位涉台部门专家咨询组成员。主要著作顺次为：《台湾经济》（合著）、《祖国的台湾》（合著）、《"一国两制"与台湾前途》、《李登辉主政台湾之后》、《香港回归望台湾》、《两岸"双赢"之路》、《陈水扁主政台湾总评估》、《陈水扁现象透视》、《台海风云六十年》上下集，以及近期的《百年风雨话沧桑——兼述我的"台湾缘"》等；主编有《台湾总览》、《台湾经济总览》、《台湾经济地理》等大中型工具书。

毛泽东、刘少奇、周恩来、朱德、邓小平等中央领导同志1962年4月接见中共中央高级党校理论班及新疆班全体学员（上数第三排左第五人为作者）

邓小平、邓颖超等中央领导同志接见1985年6月在北京召开的海峡两岸学术研讨会学者（上数第三排左第七人为作者）

邓颖超同志1983年8月接见第一次"台湾之将来"学术研讨会全体与会代表（后排左第六人为作者）

邓颖超同志1983年8月接见第一次"台湾之将来"学术研讨会部分大陆学者（前排右第四人为作者）

国务院台湾事务办公室领导同志1994年10月与在京部分学者合影（前排左第五人为作者）

作者居家写作留影（2005年5月）

两岸学者同聚于香港一次学术会议（1996年4月10日于香港阳明山庄，第二排左第二人为作者）

作者与海协会会长陈云林合影（2012年3月20日于海协会）

目　录

百年风雨话沧桑
——兼述我的"台湾缘"

自　序

　　经过近两年时间的努力，我这本约22万字的书稿——《百年风雨话沧桑——兼述我的"台湾缘"》，终于全部脱稿了。这是一本以事实为基础的带自传性的回忆录，涉及面较宽，它是以我为主，涵盖祖父、父亲至我三代的家庭小史。在某种意义上也可以说，它是旧中国以及新中国成立后前一段共约百年风雨的一个小小缩影。

　　这百年风雨，书稿中以及书稿的结束语中，都有较细的叙说，这里就不再重复。书中的副标题是"兼述我的'台湾缘'"。就我来说，这是非主题的主题。我从幼年时就知道台湾是中国领土，它是甲午战争失败，签订《马关条约》，被日本侵略者抢占的，以后通过老师讲述、历史学习、工作实践、学术交流，以及后来的长期研究，从经济、文化、历史到政治的研究，就逐步加深了对台湾的探索和了解，以及对台湾同胞的真挚感情。在职研究18年，离退后继续研究20年，共计38年，如今还在继续研究中，快40年了。我的这种研究已经成为一种爱好和乐趣。过去马克思曾经说过，资本家一听说到"利润"就立刻兴奋起来，而今我一听到"台湾"、"台胞"、"台情"也立刻兴奋起来。这就是我的"台湾情"和"台湾缘"，怎么也挥之不去啊！

　　在我撰写的十多本有关台湾著作中，以及我主编的数本有关台湾的大中型工具书中，除了找汪道涵老先生写过一次序言外，其他大部分都是自己写《自序》，很少找别人以至名家来写序言，认为这是给别人找麻烦，不好意思开口，有时自己还要代拟初稿，也觉不好拿捏分寸。特别是要别人在序言中来为自己书稿说一些好话、夸赞的话，更觉有些难为别人。

这一次我一如既往，不找名人来写序言了，只找陈云林同志给我提笔写了书名，即"百年风雨话沧桑"几个大字。他是原国台办主任，现为"海协会"即"海峡两岸关系协会"会长，他满口应承，字也写得很好。在我与方生同志成立民办北京台湾经济研究中心期间，他曾给了我们很多支持。

　　我还找了我的胞弟李稼蓬（原名家鹏）来写一个《补序》。之所以要找他，第一，我认为他有一定的政治理论水平，安徽师范学院毕业，出任过安徽省省委讲师团副团长、省委党校副校长，以及省委直属机关理论辅导员，我们两人都是学政治经济学的，有一定的共同语言；第二，对我的情况最了解，在全家八个兄弟姊妹中，我们俩关系是最密切的，感情是最深的，同一个家庭成长的，读书时代和参加工作以后，相互间联系也是最多的；第三，他对台湾问题和台湾形势也是很关心的，我在安徽讲学的次数最多，包括省台办系统、省直属机关、省委党校和地方党校，以及在该省举办的有关涉台会议，常时都是陪我一道参加的，我的有关涉台著作和文章，他常常是第一个读者。我这一本书稿他也是第一个读者，也征求过他的意见。

　　他给我这本书写的《补序》我也看了，总的感觉是写得生动、贴切和有感情。不足之处也提了意见，他后来也做了一些修改。

　　我在写这本书时，感想和联想都是很多的。深感中华民族是一个多灾多难的民族，中国也是一个多灾多难的国家，我个人和家庭与这个多灾多难的民族和国家的命运是分不开的。世界上的列强和帝国主义国家，几乎没有未侵略过中国。好不容易八年抗战，与苏联、美国等许多同盟国家一起，打败了法西斯以及东方的日本。奇怪的是，新中国和平崛起后，以美国为首的一些西方国家对新中国总是看不顺眼，在亚洲甚至与昔日的对手日本结成联盟来对付新中国。台湾土地是中国土地的一部分，台湾人民是中国人民的一部分，根本不存在什么所谓主权问题，然在复杂的历史因素，以及美国或明或暗的操作和与日本的紧密勾结和配合下，使台湾问题愈趋复杂化，至今未能得到应有的合理的解决。一个时期来美国又先后在东北亚及亚洲南海动作频频，强调事实上根本不存在的所谓"中国威胁论"，欲图再次联络一些国家围堵新中国。美国不时在中国的大门口，如黄海水域、南海水域联络一些国家，大搞军事演习，诚乃"醉翁之意不在酒"也！

我对台湾问题的研究已接近40年了。台湾问题之所以至今不能解决，诚像邓小平同志早就指出过的"归根结底是美国问题"。表面上看，台湾正走向民主化、政党化，似乎是好事，实际上谁都清楚，无论是国民党还是民进党，都摆脱不了美国的控制，两党的幕后操纵者都是美国。美国的对台政策是"不统、不独、不战"，民进党执政时美国重点是防"急独"，即防止它把美国拖下水；国民党上台时是防"急统"，即防止国民党过于亲近中国而摆脱美国。美国欲图在海峡两岸长期保持"不统、不独、不战"状态，所谓"和而不统"、"分而不离"是也。这是美国对两岸、对东亚的战略，认为这是对美国最有利并可牵制中国发展和两岸统一的最佳政策。

中国究竟怎么办呢？作为一个长期研究台湾的学者，我个人认为最好的办法有两条：一是从整个中国来说，应该强调"发展"，正像邓小平讲的"发展是硬道理"。美国欺侮人，欺侮中国，靠的是实力，虽然说中国已和平崛起，但在实力上与美国比还是落后很多很多，这一点我们必须有清醒的头脑。我们讲的发展是和平发展，决不能像美国那样以欺侮和压迫别人为目的。美国这样做是不道义的，是不得人心的，多行不义必自毙。二是从台湾海峡来说，应该强调"交流"。我们决不搞"急统"，就是要搞"交流"，我们不仅对国民党，也对民进党搞和平交流。现在民进党的"主独"派，躲在美国的背后，也躲在国民党的背后，对着我们搞煽动、搞欺骗、放冷枪、射冷箭，何不让它走上第一线，与我们直接对话和交手？没有直接的对话和交手，那将什么问题都不能解决。

无论在国际上还是海峡两岸，直接对话和交手，既要靠"硬实力"，也要靠"软实力"，靠硬实力和软实力的结合。我们应在发展硬实力的基础上努力发展软实力，单靠硬实力是不行的，尤其是和平发展、和平交手，更要靠软实力。只有有了硬实力又有了强大的软实力，才有可能真正在国际上有所作为。两岸的问题是不幸的中国历史造成的，是外国侵略势力造成的，也只有在排除外力干扰的情况下，通过平等的交流和对话，才能还原历史真相，营造暖流，化解冰块，和平解决两岸问题和最终实现两岸的和平统一。

我个人坚信，两岸关系一定会和解，中国一定会统一。我们的目标是：岛内和谐，两岸和解，台海和平。但愿两岸的各党、各派、各个个人，都能从不幸的中国历史所造成的恩怨情仇中走出来，从没完没了的内斗和恶斗中走出来，团结奋斗，携手合作，共奔中华民族伟大复兴的康庄大道！

最后，在这篇《自序》的末尾，我要特别提到并感谢两个人：一个是现在的海峡两岸关系协会会长陈云林同志，前面已经提到了。第二个是中华文化发展促进会副会长辛旗同志，还要感谢华艺出版社以及其他为这本书出版帮忙的人。

> 写于2011年3月2日，修改核定于
> 2012年3月20日

补 序

三弟李家鹏（稼蓬）

    捧读我二哥家泉这本书稿，倍感亲切。因为其中很多是我们共同的经历，而我许多都已经淡忘了，可哥哥却记得那么清楚，描述得那么生动、仔细，展示出了我童年生活环境的一幅幅迷人画卷。一个个亲人的面容，一桩桩生动的往事，浮现在我的眼前，使我浮想联翩，夜不能寐，得益于他的好记忆，得益于他多年形成的天天记日记的好习惯，也得益于他文笔之熟练。他嘱我也写几句附上，我很为难，往事如烟，若梦若幻，如何下笔？但又不能不写。

    在我们的十一口之家的那个大家庭中，泉哥在我眼中是家中的一颗"明星"，也是我童年崇拜的偶像和帮我最多也最亲密的亲人。父亲是我们那个乡村中少有的在安庆读大专学堂的文化人，长年教书为业，弟子遍及乡里，被尊称为"李大先生"，或"李老先生"。教学特严，学生都有几分怕他。他对我要求更严，使我有动辄得咎之感。我常为学习上的疏忽挨揍，也曾为拾得同班小伙伴一个铅笔头忘记归还失主而被狠揍了一通。也许是他望子成龙心切吧！兄弟姐妹几个，几乎无一不挨过父亲的打，我可能最多，二哥最少，只有作为童养媳的二嫂秀华是个例外。母亲非常善良，目不识丁，一生忙于养育八个子女。我儿时学习成绩较好，上有两个哥哥、三个姐姐的呵护、爱抚，下有弟妹的尊敬、奉承，在家庭中的地位还是颇为优越的。我最害怕的是父亲，最敬重的却是二哥。小学二三年级时，有时作业来不及做，则找二姐秀英帮忙代做，但绝不可给爸爸知道。

    二哥既是大我九岁的兄长，也实实在在的是我半个老师，几十年一直如此。在兄弟姐妹中，主要是他对我进行呵护和引导，我的成长，我的荣誉，我对生活道路的选择，都是与他的帮扶分不开的。几十年如一日。这方面的事例太多了，不胜枚举。

一九四〇年七七纪念日，家乡白石山镇举行群众大会。当时日寇已占领盛家桥，离白石山镇只有卅华里。虽然如此近，但日寇困守在据点里，决不敢轻易越雷池一步。镇上召开纪念大会，各界代表上台发表演说。当时我五周岁多。是泉哥为我写了一篇通俗的演讲稿，让我代表儿童上台讲话。我把稿子背得透熟，在哥哥的一再训导下，昂首挺胸地步上讲台，面对台下黑压压的一大片父老乡亲，登高一呼，慷慨陈词，旁若无人，大声谴责日寇占我东北、台湾，侵我中华，烧杀淫掳，连我们儿童也不放过的滔天罪行。最后动情地振臂高呼：打倒日本帝国主义！全场掌声雷动，接着是一片口号声。在场的一个国民党高级军官人称"龙司令"的把我抱了起来。自此，乡亲们送了我一个"大有本事"的绰号。

一九四六年，我进了庐江中学一年级，二哥家泉当时在县城省立八中读高中。一次，我们语文老师出了一个作文题："初雪"。我先写了初雪的迷人景色，转而写到了在这种气候条件下不同人的不同境遇：富人们或把酒赋诗，或凭窗赏雪；可是那些穷人们呢，尤其是那些流浪街头的浪儿们，却更加陷入了苦难的深渊，越来越活不下去了……我送到二哥审看，他在最后加上了这样一段诗一样的文字："呵，雪公，今年你是初次降临人间的。你洒湿了穷人的心田，冰透了流浪者的鲜血。可是我得感谢你，你为这龌龊、不平的大地，蒙上了一层洁白、光亮的白毯，可是你又怎能掩饰这大地的疮痍呢！到明天，你那嫩白的面颊，将要挂满失意的泪痕了。"真是画龙点睛之笔。也反映了他对国民党统治下社会黑暗的不满。送到我语文老师芮范生那里，他大为赞赏，批上"信手写来，极具深意，勉之家鹏努力毋懈"几个大字。我后来还告诉了父亲。父亲也欣然为之高兴。可我却绝不敢透露这是二哥改的。二哥也自然为我保密。

一九四七年，庐江县举行全县初中学生演讲比赛，赛题为"谈科学救国"。二哥认为这是一个锻炼的好机会，为我写了一篇演讲稿，鼓励我参加。比赛是在他的学校省立八中大礼堂举行的。八中有些人知道我们是兄弟关系，有意在我讲演后为我鼓掌喝彩。我本就胆大，加上这篇讲稿文字和内容好，于是扬眉吐气，在台上越讲越起劲，最后一举夺得了第一名，获得了一面"口若悬河"的锦旗。同一时期，二哥在全县高中论文比赛中获得了第一名，把父亲乐得合不拢嘴。

一九四八年，我读到初二，因时局动荡而辍学。只好留在父亲办的补习社里学习。一九四八年年底，二哥已去解放区投身革命。一九四九年年初，二哥随大军南下来到靠近长江前线的望江县，时任县兵站站长。当时，渡江战役在即，青少年很多人纷纷投身革命，我也心向往之，希望能投身到历史的大潮中去，参加革命工作。于是，就去已解放了的庐江县城，找我的小学老师（时已任县人民政府文教科科长）佘晨三（原是地下党员），一再要求参加革命。他怎么也不肯答应，劝我说：你还年纪太小（那时我只有十三周岁多），不好办，等几年吧。回来后我仍感到上学有困难，只好去信望江，请二哥帮忙。他竟欣然答应了，嘱我和他内弟我的同学夏可沛一道，立即来望参加工作。从此，我告别了故乡和父母，走向了人生的新征程。时值炎夏，我和可沛兄搭上了一家民船，渡过巢湖，沿长江溯流而上，在风浪中历经十五天，才到达了望江县。经县人民政府领导同志的同意，分配在粮食局，搞支援前线的粮食工作。这是我生命历程中崭新的起点和最大的转折点，从一个农村孩子变成了一个享受供给制待遇的"革命干部"了！过了几个月后，我又奉命离开望江，离开了呵护我的二哥，去中共安庆地委干校学习，临行时二哥把他一年多供给制节攒下来的零用钱新买的绒毯送给了我，嘱我好好学习。继而我们学员被编成地委土改工作队，开始豪情满怀地走南闯北。在组织培养下，一个还很稚气的孩子，在太湖县山区和农民为伴为友，一再经受着乡村变革风暴的洗礼，竟这样迅速成了一个多次获奖的合格土改工作队员。当时我还兴奋地写过一首打油诗："打起背包走四方，分田分地昼夜忙，人民解放我欢畅，干了这场干那场。"我深深感激二哥那么快的给我这个幼小的弟弟引上了正途，使我快捷地投入了中国大变革的时代洪流之中！

泉哥多年从事对台工作，研究台湾问题，成绩显著。63岁离退之后，近二十年来，一如继往，甚至达到忘我的境界，故其成就还远大于在职时。有时一年发表有关时评即近百篇。即使返乡探亲、外出讲学，也笔耕不辍。近5年来，单为《中国评论》、中评网撰写的评论文章，就达300多篇。每逢台湾或两岸有什么大事，诸如重要选举、台当局重要讲话、"双英辩"（马英九与蔡英文辩论），或者有关涉台大事，诸如"胡布会"（胡锦涛与小布什会面）、"胡奥会"（胡锦涛与奥巴马会面）等，他都在第一时间发出评论。这种忠于事业和国家、民族利益的耿耿之心，使我深受感动，也为我树立了榜样。我之所以在年长后也能成为学者、教授、享受国务院津贴的"有贡献专家"，其中一个重要的动力之源，就是我这位哥哥的帮助和影响。他还促使我直到离休后十年来，也一直从事科研而未曾懈怠。社会上流传这样一个顺口溜："六十搓搓麻将，七十晒晒太阳，八十躺在床上，九十贴在墙上。"而二哥则愈老愈奋发，自喻"老牛自知夕阳短，不用扬鞭自奋蹄"，又常说"最爱夕阳无限好，人生难得老来忙"。近年来不仅科研成果逐年增多，而且还到中央党校等单位博士生班授课，并应邀到各省、市涉台部门报告对台工作形势，香港凤凰电视台也不时有他的节目，并就两岸关系问题，参与中外学者专家交锋、论辩，且思维敏捷，立论精辟，颇受好评，被人们誉为"老来红"。这一点实难能可贵，也是我们兄弟姐妹、亲友和乡亲们时常引以为荣的。我曾写过一首"赠兄"诗，曰："吾兄八十战犹酣，铁马金戈笔墨间，反独雄文誉四海，声声字字为河山。"

泉哥的著作，我多为第一读者。有时也给他提供点参考性小建议，但总的来说，我还是十分欣赏的。举贤不避亲，如果要我来评价一下，我觉得其特点和优点可以概括为三个字，即"真、深、活"。也许我有偏爱，但绝不是有意过誉。

"真"，即"实事求是"。具有真理性，富有真情，做到了准确和鲜明。准确是指有的放矢，摆事实、讲道理，切中要害，无片面偏激之词。实实在在地反映客观事物、人物、事件的本质，不做浮光掠影的表象和枝节的罗列。用一句哲学语言来说，就是全面而不是片面的、本质而不是表面的、发展而不是静止的观察、研究和表述事物、人物和史实。从而使文章显示出了巨大的逻辑力量。理论的力量在于说服人，愈是真理才愈能征服人心。比如，他对于民进党认识上的"八大盲点"、对于国民党应深入研究回答的"十大问题",以及对于蔡英文"十年政纲"难题之所在、马英九遭遇党内反对的主要原因等所做的概括和分析,都可谓真知灼见。鲜明是指爱憎分明。他对台湾人民爱之至深,对独派头目恨之至切。他很同情台湾人民,理解他们由于长期受日寇蹂躏下的奴化皇民化教育和蒋介石血腥暴政下的反共教育,从而造成某些人对祖国的疏离感。他十分憎恨李登辉、陈水扁之流,卖国求荣,挟洋自重,欺骗人民以谋一己之私的无耻行径,所以屡有投枪、匕首式的抨击,斥之愤愤,作出了尖锐的揭露和抨击。

"深",是指内容的广度和深度,尽可能地做到了丰富多彩、博大精深,从而能给人以智慧和洞察力。他很注意在广阔的背景下研究台湾问题。不仅注意拓宽时间背景的研究,而且注意拓宽空间背景的研究,努力从复杂的诸链条中把握关键。他十分注意研究两岸关系中美国因素,相互联系地研究和阐明两个两岸关系(一是"大两岸"关系,即太平洋两岸中美关系;二是"小两岸",即中国大陆与中国台湾的关系),三个"三角"关系(一是中国、美国、台湾;二是共产党、国民党、民进党;三是美国、国民党、民进党)。进而比较及时地指出:美对台政策自马英九上台后,已从"防独"转向"防统",美国所谓两岸关系"不统、不独、不战"的"三不政策",实际上就是想把台湾问题的分割现状长期化和固定化;马英九提出的"不统、不独、不武",是怕得罪美国,不敢不对美作出正面呼应。他还比较注意从多个矛盾的分析中找出主要矛盾,把哲学上唯物的观点、实事求是的方法,辩证的观点、矛盾分析的方法,运用于研究全过程。"深到新时方为好",深了就能创新,就会有创见和新意。

"活",这是指生动性。也是指文风之美、语言之美。当然这首先取决于内容上的生动。他较善于在分析解剖中层层深入,讲清是什么(揭示矛盾)?为什么(分析矛盾)?怎么办(解决矛盾)?

理论与实际结合,观点与材料相结合,步步深入,自然生动活泼、引人入胜。加上他在语言上习惯地运用古典诗词和民谚,半文半白,也增加了表达上的艺术性。不仅文中警语迭出,还时有妙语连珠和小幽默的闪光,使人读来十分有趣。他还比较注意，根据不同情况，采取谈心式、解剖式，以及论战式结合，又常采用提问、设问、答问、比较方式的灵活运用，从而有力地增强了文章的可读、可信、可亲的魅力。

在这本近一百年的回眸中，泉哥浓缩地介绍了他对两岸关系研究的许多重要成果，又大致叙述了他八十多年的经历，其中有许多轶闻趣事。诸如：小学读书时，师生被土匪"集体绑架"；"三反"运动中，当了四个月的"假老虎"；"文革"运动中，因"批左"而引火烧身；投身研究台湾后，曾与台当局某些高层人物引发隔海"互动"。有关学术交流中个人两次赴美、两次赴台、三次赴港；个人生活上，也有一些"有幸"与"不幸"的事情。这一切，不仅是他个人和家庭的历史，也写的是中国社会的一角。"一滴水可以见大海"，个人的曲折经历，折射了一个时代近百年的大变迁和沧桑变化，读起来也是既有趣又耐人寻味和发人深思的。

人的生命长短是用时间计算的，吾兄已达望九之年，仍行思敏捷，为人所羡；人的生命价值是用贡献来计算的，吾兄最大的欢乐和幸福，是把自己的精神力量奉献给推进祖国的统一大业，其洋洋数百万言的著述，浸透着对祖国的热爱和对台湾同胞的深情，影响深远，亦为海内外拥护祖国统一的许多人士所称誉。鲁迅先生所称道的"中国的脊梁"，我想指的正是以振兴中华为己任的这一类人群。在这本书中，我们可以看到学者的探究、长者的沉思、智者的深澈、贤者的胸怀，无论是回忆往事、写物抒情，感时言志，纵论形势，篇篇都洋溢着至深的真情。它对于指导当今青年一代树立崇高的人生观、正确的价值观，我看也是一本有一定启示意义的人生教科书。在环球这个人欲横流的市场经济大潮中，对于每个炎黄子孙，特别是年轻人，自是更应倡导做个心怀国家、民族，以奉献为乐的大写的"人"的。

我祝贺泉哥这本新书的问世！

我更要预祝敬爱的兄长再创生命的奇迹和事业的辉煌！

2010年11月30日于合肥

01

动荡年代中成长

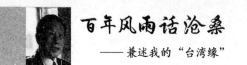

一、故乡行

我的故乡是庐江县同大圩邓家渡村，这是我的出生地，旧历 1926 年 11 月 25 日（相当于当年公历 1926 年 12 月 30 日）诞生在这里。

故乡物产丰富，向称鱼米之乡。东面巢湖，临近长江，地接肥西、舒城、桐城等地。巢湖是中国著名的五大淡水湖之一，四面都有山，景色诱人。小时候，早晨一开门就能看到湖中心姥山上的望儿塔，相传建于明崇祯年间，巍峨壮丽，至今完好无损。这个地方，虽然离村不远，但从来没有去过，还是参加工作数十年后，才有机会去玩过。

从古至今，人们没有不怀念故乡的，"美不美乡中水，亲不亲故乡人"。李白诗句："抬头望明月，低头思故乡"；王安石诗句："春风又绿江南岸，明月何时照我还"。凡此举不胜举。连毛泽东同志也不例外，他在《七律韶山》诗句中，开头两句就是"别梦依稀咒逝川，故园三十二年前"。

我是在 1948 年年底奔赴解放区开城桥、1949 年元月奔赴解放区后方的，到现在（即写这本书时）已有 62 个年头了。在这 62 年中，曾经返乡过好几次，但大多都是因事顺便返里，一样如同过客，来去匆匆，唯有 2008 年春这一次，是整整 60 年后专门返里的。这一次，我与妻子一起，合肥的三弟随行，共计三人，除去邓家渡外，还去过幼年时代、父亲教书、举家住过的白山镇。因为大家都已离退，身上没有担子，故而显得特别轻松。

故乡邓家渡的旧居是一个什么样子呢？三弟稼蓬写过一首诗：

> 门对双山背靠田，长河环绕绿堤边，
>
> 南闸北闸邓家渡，好山好水伴童年。

邓家渡属于同大圩，该圩位于庐北大圩东北，内含"36 个口"。过去时受洪水威胁，或受淹，或受涝，灾害不断。新中国成立后，凡圩堤险段，一律加高培厚，开沟治涝，并配套机电排灌，靠近邓家渡村一段，有两个闸门，即三弟诗中所说的南闸和北闸。这个修复后的圩堤，先后经历过 1954、1969、1983 三个年头的大水考验，都没有溃破过，故又称"铜打圩"。

双山位于我家住宅对面，过了河两公里多一点，两座山都很矮小，一向为乡里的自然墓地，我父母亲都埋葬在这里。门前的大河，属白石天河，位于县北，下马渡至白山镇，名白石天河，白山镇以下名为白石山大河，并自西再往东流入巢湖，河的两旁圩堤，所栽植大部分为杨柳树，故三弟诗中称"绿堤边"。每逢春夏，杨柳万千，迎风摇荡，景色宜人。

这一次的故乡行，不仅去了邓家渡村，父亲教书的白山镇，还去了父母的埋葬地，并写了几首打油诗：

（一）访故村

> 踏进故乡寻故友，儿时知己无一人；
>
> 父辈高堂均不见，山河依旧面貌新。

（二）访白山

> 碧天招手问白山，记否当年滨湖班；
>
> 万木葱茏春正好，人老志在心长丹。

注：父亲当年在此教书，对外名为滨湖乡国民小学，对内实为学生补习社，我曾在此就读过。

（三）悼父母

极目双山草青青，愈行愈近双亲坟；

告别家乡六十载，墓前默默忆离情。

（四）烈士女

烈士女儿朱秀云，故乡每返必登门，

生父血洒云南地，我悼良朋她泣亲。

注：朱秀云的父亲朱志能，与我同龄、同乡、同村、同学，也是当年与我同奔解放区上学的战友，曾一起参加渡江战役的支前工作。后来他参加西南服务团工作，不幸在云南被残匪杀害惨死，朱秀云系"遗腹女"，从未见过父亲。

（五）盼"三通"

人在家乡念"三通"，台情时刻挂心中；

年逾八旬壮志在，誓以铁笔扫妖熊。

随行的三弟，也即兴有感，写了几首七言诗，除了上面谈到的一首诗外，其他几首亦顺便抄录如下。他的这几首，比起我的打油诗更富有诗意。

（一）访故乡

同大圩中寻故乡，当年茅屋犹难忘；

座座新楼若笋出，惜哉河水味难尝。

注：因发展农产加工工业，而使河水污染严重，近年已有改善。此时家家已有自来水，不再饮旧日河水了。

（二）访白山

蓝天碧水映白山，一童挥戈日凶残；

六十五年飞逝也，抚今思昔笑谈间。

（三）悼父母

烟炮冲天悼亡灵，清明时节祭双亲；

巢湖岸畔双山秀，继往开来有后人。

（四）烈士女

青山巍巍水迢迢，埋骨西南胆气豪；

且喜秀云今幸福，神州从此步步高。

三弟毕业于安徽师范学院（现为安徽师范大学）中文系，故汉语底子比我好，他这几首实际上并不能代表他的诗词水平。他比我小九岁，是十三岁那年到我当时工作的安徽望江县找我的，并就地参加了工作，曾先后在望江县粮食局、新华

百年风雨话沧桑

—— 兼述我的"台湾缘"

书店工作，后参加太湖县的土改队、县公安局工作。他只读过初中二年级，1951年考取设在芜湖市的安徽师范学院。毕业后调安徽省委宣传部，曾任宣传部副处长、处长，省委讲师团副团长，省委党校副校长等职，1996年离休。

我和三弟仔细观察了我们幼时住过的同大圩邓家渡，以及视野所及的周边环境，完全可以说是"山河依旧，人事全新"。仅就邓家渡村来说，经过几次抗洪、抗旱、抗涝，圩堤加高，树木被砍，农田变动，旧的自然环境被改变的不少，心目中的原样已经看不到了。尤其是1958年以后三年，可以说是天灾人祸并行，很多地方丰产不丰收，被糟蹋浪费的粮食不少，好一个鱼米之乡，竟成了人为的"重灾区"，一度有许多人没有饭吃，甚至被活活饿死。当年这个地方的干部，主观主义盛行，水稻一季改三季，人力资源、技术都跟不上，人为灾害严重，教训是深刻的。所幸后来很快就纠正了，但至今仍留有不少伤痕。所以说人事全新，就是我们那个时候的老一辈全不见了，同辈者也几乎看不到，乡村干部没有一个是认识的。

我们兄弟八人，这一次凡是健在的都见面了。大哥李文明（家庚），是起义复员军人（详后），长期在家乡任小学教师，子女三人，长子李正前，在庐江县城原县活塞厂任职，大女李晓梅在白山小学任教师，二女李蔚荣随夫在北京经商；大妹李秀坤，原住白山镇，早已移住天津，三男两女，也都早已就业，其中长子张道维，是一家军工厂的工程师；二妹李秀英原住邓家渡对河的王圩村，妹夫夏登齐去世后移住新渡村，两男三女都已就业，其中小女夏云风随夫在北京经商，已经成了中等富翁；三妹李秀祥，自幼时即送人家做童养媳，生活最艰苦，她去世已经好几个年头了，所幸儿女们现在生活得都很好，尤其是儿子夏登成，依靠半农半工捡破烂发了家。三弟李家鹏（稼蓬），前面已经提到，夫妻都是高知，爱人李华茵，《安徽日报》高级编审。夫妻教育有方，长子李丰，34岁即评为教授，不幸英年早逝，次子李海夫妻都在加拿大工作；尤其是女儿李早留学日本，是建筑业博士，事业上是比较突出的。只有四弟，最小的一个弟弟李家农，现仍住邓家渡村，父亲从小就把他起名叫"李家农"（后来自己改为家龙），意即老大、老二、老三几个人，都可出去"闯"，但老家得留下一个种田的。家农夫妇生有一男一女，男名李正飞，女名李正燕，在我离退后都曾来北京打过工，正飞后来留在北京台湾经济研究中心工作，算是靠近我身边（详后）。他们夫妇长年以农为生，度过了荒年、灾年，以及一段时间的"灾年兼人祸年"，历尽艰辛，如今过得也还算不错。

父母亲去世前，都是与家农生活在一起的，因家庭成分不好，在当时那个年代，亲友们考虑阶级立场问题，无人敢亲近他们。当时我们几个兄弟工资待遇都低，也无法帮助他们，日子过得自然是很辛苦的。特别值得提起的是，邻居不慎失火，连累了我这个弟弟和同住的父母，住屋全被烧光了，在那个阶级斗争为纲的年代，因家庭成分不好，曾怀疑是我父亲纵火而被拘留审查过，完全是一场误会。有一段时间，全家过的几乎是乞讨的日子，我们在外的兄弟几个均供给制，也无法帮助。我们兄弟及父母过去仅有的照片、书籍、我个人中学时代的作文本和年轻时的若干创作全被付之一炬，使我在回忆这段历史时竟然找不出一件有纪念意义的物品。

我们这一次故乡行，除了悼念父母以外，还很使我伤感的是，在见到幼年好友朱志能烈士的女儿朱秀云之后，心情尤其为之难受。他这个女儿是遗腹女，一辈子没有见过父亲。其父朱志能，与我幼年就在一起，亲密无间，不是兄弟，胜过兄弟。两人同住一村，同年出生，同时上学，每年寒暑假都在一起，以后又是同时参加工作，同奔长江前线支前。1950 年 5 月他在西南服务工作团，被派在云南新北县下乡征购军粮时，不幸被叛匪惨杀。消息传来，不胜悲痛之至。

大约 1949 年 10 月之后，我还在望江县工作时，曾经收到朱志能君从南京寄来的一封信，这时他所在的西南服务工作团，正在南京接受培训，信中引用了古人几句非常豪迈的话："男儿立志出乡关，生不成名死不还，骨肉何须葬梓里，人生到处有青山。"信中还附了在南京合影的三人照片，其中有一位是他的堂兄朱志靖，也在去西南服务团工作时牺牲了。另一位是同乡学友周善全，我们都是同时奔赴解放区后方上学的，周善全则参加了人民解放军。朱志能君这封信和照片，曾引起我对我们一起参加革命工作前后一段时间的久久回忆和追思。

在所有同时参加工作的七人中，我与朱志能的关系最深。自此之后，我诚不知有多少个年头和多少个日夜啊，一直在怀念他，朝思暮想，梦魂牵绕，挥之不去。这一次见到他女儿，我和三弟都不觉感慨系之，每人也都情不自禁地赋诗抒怀。我返京后，又写了一篇《悼念朱志能烈士》文，登于香港中评网。我还以五言诗形式，表述了我们之间从小时候到参加工作以及他牺牲前后的一段历史，现抄录如下，以作为永恒的纪念。

好友朱志能，自幼住一村，
虽然不同月，却是同年生。

两家相距近，父辈交情深，
一起读私塾，同踏小学门。

初中仍同校，高中两地行，
假日天天聚，兄弟一般亲。

高中毕业后，双双回农村，
大学念不起，就业更无门。

霹雳一声响，迎来新四军，
同奔解放区，仍想把学升。

六安设公学，吃饭不要钱，
就地把书念，自然很开心。

形势发展快，号召要支前，
背起旧棉被，同奔长江边。

大军渡江后，形势更逼人，
我仍留原地，能君西南行。
别后近两载，西南噩耗传。
下乡筹粮草，不幸遇叛军。
明知寡不敌，奋然不顾身，
严词斥敌特，英勇献青春。

分手六十载，往事历历清，
一年又一年，岁岁忆故人。

烈士好女儿，名字朱秀云，
今年整六十，从未见父亲。

念念不忘父，千里去上坟，
一告祖国好，山河面貌新。

二告家乡旺，年年好收成，
三告女儿家，诸事都称心。

小女名李伟，爱人李德恒，
全家融和乐，堪慰在天灵。

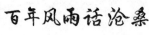
二、青少年时代

这一次故乡行，也勾起了我对童年生活的回忆。

我是生长在怎样一个家庭？全家十一口人，父亲、母亲、姥姥、兄弟姐妹八人。父亲是一个半土不洋的农村知识分子，母亲是家庭妇女，没有文化。祖父母也都是没有文化的农民，以务农为生，大约五十岁就双双辞世了。父亲是独生子，四个姑姑，三个早嫁人，最小的送在人家做童养媳。根据我的记忆，家里有祖遗水田40亩，祖父母去世后，家里没有劳动力，全靠雇人耕种，其中有一半后来是租给别人耕种的。父亲一辈子都是教书，"土改"中划的个人成分是自由职业者，家庭划的是地主成分。在家庭中，谁来顶这个地主帽子呢？父亲五十岁后无业居家，实际上是他顶了这个帽子。

我是9岁开始上私塾的，后来又上小学。大概从9岁到14岁，我除了上学以外，还帮助家庭做些辅助性劳动，如捡柴、放鹅、放鸭、舂米、车水等。因我爱劳动，

李家泉与结发妻夏秀华、三弟李稼遵，共同与母亲吴礼福合影于北京。（1956年春）

注：这是母亲给我们留下的仅存的一张照片

母亲比较喜欢；我虽天份不算太高，但自幼勤奋好学，学习成绩大部分为中上，因而父亲也比较喜欢。我是老二，哥哥比较调皮，爱玩耍，学习和劳动都不是太好，在家里经常挨揍挨打。比起哥哥来我是家庭中的幸运者和受宠者。

在全家人中，姥姥与我的关系最好。我自幼实际上是姥姥带大的，妈妈娘家姓吴，但姥姥娘家姓什么从不知道，因此我也从不知姥姥姓氏。姥姥是一个非常勤奋、爱劳动的人，爱好两种副业：一是养鹅，二是编草帽。我放鹅，是帮姥姥的忙；姥姥编的草帽，手艺很高，远近闻名，每年要编好几十顶草帽，总是脱销，所出售的大部分都是事先"订购"的。她赚了钱，总是不忘要给我这个小外孙几个铜币，我拿了这些钱，简直高兴得不得了。还有两件事是我不能忘记的：一是她腌的咸鹅蛋，很好吃，也总是不忘要给我一两个；二是腌的臭干子，也非常好吃。我每得到这两件中的一件，都情不自禁地要蹦起来，总要保存一两天后才舍得吃。她有一个嗜好，就是爱玩纸牌，赌一点小钱，赢了非常开心，有时也赏我一两个铜币，输了就不吭声，悄悄地从事她那个"副业"了。

我对姥姥有感情，姥姥对我也很喜爱，去那里都要把我带着。有一回，老舅（姥姥的小儿子）要接姥姥去他们家住一段时间，姥姥答应了，条件是要把我带着一起去。舅舅家住在"岗上"，就是半山区，我们家住在"圩上"，相距约60华里，于是舅舅只好推着一辆人力车来接我们，我和姥姥一个坐在右边，一个坐在左边，由舅舅推着我们上路，山路崎岖，舅舅推着我们老小两人，一路上汗流浃背，几乎推了一整天，当然路上也歇过两三回，这才到了舅舅家。我们一住就是一个多月，全家有舅妈、表哥等，我和表哥一起玩得很痛快。一天三餐，餐餐有红薯，我也习惯了。去老舅家就是这么一次，那是我小时候去得最远的一次。从此以后，老舅一家人我再也没有见过。

姥姥，就是外祖母。按照我们老家的习惯，孩子叫祖母为"奶奶"，叫外祖母为"家奶"。而我们兄弟都习惯叫"家奶"为"奶奶"，而其实我们也从不知道还有一个祖母奶奶，这个奶奶早在我们出世前就去世了。有一回隔壁的叔祖母看我们叫外祖母为奶奶，而且是很亲切的样子，她就把我叫到一旁，小声地对我说：

"那不是你亲奶奶，你亲奶奶早死了，这是你的假奶啊！"这顿时就像一瓢凉水浇在我的身上，怎么叫了好几年的奶奶，竟然不是真奶奶，难受极了，并且也不敢相信这是真的。后来问妈妈，先是不吭声，后来也默认了。其实，父亲的母亲叫奶奶，母亲的母亲，也可以叫奶奶，因为都是很亲的呀！但那个时候就不可以，这件事，往后我一直感到很伤痛地记着。

父亲名昌美，字俊卿，是全家的核心人物，是家庭唯一的威权统治者，包括外祖母、母亲、孩子们，以及他所授业的学生们，无人不惧怕他三分。

母亲吴氏，后来父亲给她起名叫吴礼福，文盲，是一位非常淳朴的农家妇女，也是父亲教书时住宿学生的辅助厨师。在父亲年轻时，她是家庭暴力的主要受害者，她和我父亲的婚姻当然是家庭包办的，具体情况就不得而知了。我们兄妹自然都是同情母亲的，在那样的封建家庭，妇女总要比男人矮一节。父母亲晚年的关系有较大改善。

父亲在青少年时期受祖母周氏娘家的影响很大。祖母的胞兄名叫周经裕，字辑熙，是父亲的舅辈，一向以教书为业，实即教私塾，父亲青少年时期很长一段时间都在他这个私塾读书，父亲后来时常提到的"周老先生"，就是指的他。其子周常典，字月溪，是父亲的同辈，系南洋巡警学堂内务警察传习所毕业，曾在国民党警界服务多年，后来不知是什么原因竟弃官不做，也回到家乡教书，即教私塾，成了地方仕绅，在当地群众中有些名望，于1937年病逝。父亲走的似乎正是他这一条路，曾在安庆巡警学堂内务警察传习所毕业，所不同的是他没有在国民党警界工作过，就回家教私塾了，这个私塾后来又称学生补习社。再往后，这个学生补习社改为乡的国民小学时，父亲为申请小学校长的委任状，不仅加入了国民党（这是官方规定的条件），并伪造了国民党警界的一些假官衔旅历，这个假官衔旅历曾留在旧政府的档案里，在家乡解放后为他自己和我们兄弟增惹了许多麻烦。

祖母娘家的第三代，即周常典的儿子周肇基，排行老大，名本歧，字肇基。他是我父亲的晚辈，我的同辈。这里，我之所以要提到他，是因为小时候在清理父亲的书箱中，发现了有关他的不少资料。原来他和姜高琦一样，都是安庆市著名的"六二"惨案中的受害烈士。这个惨案，是继"五四"运动之后在安徽境内发生的又一个重大事件，是著名的爱国学生运动之一。事件的起因是教育经费，是爱国学生们为抗议省议会和军阀们为扩增军费而削减教育经费所发生的流血冲突事件。姜高琦是当场牺牲的，周肇基是在受重伤数月后牺牲的。在姜高琦牺牲时，全省曾举行了庄严隆重的纪念追悼大会，省里的最高行政当局即省主席都参加了。各界名流都送了挽联。父亲书箱里有这个纪念大会的手册，这个手册不仅有省主席的致辞，还汇集有各界人士送的挽联。这个手册中有两件事，至今仍留在我脑海的记忆中：一件是，这个手册的序言中有这样一句话："让鲜艳的红旗插遍全中国和全世界！"我不知道这个红旗指的是什么，稍大以后曾把这个红旗与"共产主义红旗"联系在一起；第二件，因姜高琦死在周肇基前，周还躺在病床上却给姜高琦烈士送了一副挽联，我把这个挽联也背诵了下来：

"我亦患难中人，劫后余生，幸延一息，惟虽经锋镝壮志不磨，公理在两间，怕什么军阀横凶，议员违法；

君因暴政而死，冤沉未雪，饮恨九泉，望继起青年同仇奋斗，功成有异日，莫徒效长沙痛哭，屈子行吟。"

我之所以至今还记得这副挽联，一是因为我已知道他是我们家的亲戚，二是我喜欢挽联中所流露出的豪迈之气。至于这个纪念手册，早就不知去向了。

家庭中，幼年时对我影响最大的自然是父亲，他是周氏旧私塾和国民党巡警学堂传习所培养出来的，一向奉国民党政府为正统。父亲对国民党的法律似乎比较了解，书箱里有厚厚的国民党六法全书。无论在政治上、思想上、行为上，他不仅以此来规范和约束自己，也以此来教育、约束和规范子女。但在年轻时，他似乎也曾受过进步思潮和学生运动的影响，一辈子既未见到他有一句"亲共"的言论，也从未见到他有一句"反共"的言论，然却在青年时期，与一些人联名控告过当时的庐江县县长汪培实，这个人任职时间比较长，任期内执行的是国民党的反共政策。据邻居和家里人讲，只要这个人下来"巡视"，我父亲就会躲得远远的。与邓家渡相邻的姚湾村，有一个名叫姚守永的农民，不知是什么原因被国民党政府抓去坐牢了，后来是我父亲保释的，并投奔了新四军，成为湖西县独立团大队长、游击队司令。他对我父亲一直都是很感谢的。另一个人，是本村"林家表姑姥"（称号来源不详）的一个女婿，名叫张安伦，也是我父亲保释的一位农民，后来成了八路军的一个师长，据乡里和家里人说，他曾在50年代初骑着一匹军马专程到村里来看望我父亲。我曾查过这个人，但因年代已久，林氏一家也早就外迁，邻居年长者均已去世，一直没有打听清楚这个人的详细情况。这是两件比较出名的大案，其他如民事纠纷，村里因水灾、旱灾、虫灾等，找我父亲拟稿，申请减租减税者，几乎每年都有，父亲起草一的大部分是我誊清抄写的，从而成了父亲的助手或抄写匠，自然也得到来求者的称赞，偶然也零星收到一点"红包"，我当然会"上交"父母。

我在幼年时代，就近读过三次私塾，一位是"范先生"，一位是"李先生"，一位是"潘先生"，一般都不超过半年。也上过三次小学，都是离家比较近的，一次是横溪乡小学，一次是白山镇小学，一次是滨湖乡小学，一般也都没有超过半年。不管上私塾或小学，都在父亲严厉的管教之下。父亲的优势，除了懂一点法律外，主要是语文。他对我管得最严的是"背书"（指背诵）、写字、记日记。其他如算学、自然科学之类，他一概不懂。在古文、时文、白话文中，他最注重的是时文。所谓"时文"，就是当时社会比较流行、介于古文与白话文之间的一种书面应用文字。当时要我背诵的古文，多选自《古文观上》、《孟子》等，不超过10篇，如《李白上韩荆州书》、《滕王阁序》、诸葛亮前后出师表等。后来上中学时又背诵了20多篇。所背诵的时文有《孙文序》、《孙中山上李鸿章书》、蒋介石《祭母文》等。还有报纸上登的，不管内容如何，凡认为文章写得好，可以朗朗上口的，就要抄下来背诵，例如安徽省省长廖磊的布告，吴佩孚的59岁生日电文，我至今都能大段背诵。至于白话文，主要是解剖文章，一般都没要求背诵。

他对学生和我，在作文上有两点要求：一是讲思想性，有意义，但从未强调过政治性。举一个例子：他给我们讲过一个所谓"胡大诗人"的故事，说这位胡大诗人曾写过两句对称工整的句子："水底游鱼纷摆尾，山中老树乱摇头"，得意洋洋、摇头摆尾地诵读。然而这两句，却毫无思想性，后来别人给他这两句，都分别加上了另一句话，改成"诚孝卧寒冰，水底游鱼纷摆尾；哀情动风木，山中老树乱摇头"。这就有思想性了，这位胡大诗人也就成了"孝子"了。二是追求佳句，要求念起来朗朗上口。正像杜甫写的诗句："为人性癖耽佳句，语不惊人死不休。"父亲要求别人背诵的古文、时文，基本上都按这个标准。这对我后来在写作上是有影响的。国民党去台湾后办的报纸，差不多都是"时文"风格，介于古文和白话文之间的语句，我后来研究台湾，翻阅这类报纸就很省事。

父亲对我们兄弟施教的内容，基本上是儒家的一套哲理，如"孟子见梁惠王"、"说大人则藐之"、"留侯论"等，对孟子说的"天下有大志者必先苦其心志，劳其筋骨，饿其体肤，空乏其身，增益其所不能，所以动心忍性"，不仅是要我们背诵得滚瓜烂熟，而且要身体力行之。我们兄弟四人，除最小的弟弟家农，从小就安排他务农外，大哥家庚，连初中都未读过，不过十七八岁就被赶出家门，让他出去一"闯"，使"置之死地而后生"。后来果然考入国民党的黄埔军官学校，21期毕业，是国民党在大陆时期的靠后一期，分配至胡宗南军队，在我人民解放军进西南时，他作为某部炮兵连长，随师部集体起义，复员回家后一直担任小学教师。

老大被赶出家门以后，我这个老二自然就感到压力了。高中毕业后，虽然考取了两个私立学校——上海立信会计专科学校和南京建国法商学院，但收费太高，无法前往就读。下半年在白山镇与一位同学伍均儒先生，接替了父亲创办的学生补习社。但这个地方很快就发生新四军与国民党地方军"交火"事件，这个补习社就停办了，我也随而面临着失学与失业的威胁。这时父亲已迁至三河镇（驻有很多国民党广西军队）附近的五牛圩，后来又搬至忠王庙（纪念太平天国的陈玉成）教私塾，我当然也得跟着前往。父亲对待我和老大还是有不同的，对他是带有暴力式的硬逼着他外出谋事，而对我则是比较温和地帮着谋出路，找这个求那个，意图在当时国民党的省会合肥或三河镇隶属的合肥县谋得一差半职，重点是教育界，然都没有成功，不得不再退居父亲教书的地方。父亲对我虽然没有像大哥那样的严厉，然而对我的压力却仍然是很大的。我最后正是在失学失业的压力，以及父亲的脸色和家庭生活压力下，终于在1948年12月突破国民党广西军队（安徽全省一直处在桂系军阀统治下）的戒严，悄悄溜到解放了的湖西县（原庐江县北部和合肥县东南部），谋求新的出路了。

三、21 个昼夜

大约是我 12 岁的时候，即 1938 年的初秋，抗日战争已爆发的第二年，我在离家约 8 华里的一个小镇子的横溪乡小学读书，是住宿生，一个夜晚，全体住校师生十二三人，全被一支巢湖土匪劫持了。我先后在巢湖船上度过了 21 个昼夜。

那天夜晚，我还在睡梦中，全校住宿师生都已被劫持了，集中在学校门口，准备返回，这时睡在靠近厨房地铺的我，却仍深睡不醒。

"怎么这里还躺着一个人呢？！"一个土匪高声嚷着。

"不要管他，我们该返回了。"另一个土匪回答说。

"那不行，我们还是得看看。"前面那个土匪，于是揭开我的床单，检查我的两腿，然后大声说："这个小家伙的腿白嫩白嫩的，看来是有钱人家！"并用力拉了一下我的一只腿。

我终于被惊醒了，看着一个个荷枪实弹的土匪们，一时被吓呆了，起床后装着腿痛的样子，一走一拐地走向厨房大师傅那边。土匪们自然不允许，用枪拦着我，赶着我与其他被劫持者一起上路。全校师生（不含走读生），加上被劫持的个体工商业者，还有几个被抓的挑夫，共约 20 余人，被十多个土匪用枪杆子压着上路了。

这个时候已经是午夜，正所谓"云淡风轻月半明，阵阵狗吠伴行人"。

共有 30 余人，浩浩荡荡，行走在乡村的圩堤上。这时的我算是完全明白过来了，边走边看着同时被劫持的人，有老师，有同学，还有在镇子上开小店铺的生意人。我们是从南向西北方向行走，似乎正好是南风，月儿不时穿过淡淡的云彩，在上空陪着我们向同一个方向行走。路上的阵阵狗吠，也似乎是在为我们送行。

我全神贯注地看着所有被劫持者，看着手持长短枪压送着我们的土匪，还特别留神地看着路上的周边环境，并故意放慢着脚步，想退到队伍的最后，自然是想寻找机会逃走，可是月儿虽不时被云彩遮着，然而这个云彩太淡了，它仍然照得大地清清楚楚，哪里有机会让你逃走啊！

当天夜里，我们一行步行两个多小时，天还没有亮，我们终于来到靠近巢湖的湖西村，住到当地一个农民家里，但却没有看见这个农民家的任何一个人。我们七八个人住进一个大房间，除我们这些被劫持的学生外，还有两三个小商人，或者叫小老板，其他两位姓李、姓朱的老师和另几个同学不知安排住在附近哪一家。

我们住在这里大概有两天，初秋天气，仍然有些炎热，大家分两三个床铺，挤睡在一起，也用不着床单。一日两餐，每餐都是有人送进屋内。开始大家还比较生疏，也有点惊魂不定，很快就都混熟了。在两三个小商人中，有一位名叫李家兴，是与我住同一个圩埂上的同族兄长。其实他并不是商人，而是一家小商店聘用的管账先生，他精明能干，能说会道，比我大十岁左右，原来我们就认识，今日成了难友，对我这个小弟弟还是蛮照顾的。

第二天上午睡醒，就发现我们住的屋子外面，有一位荷枪实弹的土匪躺在一张木制的沙发上，似睡未睡的样子，很明显是负责看管我们的。于是我们住的这个屋子里，年岁比我们大的几位小商人，其中也包括我前面说到的那位族兄，还有个别年岁比我大很多的同学，就暗地里一起小声地在议论什么，因为同住一个屋里，有些话还是听得清楚的：

"这位老兄（指躺在沙发上的那个土匪）胆子也够大的，怎么就一个人睡在这里，看管我们这么多人！"一个小商人小声说着。

"看样子，这里就他一个人，我们可以把他干掉，或者捆绑起来，然后逃走，这里的路我很熟悉。"一位家就离此不远的年长张姓同学，也小声地搭话说着。

"不行啊，风险太大，附近可能都是他们的人，而且，我们跑了，这几个小孩子怎么办？他们不是要被连累受害吗？"那位与我认识的年长族兄很担心地进行劝阻。

住在这里的两天内，他们不断地观察这个土匪哨兵的动静，也几次小声地议论逃走的事。但我那位族兄坚决地反对，大家终于放弃了行动。

就在第三天晚上，我们又被集体劫持上了土匪们的一条大船。有二三十条这样的船，我们这一群难友，仍被分散在好几条船上，每条船上都有荷枪实弹看管着我们的土匪兵。

我们这条船上，除了一个五十来岁的土匪兵外，共有难友六人，我那位族兄也与我同睡在这条船上，还有两位年岁稍大的商人和一位年岁较大的同学，他们与这位同住的土匪混得很熟，天天搭话，拉家常。据说别的船上的难友，有些已拜认同船土匪兵为干爹，彼此有说有笑，蛮亲近的样子。

有一天，大家都在船舱里聊天，我那位族兄拜认的土匪干爹忽然指着我说："看来这个孩子家里是穷的，你看他身上穿的竟是这样破烂的衣服！"一位姓顾的商店小老板儿子，我的同学，马上歪斜着嘴巴抢着说："他是装穷！"我真是又气又恨，我穿的那件单衣，本来就不是好衣服，我在家里是老二，老二总是要拣老大穿过的衣服来穿的，太旧了，有些朽了，路上我也的确把这件已经破旧的衣服有意地撕了个裂口，但不能因此就说我是有意装穷。

这几十条大船，通常都停泊在湖西靠岸不远的地方，运输粮食、鸡鸭、鱼虾、蔬菜很方便，应该说一日两餐，餐餐有鱼有肉，吃得比在家里、学校都好多了。但这些东西是哪里来的呢？看来不会是花钱买来的，大概都是附近居民或农户免费供给的，也可以说就是"抢"来的。不但不花钱，提供者还要帮着送到船上。

这些木船，一般白天都停泊在湖边，行动大都在夜里，时而由西到东，时而由东到西；时而有部分人从南边上岸，时而他们又从北边上岸。都是"急行军"式的，至于上岸干什么，我们不清楚，也不敢问。整个巢浙西方园四百公里，毗邻着庐江、合肥、舒城、巢县等好几个县市。虽然抗日战争已经爆发了，有些城市据点已被鬼子兵占领了，但却不敢轻易进入巢湖水域；国民党的正规军是广西军，从来没有进入过巢湖，国民党的地方武装连靠近巢湖边都不敢；至于新四军离这个地方也比较远。整个巢湖，几乎全是土匪兵们的天下。

土匪们的派系是很多的，有张系、王系、夏系，有称自己是"大日本"，有称自己是"天国军"，有的"土匪头子"，还自称在国民党的"中央训练团"受过训，真是五花八门，不一而是，谁也搞不清楚。

日子一天天过去，我们这些难友，谁也说不清自己未来的命运会如何。极少数年岁大的学长，在拜了"干爹"以后，有的也扛起枪随着干爹"出征"，最后被释放了。我们这条船上，有两位年岁较长的，一位是商店小老板，一位前面说到的张姓学长，他们终于等得不耐烦，开始行动了，事情发生了！

有一天夜晚，那位对本地地形很熟悉的张姓学长，与另一位龚姓商业小老板，终于趁着船上那位看管的土匪兵熟睡的时候，两人倚着船边偷偷地下水逃走了。

水面上似乎风平浪静，什么声音也没有……

"砰！砰！"土匪兵们忽然连开两枪，把我们都惊醒了。然而这时已经晚了，已过了一个多小时，逃走的两人已经走远了。

他们跑了，解脱了，而土匪兵们恼羞成怒，自然要拿我们这些并没有逃走，也无法逃的人出气。

一大清早，一位土匪兵跳在我们这条船的船头上，拔出盒子枪，子弹都上膛了，要把我们这条船上的难友，全都送上西天。他一面拿着子弹已上了膛的手枪，一面大声地喊着骂着："你们这些小'肉票'，至今没有人来'赎票'，喂得肥肥胖胖的，白消耗老子们的粮食，算了，今天就请你们上西天吧！"

我们全都吓呆了，大惊失色，认为这下子全完了。

幸亏我那位族兄出来打圆场，口口声声地叫着"大爷"、"大爷"，你们千万千万别生气，别吓坏这些无辜的孩子们啊！昨夜那两个人的行动与这些孩子们并无关系，他们是无辜的呀！"他一面说着，一面向这位匪大爷陪着笑脸。这时，我这位族兄拜认的那位同船"匪干爹"，在沉默半晌后，也帮着说话了：老夏，老夏（注：是这位"匪大爷"的姓），别吓坏这些孩子们啊！"

就这样，这场风险算是度过了。这位"匪大爷"非常生气地收起手枪。

就在这个事件之后，难友们的内心总是惶惶然。什么时候才能逃脱这个水上"囚笼"呢？我们自己自然都是毫无自救能力的。就我个人来说，全然寄希望于家庭和亲属。他们会救出我吗？鲁迅诗中有一句话："梦里依稀慈母泪。"母亲是一个家庭妇女，除了惦念儿子和日夜以泪洗面外，还能做什么呢？唯有寄希望于父亲，相信他会努力的，虽然他还有点人缘，但毕竟是一个没有权势的教书先生啊！

然而，想不到的是，奇迹出现了。大概是这个事件第五天，一个熟悉的面孔忽然出现在我的面前，这就是与我家相隔只有五六家的邻居张家季先生，陪他一起的是一个身材魁梧、身上还背着手枪的匪兵，他向船舱里那位看管我们的匪兵打了一个招呼，在张家季先生的指认下，就把我叫了出来，并交给了张先生。就这样，我跟着邻居的这位张先生走出了这个水上"囚笼"。

自从被匪兵们劫持的那一天起，一直到今天整整 21 天了。21 天，这在一个人的一生中，不过是一瞬间，但对我来说每天却都是度日如年啊！

一只小木船把我们送到岸上，他在送我回家的路上，向我诉说着救我的经过。其实，他也是一个老资格的土匪兵，早在抗日战争开始时，我父亲还是国民党政府的一个保长，他是被抓的"壮丁"对象，在我父亲暗示下他提前逃走了，从此就加入了巢湖的土匪队伍，不过他并不是劫持我们师生的土匪系，而是另一个山头的土匪系。他是经过托亲拜友，才找到这个土匪系的。他告诉我：他持有长短两支枪，这次因救我要用钱，只好把那支长枪卖掉了。我自然是对他充满着敬意和感激之情。

为什么会如此不惜成本，找人救我呢？后来我才知道，一是感谢我父亲的不抓"壮丁"之恩；二是听说我父亲在江南（皖南）有一位做官的朋友（全椒县田粮处任职），想去投奔他。

他毫不隐讳地告诉我，他现在干的这个行当，只能是临时的，绝非长远之计，将来有机会想请我父亲介绍他去皖南，到那里找个小差事，混一碗饭吃，自己一定要离开现在干的这个行当。我看他还是挺有远见的。只可惜，他后来是在匪兵们内斗中牺牲的。

走着，走着，大概不过两个小时就到了我家门口了。父亲在另一个地方，即白石山一个小镇子上教书，家里只有我的母亲和弟妹们。他们早在门缝中看到张家季先生走过去了，而我虽跟在他后，但却保持有一段距离，当母亲等见到张而未见到我时，眼眶就都红润了。而忽然看见我进了门，简直喜出望外，看到我身上穿的那件已经破得不像样子的衣服，自然都抱头痛哭一场，但流下的都是高兴的眼泪啊！

我逃出水上"囚笼"之后，船上还有不少难友，包括两位老师、几位同学和商人，但我很快就到父亲教书的地方，这方面的消息完全没有了。不过又过了一段时间，听说他们也都逃出囚笼了，但是怎么出来的就不得而知了。

家里还有另一位，这就是童养媳未婚妻，那时她不过十岁多，躲在厨房里没有走出来。后来有人告诉我，在我被土匪劫掠后，曾偷偷地流过几回眼泪。

真是冤家路窄，就在第二年春天，我父亲办的那个学生补习社开学的时候，那位在土匪船上骂我是"装穷"的顾姓小老板的儿子也来上学了，并且竟与我是同班。我们两人的目光很自然地碰撞上了，但是谁也没有理谁。原来这位同学的父亲——商店小老板，竟然是我父亲的朋友，那又有什么好说的呢？不过我们也从来互不打招呼，我更不会去问他，他是怎么从土匪船上出来的。相信也一定是他父亲托人花了钱才赎出来的，从他个人穿着和生活状况看，还算是一个殷实的小康之家。

四、动荡的年代

从少年到青年，我都是在炮火声中成长的，也是在充满恐怖和不安定的环境中长大的。从 9 岁开始读书那年起，就是忽私塾忽小学，忽这个私塾忽那个私塾，忽这个小学忽那个小学，先后读过三个私塾和三个小学。初中到高中，也读过三个学校，即本县金年镇的潜川中学、合肥三河镇的肥南中学，以及庐江县城的省立第八中学。或学或辍，或校或家，地址不定，这与当时的形势、父亲教书地址的变迁都是分不开的。

在抗日战争年代，我家住的滨湖乡同大圩邓家渡村，三个方面都住有日本鬼子：东边巢县长期住有日本鬼子，不时听到巢湖里日本人的游轮响声；东南面的盛家桥，西北面的三河镇，也都住有日本鬼子，近的相距三四十华里，远的也不过七八十华里，不时受到他们的侵扰，时有惊魂不定之感。偏南方向的白石山镇和西南方向的庐江县城则住有国民党广西部队，两地相距约 60 华里。白石山镇离我住的邓家渡村约 8 华里，父亲在这个镇子教书的时间最长。庐江县东汤池的山区，是新四军不时出没的半游击根据地之一。在日本鬼子、国民党军队和新四军三大势力之间，谁都管不了的那就是土匪，简直是横行乡里，不分昼夜，出没无常。我的少年和青年，就是在这样一个动荡不定、枪声不断的环境中长大的。

就记忆所及，比较重大的动乱事件，至少有以下五件，只是时间记得不那么准确了。

一是 11 岁那年，大约是 1937 年，我随父亲住在白山小学对面一个曾经做过酒坊的几间茅草房里，那时他带教的学生十一二人，都是走读生，一天夜里枪声四起，也很激烈，持续时间至少有四个小时。原来是国民党的地方军，与巢湖前来攻打镇子的土匪交火了。攻镇的土匪据说二三百人，而国民党政府县里派驻的自卫队，加上区、乡公所的士兵，最多不过百余人，然而却修有坚固的碉堡工事，易守难攻，最后土匪们虽然攻进镇子里了，但是劫掠商店的财物多，加上缺乏统一指挥，退出镇子时的牺牲很大，街镇上留下了很多尸体，惨不忍睹。那天夜里，我们全家都没有睡觉，我们草屋的周围，不时有荷枪实弹的土匪们来回走动。幸好我们对面不远驻有国民党军，他们很怕暴露目标，未敢轻易敲门掳掠，父亲与我们兄弟算是有惊无险。

二是12岁那年，大约是1938年7月，我正回村住到母亲那里。当时父亲虽住在白石山镇，但母亲还住在农村。已经是春末夏初，有近20名日本鬼子军到同大圩孙家坝骚扰，这是离我们家住的地方已经很近很近了。日本兵在那里强奸妇女，被群众打死2名，第二天一早，就有100多名鬼子兵到上东湾一带进行报复，打死群众10余人，烧毁房屋500余间，掠走粮食200余石。接着，日军又在附近的湖家湾打死6人，烧毁15户房屋。月底上东湾妇女用斧头砍死日军1人。此后，日军再也不敢在这一带活动。这一段时间我和父亲、村里的邻居们都是心惊胆战的，最后我们全家都搬到父亲住的白石镇了。

三是14岁那年，大约是1940年8月，驻在盛家桥的日本鬼子，又于当年夏季率队100余人侵挠我们全家住在地白石山镇。这时，父亲正在该镇西部早已停止营业的机米坊，租借了十几间房子，兴办了一个学生补习社，并聘请了两三位教算学、常识方面的老师，学生五六十人，大部分系走读生，少数为住宿生，这是他教书业的鼎盛时期。这次日本鬼子骚扰，事先已获信息，师生及我们全家几乎都已临时迁至对河的大河嘴了。人员没有伤亡，但教室和家具仍受到不少损毁。

四是17岁那年，大约是1943年夏，有一天早晨天还没有亮，忽然在白石山的山腰连连地发出拍击炮声，炮弹就落在我父亲学生补习社的教室附近，爆炸声和机枪声不断，我们全家都惊呆了。后来才知道，这是国民党的广西部队围剿当地的土匪招安队。为什么？原因至今不详，当时传说是，一个国民党司令的姨太太被这些招安的土匪绑架和糟蹋过，真是"冲冠一怒为红颜"啊！这些招安队，曾从国民党败兵那里缴获七八挺轻机枪，一挺重机枪，三四百人，很有势力，成为白石山镇一带的"草头王。"攻击的那天早晨，真是出其不意、攻其不备，毫无警觉和准备的招安队官兵们，一时慌了手脚，成群结队地光着屁股跑到户外，或被擒，或跳下水游泳逃跑了。我们家的宿舍、学生补习社与他们的兵营是毗邻的。我住的地方，即被炮弹打了一个很大的窟窿，所幸的是，头一天晚上因为天气太热，我没有住这个地方，而是临时搬到距此比较远的篮球场，否则就一命呜呼了。

这一次算是我生平遇到的罕见的最大一次兵灾。这些官兵们剿匪为名，掳掠是实，整个白石山镇，几乎都被掳掠一空，我们家里连我上学用的衣被都被抢光了。许多士兵，押着一群群的农夫，一挑挑，一车车，大量的民家衣物，被送到附近镇上、商场、集市贸易所拍卖。而让人啼笑皆非的是，大抢三日，却忽然四处张贴出布告："本军纪律严明，秋毫无犯，如有不肖之徒……"谁的心里都很清楚这是怎么回事，谁都不会，也不敢找他们去告状。

五是22岁那年，1948年年底，即我高中毕业的第二年，盘踞在我们同大圩村的招安土匪夏镜然部，一百多人，为害乡里，无恶不作。我华东野战军四纵队南下先遣支队司令顾鸿，率队在盛安圩（今北闸乡和南闸乡之间），激战一昼夜之后，终于活捉了这个时任国民党白石山联防中队长夏镜然，这个作恶多端的匪首，竟被愤怒的群众用铁锹、锄头、乱棍打死，从此我们这个家乡就解放了、太平了。于是我从父亲当时教书的三河镇忠王庙，偷偷地回到了乡里，那时三河镇还驻有相当多的国民党广西部队。很快，我就与一些同学们相约，投奔解放区大后方了。

以上五件事，不过是举其大者，而实际上我所生活的那个年代，动乱交火之事实在是太多了。无非都是日军、国民党军、新四军、土匪四种势力，有很多时候我们都是只闻枪声，甚至是非常激烈和密集的枪声，但究竟在什么地方，为了什么，情况如何，后果怎样，我们都一概不知，也不想去打听。

我生长在乱世，国家多灾多难，乡镇多灾多难，家庭也多灾多难。父亲在乡里、在李氏家族中，都算是一个知识分子，有些名望，什么事都来找你，随时都有飞来的横祸，躲也躲不掉。例如，我们族中，与我父亲同辈的名叫李昌东的这个人，有一次忽然从国民党的招安队中鼓动四五个人，带枪投靠新四军，这本来与我们家毫无关系，但这个招安队却三天两天来我们家抓人，父亲学校正好紧挨着广西部队的一个连部，他们多少还有些顾忌，在广西军一位排长家属的掩护下虽然躲了十多天（正好是暑假），最后还得请人出来调停，花了不少的一笔钱。

在上述的动荡年代，我从小就养成一种"恨日本、怕土匪、怨国民党"的心态。之所以"恨日本"，是因为目睹日本侵略军在中国境内横行霸道，为所欲为，是当时社会一切问题的总根源；之所以"怕土匪"，是因为他们根本不讲道理，横行乡里，无恶不作，我个人和全家都曾是直接受害者；之所以"怨国民党"，是感到它太无能，不仅对付不了日本鬼子，连为害地方和百姓的土匪也都对付不了。

我最恨的自然还是日本鬼子。对于国民党虽然也有怨恨，但认为它们总体上还是抗日的。有很长一段时间，我是住在父亲教书的白石山镇。当时父亲的学生家长，有些是在国民党临时省会，即山区的立煌市工作的，不时带回一些关于抗战方面的刊物，偶尔也请临时返乡者给学生们做一点形势讲话。这就是我从小就接受的"抗战文化"。

这个期间，我父亲教的学生补习社，也已挂上了公立滨湖乡小学的招牌，拥护国民党抗日的标语也不少。我印象最深的就是这样一个标语："一个党——中国国民党；一个主义——三民主义；一个领袖——蒋委员长。"每逢"七七抗战纪念日"，区里、乡里、学校里，都要举行纪念活动。我父亲的学校几乎变成了当地一个抗日文化中心。学校内围绕抗战纪念活动曾举办过几次演讲比赛。无论男生、女生，有一些讲稿都是我帮助起草的，父亲也很支持。那些从安徽省会立煌市带回来的抗战刊物，我读的最多，用得也最多，对我写讲稿的帮助很大，一天可以写两三篇。这样，就成为我"炼笔"的好机会，我无意中也成了这个学校的"小秀才"。

我关于台湾方面的意识和知识，就是从这个时候开始逐渐培养和形成起来的。

对我影响最大的，就是这个学校一个名叫张友莹的老师，他出身贫苦，勤奋好学，知识面宽，知道的东西很多。就是他在一次有关社会常识的讲话中提到，台湾是中国的领土，是 1895 年清政府被迫签订的《马关条约》割让给日本侵略者的。从此，每一次"七七"纪念活动中，每一次有关的讲演竞赛中，我自己或帮别人起草的讲稿，都要在日本帝国主义者侵略我国的领土中加上台湾。有一次，大约是 1940 年 7 月 7 日，全区举行的抗日战争三周年纪念大会中，我帮当时只有 5 岁多的三弟家鹏（后改为稼蓬）起草的讲稿中，就特别指出和强调了日本帝国主义侵占我国台湾的事实。他那时年龄小，是别人抱着送上大会讲台的，稿子背得滚瓜烂熟，一副神态自若的样子，尤其在他最后呼出"打倒日本帝国主义"的口号时，台下成千上万名民众响起了热烈的掌声。这一次，使我至今仍留下深刻印象。

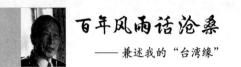

五、中学生活六年

从 1941 年下半年到 1947 年上半年，也就是我 15 岁到 21 岁的黄金年华，我能在动乱中，偏安一隅的年代，坚持上完六年中学，实在是太不容易了。这不仅是在我们家庭兄妹中唯一的一个，也是全村、全乡、全区中少有的，应该说是很幸运了。

我所踏进的第一个中学，是庐江县金牛镇的私立潜川初级中学。潜川乃庐江县的古称，为避免与庐江县中学重名，故称潜川中学，有潜龙待发之意。这个学校创立于 1941 年抗日战争时候，位于金牛山岳麓寺（现今金牛镇小学所在地）。当年在本县本镇名人张宗良（国民党中央执行委员，陈诚系人，曾任安徽省建设厅长）的支持下，由地方人士左师庸、左仲熙等多人筹组建成的。张宗良先生任名誉校长，并曾来过学校视察，与全校师生见了面。1996 年，我第二次去台湾参加学术交流会时，那时听说他是台湾师范大学校长，想去见他，然而不幸他早已过世。

在整个六年的中学生时代，我对潜川初中印象最深。初中三年，我实际上只读了两年半，其中一年级下学期父亲没有让我去，留在他的学生补习社（对外挂的牌子是庐江县滨湖乡国民小学）专门补习算术和语文等，第二年潜川初中招考时，兼招二年级插班生，我又考上了，接着再读了两年。

从二年级到三年级毕业，我印象最深的是国文老师钟逸群先生，他给我留下的印象很好，上课时不时提到我的作文，在文章批语中对我的勉励话最多。他的国文（语文）功底深厚，诗词歌赋都通。我离开这个学校到现在已经 66 年了，在高中读书时，大约 1945 年，曾去钟逸群老师家看过他一次，以后就再也没有见过他了。

在潜川初中期间，钟逸群老师给我们学校和同学留下的诗歌、对联，不仅印象很深，而且至今仍能背诵。

一是为学校撰写的校歌：

金牛山耸翠围，河之水看萦回。

于焉兴学，多士愿来归。

抗战建国，风起云飞，

金牛山下文人荟萃，

金牛山上梗楠杞梓，

十年树木尽成围！

美哉！盛哉！

潜移默化！川媚山辉！

二是课堂上为同学们提的一首诗：

伯劳飞燕讲堂前，

杨柳依依似去年；

蓝天展翅终有日，

难忘金牛八百天。

三是毕业典礼时写的一副对联：

我来看郁朴菁峨，派山川皆毓秀；

此去有达才成德，三年风雨总难忘。

当时我们的学生宿舍就在金牛山山腰部的和尚庙里，至今有一段难忘的记忆。这就是山上蚊虫多，大家都没有蚊帐，每年的夏季和秋季都有一段时间要喂蚊子，深夜睡梦中，总有"噼啪、噼啪"不断的打蚊子声。第二天早晨起来，身上留下大一个包、小一个包，血迹和蚊子的尸体何止一处啊！

抗战期间著名的远征军将领孙立人，小时候就住在这个金牛山脚底下，属庐江金牛乡山南村。我曾与潜川中学同班的孙将军亲戚龚维经同学，一同去他们家玩过，也见过孙将军元配结发妻子龚氏，她一直留守在这个家里，没有离开过，实际上他们不过是名义夫妻。在潜川中学读书时，老师曾出过一个作文题：《致孙立人将军的一封信》。因而我从小就很敬仰他。他是我读书金牛镇所在地，除张宗良先生外的第二个著名人士。一个从政，一个从军。1995年和1996年，我两次去台湾时也都曾打听过他，最后得到的确实消息是，他已于1990年11月病逝于台中。没有能见到他，实在感到太遗憾了！

潜川初中，1948年战乱期间，曾迁往肥西县三河镇张家祠堂继续办学一年多。1950年迁回金牛，因为是私立学校，经费筹措困难而停办。虽然，我对这个母校还是很有感情的，但也无能为力为之襄助。

我所读书的第二个中学，是合肥县三河镇肥南中学（现改为三河中学）的高中部，时间大约是1944年下半年到1945年上半年。这时的日本鬼子早已放弃三河镇，而龟缩到庐州城（现今的合肥市安徽省省会）了。正像当年国民党安徽省政府布告所说的那样，在抗日战争中，中国领土"虽据点不无侵损，而幅员依然整完"。我们家乡的周围，那时很多地方虽然仍住有日本鬼子，但他们都躲在城里，不敢轻易出来，相对地我们都感觉安全多了，附近的几个中学也没有受到什么影响。

这是处在抗日战争胜利前夕的一年，应该说是我们同大圩村及其周围最安全的一段时间。这个时候的国民党政府，似乎已在为抗日战争后的内战做准备了，国共之间的军事冲突时有所闻。但这一段时间内，我们的校园生活似乎还是很平静的。

就在这一段时间，特别是寒暑假期间，我开始酝酿和试着写两篇短篇小说——一篇名为《抓壮丁》；另一篇名为《捉魂》。之所以想写《抓壮丁》，主要是看到社会上两个十分突出的现象：一是被抓去当兵的人，往往是这个家庭里的主要劳动力，全家为之哭泣，声音传遍遐迩，我不禁为之十分同情；二是被抓去当兵的人，是打日本鬼子，应该是很光荣的，但却为什么总是五花大绑、枪兵押送呢？村子里因为"躲壮丁"而发生的事情也很多，有的年轻人被迫自残，有的远走他乡或沦为土匪。所有这些事情，像我当时这样的年轻人，自然无法理解，也非常为之愤愤不平。所以，就以《抓壮丁》为题材，动笔写起来了。全篇七八千字，虽然文字粗糙，语言艺术也差，但是立意清新，后来竟被我读"省八中"高中部的墙报采用了。

另一篇名为《捉魂》。这在当时，主要是医学不发达，缺医少药，人民也贫困，只好求神拜佛。遇到大病重病，就认为是魂不附体，或者是被妖魔鬼怪把人身上的"魂"抓走了。于是请来菩萨，招魂、寻魂、捉魂，使之还归病人体内。所谓《捉魂》篇就是这样来的。这类事情，在我们村子里，发生的次数太多了。我有一个表弟名叫吴智长，患的是阑尾炎，痛得不堪忍受，不肯也无力请医治疗。家里人认为，这是妖魔鬼怪缠身，使之魂不附体，于是请来菩萨把人活活折腾死了。还有一些人，因为生活重压，或个人生活上遭受严重挫折或刺激，得了神经病一类，信口胡说，也请来菩萨或巫婆为之治病，不仅病未治好，而且愈治愈重。我就是以这些素材为背景，开始写作的，也有好几千字，后来也是在庐江县"省八中"高中部被用在墙报上了。

以上两篇稿子，都是在肥南中学读书期间，特别是寒暑假期间完成初稿的。可惜的是，这些试验性的处女作，都在1950年家里被邻居失火殃及烧掉了，其他有些对我个人或家庭有一定纪念意义的物品，包括照片、信件、书籍之类也都荡然无存。

如今想起这两篇稿子，也引起我许多回忆。人不仅是自然产物，也是社会产物。存在决定意识，意识也会反作用于存在。我这两篇稿子，讲的都是当时的社会存在，是这样的社会存在才产生了我这样的社会意识的，然而限于个人的条件和环境，我这样的社会意识却并没有很好地反作用于社会存在。第一篇稿子《抓壮丁》，其思想之产生除了亲眼所睹之事物外，还受到我大姑妈的影响。她有一个儿子，名叫张咸盛，是我的表哥，正是"壮丁"之年，为了"躲壮丁"，竟义务性地到我父亲的"学生补习社"当炊事员，因为这个学生补习社当时挂的是乡办国民小学的牌子，炊事员算是公职，那就不能把他当"壮丁"抓了。第二篇稿子《捉魂》，其思想之形成，主要是受我父亲身边几个老师的影响。其中如张友莹、佘晨三、孙宗策等，都是反迷信的。他们曾经商量好，由张由莹的夫人张玲玉假装重病，神智不清，胡说八道，从而请来巫神田少朋治病，他装模作样地，烧香祭拜、舞棒弄剑之后，一下子躺在地上，眼睛朝天，神智不清，口吐白沫，代表天神下凡，说了一大堆似是而非的神话和鬼话，左邻右舍，许多人都来围观静听，并赞不绝口地夸耀这位巫神。就在这时，病人张玲玉一跃而起，面对民众，揭露真相，说她自己根本没有生病，是专门来测试这个巫神的。老师们也都怒斥装神弄鬼的田少朋，使得他不得不承认错误，叩头求饶。这对在场的学生们和当地民众，自然会产生较大的影响。

孙宗泽老师是教数学的。我在潜川初中第二学期没有去上学，就是留在父亲的学生补习社跟他学算术，使我受益匪浅。他讲算学的最大特点，是不让你死记公式，而是把一道道公式的道理，来龙去脉，讲得一清二楚，这样这个公式你就完全弄懂了、记住了。这以后，算学这门课，我就有了明显的进步。有一个我永远都不会忘记的例子。就是在肥南高中第二学期，有一道"三角"习题，很难很复杂，全年级，两个班，只有一名叫朱扬名的同学做对了，而老师没有表扬他而却表扬了我。这是为什么？原来我也没有做出来，全班以至全年级的同学都参阅了他做的习题，我也参阅了。但我没有照抄他做的习题，而是慢慢地看，细致地琢磨，等完全弄懂以后再按照自己的思路做了出来。老师一看，不仅是结果，而且一道道程序都一清二楚，一目了然，老师高兴了。老师表扬了我，而我的心里却也很不自在，不能不说真话。我因为得益于这位孙老师，语文和算学在全班都是比较好的，综合成绩曾经名列全年级两个班的第二。

我所读书的第三个中学，是省立第八中学，地址庐江县城。这个中学，原设在庐江县的东汤池，靠近山区，时有新四军出没。国民党当局可能是怕学生被"赤化"，故而迁到县城里，校址是城隍庙，房屋比较宽敞，可容纳学生七八百人。教职员工约30人，校长是慈克庄。学校实行军训制度，当时的安徽全是"外省人"，即由李宗仁的广西派系统治，连军训教官也是从广西军队中选拔的。庐江县的县长原来也是广西人，后来换成民主人士周雨农。

我是1945年下半年，从三河镇肥南中学转学至当时的"省八中"作为二年级的"插班生"。之所以要转学有两个原因：（一）肥南是"私立"的，省八中是"公立"的，牌子比较亮，可能对将来的升学或就业有好处；（二）当时潜川初中的老同学，大部分都在庐江县城读书，或者是"省八中"，或庐江县立中学，而肥南中学只有我和另一位曹之藩同学是潜川中学的，觉得比较孤单，在当时"省八中"同学、原潜川中学同班同学董照炎的运作下，转学终于成功了。一是我们两人在肥南中学的学习成绩单都很亮丽；二是我们认识的曾在潜川中学当老师的叶智临先生已转为八中老师，为我们转学很出力；三是校长慈克庄特别喜欢成绩好的同学。这样我们就很顺利地从肥南中学转学至"省八中"了。

1946年暑假，我是在老家邓家渡村度过的。在我父亲的学校中，有一位老师叫余畏三，思想比较进步，我参加革命后才知道，原来他早就与中共地下党有联系，时常为邓家渡村居家的几个年轻人带来进步报刊。这一年的暑假我就看到了他带来的几张民主党派办的报纸，最引起我注意的是一张漫画，一匹肥壮的战马旁边，写着几个大字："遍野哀鸿战马肥。"另一张报纸上以很大的字写着白居易的几句通俗易懂的诗句："离离原上草，一岁一枯荣，野火烧不尽，春风吹又生。"说明这个时候，国共内战已经打响了，国民党已经向解放区发动全面进攻，但这时我们这个邓家渡村，似乎还是一个难得的"安乐窝"，闭塞得很，什么都不知道。孙中山先生说过有三种人：一是先知先觉，二是后知后觉，三是不知不觉。这时的我就是典型的第三种人。似乎是只在忙着功课，其他什么不管，实际上还是视国民党为正统的。

我和曹两人，在这个学校一直读了两年，即高中二年级和三年级，1947年7月毕业。我们这个年级共分两个班，我们在的班叫"孝"班，另一个班叫"义"班，共80余人，我个人的学习成绩中等偏上，语文和算术较好，英文和理化较差，综合成绩在前10名到前15名。在我们这个班上，仅就"国文"（语文）这门课来说，有的长于"古文"，有的长于"文学"，我则较长于"时文"。所谓"时文"，就是前面讲到的，介于古文和白话文之间的一种文字，因在父亲教的学生补习社，我们选读这类文章也较多。这对于我后来研究台湾、看台湾的报刊，自然很有用处。我在班上的"作文"也比较受老师重视和赏识。

1947年1月1日，我读高中三年级的第一学期结束前，国民党当局公布了所谓《中华民国宪法》，全县各学校举办了一个围绕这个主题的论文比赛，我在同学们的鼓励下也报名参加了。我选定的题目，大意是《试评中华民国宪法》。之所以参加比赛，有这样几个原因：（1）有一位"国文"老师，表明了他对当时形势的忧虑，并对这部烽火中产生的"宪法"能起到什么作用表示怀疑；（2）有一位教"公民"课的老师，对这部"宪法"有多少字，每个字平均花费公款多少，计算得一清二楚，并对这部"宪法"的未来命运有所担心；（3）班上同学们的鼓励，希望我在"立论"上讲出一点道理，为全班以至全校同学们争光；（4）我个人也有一点信心、好强心，认为自己一定能写好这篇文章。而且在同班同学们的帮忙下，已经拿到一点报刊材料。没有想到的是，这次全县青年学生论文比赛我竟拿到了第一名，获得县长周雨农（民主人士，解放后仍出任我政府高级职务）赠与的"笔扫千军"一面锦旗。

我回忆了这篇文章，当时是根据孙中山先生的旧民主主义思想写的。孙中山接受了美国总统林肯的"为民而有、为民而治、为民而享"的思想，亦即所谓"民治、民有、民享"的思想。我并引用了当时报刊上曾不时引用的孙中山先生这方面的一些名句，具体记不清楚了。孙中山批评了当时欧美一些国家政治腐败、专横、不平等，并把"三权分立"改为"五权宪法"。现在看来，孙中山先生当时提出的旧民主主义思想，仍然是具有进步意义的，但也是颇有局限性、不完美和不容易做到的。

当时我的三弟家鹏（稼蓬），也在庐江县初中一年级读书。奉父命，我为他撰写了一篇关于《论科学建国》的讲演稿，让他参加了初中年级的讲演比赛，结果也得了个第一名。事有凑巧，本校高中二年级女同学章泰良，也拐弯抹角地托人让我为她写了一篇讲演稿，大概同样是科学建国一类的内容，竟然也得了个第一名。这后两个第一名，别人并不知道这个稿子是出自我的手笔。我一面感到高兴，另一面也有自知之明，认为内容并无什么高明之处，而是我读的"时文"较多，也受到"抗战文化"的影响。而且，我在父亲学生补习社读书时，就已学会这种东拼西凑写讲稿的本领，谈不上什么真才实学。

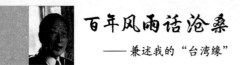

六、"毕业"即"失业"

　　1947 年 7 月，高中毕业了。这个时候，国共内战的战火已经越烧越旺，时局更加动荡，毕业即失业，新的忧虑、苦闷与彷徨又开始了。

　　从高中毕业到加入革命队伍，共有三个"半年"。每一个"半年"都是在动荡与不安中度过的，并且各有特点。

　　第一个"半年"，是 1947 年下半年。我们家乡，特别是同大圩一带，总体还是比较安定的。我和同班同学曹之藩相约，同去南京考大学，我们都是农村长大的孩子，连汽车都未见过，土包子进城，实在是晕头转向的。坐在公交车上，很不习惯，连站都站不稳。由于天气太热，也没有自我防范的意识，汗流浃背时还喝了许多凉水，很快就病倒了，住在南京建国法商学院的教室里，幸好有两人相互照顾着，没有出什么大事情。我们两人都不敢报考公立大学，一怕考不上，二怕念不起，三怕不好就业，于是就地考了两个私立学校——南京建国法商学院与上海立信会计专科学校，认为这两个学校都比较专业，特别是立信会计学校，利于找工作。结果是这两个学校，我们两个人都录取了。后来曹之藩同学去上建国法商学院；我倾向上海的立信会计专科学校，但因一时筹不齐学费，家庭内部又因要变卖祖产而闹矛盾，这样就没有去成了。

　　这个"半年"，我后来到了白石山镇西街父亲教书的地方。父亲把这个学生补习社让给了我和初、高中都是同学的伍均儒，他教数学，我教语文，又请来我大姑妈家的二儿子张咸华帮我们烧饭，这样就成了"三家村"式的合伙。这个合伙，过的完全是穷日子，十几个学生，住宿者五六人，家庭都不是富裕的，交的学费很低，而且不能按时交。我们教舍的隔壁，就是手工业的挂面店，他们家的儿子上学，就让记账卖挂面给我们作为学费，我们每吃一餐挂面，因为是免费的，总是感到特别开心。有的学生也是交一点大米作为学费，住宿生有好吃的东西还会给我们一点。我们供给学生们的精神食粮——语文和算学；学生们供给我们物质食粮——大米和菜类。我们没有工资，只能吃饭，所幸几间草房是借来的，可以不付租金。这样粗茶淡饭式的"穷日子"，过得倒还算自在。然而很快就发生问题了。

刘邓大军已过黄河，随着内战形势的紧绷，白石山这个小镇子也不太平了。我们住的这个地方，离国民党的区公所不算远，时有新四军要袭击国民党区公所的传言，街道商店已大部分关门，一片沉寂的样子。学生和学生家长们也很担心我们的安全。我的大姑父是菜农，就住在白石山镇的对河，经过他儿子张成华（我们补习社的炊事员）的联系，我们这个学生补习社就临时搬到那里了。恰好，这里由我父亲学生张咸明办的一个私塾已停业，就搬到他那里了。但至今也不知道是什么原因，他对我们这个补习社搬到他原来教书的地方，十分恼火，纠集了一些当地的小伙计，手持铁锹、叉秧、扁担等农具，排成一字形，阻止我们进屋。我们这个学生补习社后来就被迫解散了。这时也快要过旧历新年，这第一个"半年"就结束了。

第二个"半年"，是在过完春节以后。这时我父亲已迁到三河镇郊区的五牛圩教书。这个三河镇比白石山镇大多了，属于安徽省会合肥的外围，一直驻守有国民党广西部队的重兵，靠近这个地方教书，父亲感到有安全感。在这里，我一面协助父亲教书，一面父亲也在帮助我琢磨出路。他自然不会考虑到让我去解放区，他对共产党还是害怕、有恐惧感的，仍然希望我能在国民党政府谋得一官半职。他一生的主要时间是教书，自然也很希望能在合肥的教育部门，以至合肥县政府下属的三河镇学校谋得一个职务。怎么办呢？于是找到当时也在三河镇住闲的原潜川中学董事会的左师庸老师。他是当时出任国民党安徽省建设厅厅长张宗良的乡友，是潜川中学董事会的主要负责人，张宗良之所以会兼潜川中学的名誉校长，也是他们一手策划的。左师庸曾是庐江县参议会的参议长，我父亲是在出任小学校长兼县参议员时认识的他，加上我是潜川中学毕业的学生，就这样由左师庸先生给我一封推荐信，我是拿了这封信去见张宗良的。不知是什么原因，我对他总是充满一种敬畏感，不敢直接求见，介绍信是交给他的秘书的。我在合肥期间，始终没有正式见过他，他也从来没有约见过我，只是有一次在他"公馆"门口遇见他时，毕恭毕敬地招呼过他一声"张校长"，但他也只是点了个头，始终没有约见我。不知是否是张的吩咐，他的秘书田世庆先生曾以张个人的名义给我向当时的国民党合肥县政府写过一封介绍信。看来这个县政府很可能是在应付我，竟把我推到这个县的一个保警队里。我当然不愿意，父亲知道后也不愿意，但没有父亲的同意，我还是不敢回去的。就是凭着这封介绍信，顶着"张厅长"的光环，我继续要求合肥县政府给调换工作，但却一直没有下文。后来，我别出心裁，仿效"李太白上韩荆州书"的做法，以"学生上书校长"的方式，给张宗良写了一个自我推荐报告，张仍没有约见我，仍是他这位田秘书给我写了一封介绍信，要我去皖南的一个县，我就没有再去了。大概是这个年度的暑假期间，我结束了这第二个"半年"。

这个"半年"，我的生活是很狼狈的，先后住过三个地方：一是东门东升酱园的学徒吴启超处，他是我的同村人，又是我父亲的学生，主要是解决一个住处和吃饭问题；二是李鸿章同族后裔的一个管家李养民处，是我们同大圩的一个乡绅名叫李玉山介绍的，我和李养民家的一个男佣人同住一个偏室，同样是解决一个住处和吃饭问题；三是合肥县城保警总队的一个传达室，里面是事务室，外面并无门岗，可以自由进出。住在这里，一个是为了便于等候安排工作，二是也为解决住处，但并不在这里吃饭，这里也没有吃饭的地方，大部分是在李养民的大老婆处或小老婆处吃饭，因为我答应给他们家两个孩子辅导功课。说实在的，整个这段时间，我尝尽了人生的"求人之难"和"找事之难"的苦处。我凭着两只腿，走街串巷，不知多少次跑遍全城，一心想找个就业机会。当时安徽省的国民党主席，先是李品仙，后来是廖磊，都是广西人。全城到处都是宣传广告："主席治皖方针是'人人有饭吃，人人有衣穿，人人有屋住，人人有工作'。"其实都是骗人的，全城东南西北门，哪里能找到一件工作啊！有一天忽然发现一个"青年失学失业辅导处"，高兴极了，不知跑了多少次，办了多少次手续，最后拿到的法币，只能买两碗面条。省建设厅里一个同乡姓葛的秘书，在知道我是来"找事做"的时候，对着我叹口气说："小老乡，处在这个乱世，找什么事？难啊，回去吧！"我对当时的形势一无所知，这位同乡似乎在提醒我。最后，我终于回家了。

第三个"半年"，是在这年暑期去芜湖考大学。有一天同乡同学朱志能奉我父亲之命，并带了盘费，到合肥找了我，约我一道去芜湖考安徽师范学院。我这时真是喜忧恼交集，喜的是父亲终于知道这里找事太难，要我离开合肥这个地方了；忧的是这一段时间东奔西走，从未温习功课，怎么能考得上呢！恼的是父亲不该在这个乱世逼我出来找事。尤其是后来参加革命后，为这段历史让组织上查来查去，"未吃上羊肉，却惹了一身膻气"，真不是滋味啊！这一次去芜湖，两人果然都未考取。不过，这一次朱志能同学却给我带来了一线希望，原来他已经去过一次游击解放区，认为有希望到解放区的大后方上大学，太让我高兴了。

考大学失败后，我又回到了父亲教书的三河镇。这时父亲教书的地点已由偏西的五牛圩迁到偏东的忠王庙，仍然是三河镇的郊区，相对比较安全。这时的学生已从原来的十多名增加到二十多名，于是我又协助父亲教起书来，除了语文外，还教初级英语和算术。我知道，这只会是暂时的，父亲不愿意我老是待在家里，我也不可能愿意长期和父亲一起教书。但是国民党这一方面，我是没有路子走了，而且形势的发展似已不允许我再向这方面考虑。我有两条：一是最好能到解放区后方上大学，国民党的大学上不成，能上共产党的大学也好，读完中学后，没有能上大学，这会是我终生的遗憾！二是上不成大学，能早一天参加工作也好，现在共产党正在打天下，需要用人，工作比较好找，一旦打了天下，大局定下来，工作也许同样不好找。就这样，1948年12月，在国民党的招安队夏镜然部被我华东野战军歼灭后，我就和爱人夏秀华一道，从我父亲教书的三河镇，当时还住有国民党广西部队重兵的地方，悄悄地回到同大圩的邓家渡村，并很快与我湖西县人民政府联系上了。

02

非常岁月中磨炼

一、投奔解放区

父亲离开邓家渡村，到三河镇附近的半镇半村地区教书，主要是怕土匪，也躲避战争。他不再兼任什么滨湖乡的小学校长了，纯粹私塾性的，只有十几个学生，也未再聘请其他任何教师。我们全家都与父亲住在一起，我本来是可以协助他教书的，但同教一个私塾，既是父子关系，又是同事关系，面对学生，总是感到很别扭。两三个月还可以熬，时间长了就不行了。然而我的出路究竟在哪里？这已经成为我成天挥之不去的一个大问题，合肥谋职未遂之行，已使我对国民党政府这一边不再抱任何希望了。

国民党的招安队夏镜然部被歼灭，同大圩一带除了一害，这时我已经有几个同学和乡友如王庆玉、夏可选、张一超等参加了新四军游击队。朱志能同学等与我一直有联系，我们都还是想读书，不想马上参加工作，我们非常向往延安大学和在河南办的一个中原大学。我正是抱着这样一种期望，从当时还住有国民党桂系重兵的三河镇附近，于当年 12 月中旬来到了已经属于半解放区或叫游击区的同大圩村，行政隶属既是国民党政府的滨湖乡，又是解放区湖西县政府的一个管辖地。

第一次来到这样地方，心理上还是有些胆怯的。这时我曾想起小学时代的张友莹老师，他平时总是说共产党的好话，说它的主张是进步的，对人民有利，但当听说刘邓大军过黄河，已威胁到庐江县一带时，却又表现出一种慌张失措的样子。我已经下决心去解放区了，却为什么又有胆怯表现呢？其实这并不奇怪。毕竟我是出生在国民党统治区，并未见过共产党是什么样子，我长期受的国民党教育，对共产党并不了解，如今就要去国民党政府所称的"共匪区"，心里怎么可能就那么踏实呢？很快，我就到了共产党西湖县政府的管辖区，实际上还算是游击区。当我看到到处都是大字标语，诸如"打倒蒋介石"、"打到南京区，活捉蒋介石"，心里就在嘀咕着："怎么，他不是蒋委员长嘛，怎么连蒋委员长也要打倒？"另一方面，我又不时听到"解放区的天是明朗的天，解放区的人民好喜欢呀"的嘹亮歌声，还见到了许多在国民党统治区见不到的事，比如人与人的关系、政府与人民的关系，等等，渐渐使我深感"解放区"与"蒋管区"真是两重天，也说明自己当时对国内形势太无知、太不了解情况了。心中所有不解的地方，都在往后的实践和实际生活中得到了回答。谁能想到，在此后不过十年时间里，自己竟成了共产党的一分子呢？

我家住区所属的湖西县人民政府，后来重新改为庐江县人民政府，行政区划也有些调整，我们当时联系的是湖西县政府秘书室和教育科，朱志能同学与他们早有来往，两单位都希望我们能留在本地工作，秘书室并安排我们参加了一些会议和学习活动，后来又来了一批我们熟识的同学，如朱志静、夏可权等，县政府终于同意我们一起共约7人，去无为县开城桥，即第四军分区所在地，联络去皖西军区上学的事。到了第四军分区，为等待机会，又在这里的招待所住了10多天。从这时开始，我们实际上已正式开始领取政府生活补贴了。1949年元月中旬，我们一行7人，每人都准备了一个行军包，终于踏上征程，离开家乡，准备经过当时住在六安的皖西军区，再奔向中原解放区或延安去上大学。我们七个人，我和朱志能等三人是一心想到解放区上大学的，其他四个人，因文化程度低些，只准备进中学，因为大家都比较年轻，想先上学，再工作，这几乎是一致的。

没有想到的是，当时国内形势发展得特别快。淮海战役已快结束，历时两个多月，歼敌50余万人，人民解放军已攻占天津，毛泽东发表关于时局的声明，并提出八项和谈条件。这样，我们到了六安皖西军区以后，就不让我们走了，要我们留在当地安徽公学学习，重点是学习当前形势，特别是学习新华社标题为《将革命进行到底》的新年献词，准备在和谈一旦破裂以后，马上进军长江以南，当时的安徽公学，实际上就是为迎接新的战斗培训干部。

二、战斗的一百天

我们一行七人，编成一个学习小组，也是生活小组，在安徽公学学习一个多月，军区的动员令就下来了，我们一行百多人，在当时一位校领导的领导下，浩浩荡荡地开往长江前线。我们随着华野地方军，当时已不叫新四军，向国民党政府的安庆地区进发。这个地区因靠近长江边，为麻痹南方敌人，大部分有意留着没有去解放。然而淮海战役之后，国民党军队早已如惊弓之鸟，闻风而逃，与我们一起进发的解放军，连地方军的主力都不是，然却所向披靡，沿路并没有经过什么像样的战斗，好几个县城就都一一宣告解放了。

路上行军 20 余天，途经霍山、岳西、潜山、太湖、宿松，属于大别山区。这次行军有两大特点，一是所经过的地方都是山峦起伏，崎岖不平，举步维艰，日行 80 华里，许多人脚都起泡了；二是地瘠民贫，人烟稀少，饭食困难，每落脚一地筹措一点米粮咸菜，都很费劲。我们这一群都是学生军，许多人根本没有吃过这样的苦，走着走着，有些人就不见了，原来他们已一个一个地"开小差"溜了，没有到目的地，一百多人已变成不到 80 人了。幸好我们七个人都来自农村，吃苦吃惯了，上学读书也靠两腿，没有一个掉队的。

我们七个人，都比较同心，愿意到最前线最艰苦的地方去接受考验和锻炼。整个队伍沿途除了开小差的外，也有被当地留下就地参加接管工作的。太湖县太平桥和太湖县城的一次战斗，比较激烈一点，但我们这批学生军，并未直接参战，只是一旁观战，这时包括我在内，虽未作战，却也扛起了长枪防身，这是平生第一次接触武器，自觉特别开心和高兴。最后一仗是解放望江县城，我们是随行军路上新成立的中共望江县委、县爱国民主政府成员一道进军望江县城的，当我们踏进国民党望江县政府时，饭菜还是热乎乎的，大概是他们留下的一些自卫队，一听说解放军快进城，连做熟的饭都来不及吃就跑了。安徽公学同来的，包括我们七个人在内，这时剩下来的不到二十人。我们配合随军的望江县委和县政府工作人员，担任接管和后勤工作的十五六人。我们七人中有六人都被留在县城内，三个人在县政府，三个人在县城兵站，我被民主推选，并经县委书记侯震江、县长李树芬认可，出任县城兵站站长（开始时是副站长代站长）。从此就开始了渡江战役的支援前线工作。3月28日进城，到解放军过江以后继续运粮，共约战斗100天。

我们支援的过江部队是第二野战军的陈赓部队，搞不清有多少万人，反正从县城到乡镇，到处都是军队，祠堂、庙宇、机关、学校，以及其他公共场所，几乎都住满了军队。第二野战军第四兵团司令员兼政委陈赓是4月20日到达望江的，驻在凉泉区，21日大军过江，他于22日黄昏移住望江县华阳镇，次日渡江南去。早在3月下旬，新成立的中共县委会和县政府的工作人员，大部分都已分赴农村乡镇，负责督促催粮、催油（食用）、催柴草、催马料，我们兵站则负责接收、结账，再供应军队和民夫。兵站设有好几个点，每个点几乎都是车水马龙，人声嘈杂，比一个大的集市贸易场所还要热闹。

全县共有四个兵站，我们属于县城兵站，后来变成总站，区里还有三个兵站，业务上由当地区委直接领导。我们这个兵站，组织上和行政上都由县委会统一领导，军粮供应业务则由华东支前司令部统一调度和指挥。全站以我们同来的三人为主，县委会介绍或派来支前的也有三四人，加上我们就地吸收参加的人员，共约十七八人，设供应组、秘书组、会计组等，分别担任供应、会计、秘书、联络、后勤等工作。这样的工作，大家都是生手，边干边学，开始虽然乱一点，但还是乱中有序。最重要的是大家工作热情都很高，虽然没有工资待遇，但当时的望江县也一样处在天灾不断、兵荒马乱的年代，大家能够吃饱饭就很高兴了。

像我们这样的兵站，在当时完全是一种战时性、供给性的综合经济实体，什么事都要管，什么事都要干，包括粮食、食油、烧柴、饲料等。因为还没有设银行，也要管钞票，当时没有统一的货币，由于部队来自许多地区，持有各种各样的钞票，什么平原币、山东币、华东币等，有很多已记不起名字了。他们拿着这些货币到兵站兑换他们所需要的东西，凡兵站有的都是不能不给的。还有民夫运粮、运柴、运油、运料，都要按规定以粮食支给路费、餐费，这些事看起来都是小事，但都体现了共产党对人民对劳动者的政策。这些事在旧政府时代，老百姓一样要做，但都是义务劳动，还要挨骂受气。当农民工们领到路费、餐费时，都情不自禁地说："还是共产党好啊！"我们这些人都是在实践中逐渐体会到了党的政策，体会到了党对人民的关怀，从所有这些小事情上，深感国民党之所以失败，共产党之所以成功，都是其来有自的。

那时望江县是灾年，到处闹粮荒。凡是自愿报名参加支援大军渡江的民船民工，全家都发给以粮食折合的生活费，民夫渡江中牺牲的一律按烈士待遇，受伤的不仅负责治疗，也要发给抚恤金，这都是非常得民心的政策。一人受到伤亡，全家都引以为荣和自豪。

在渡江战役打响之前，兵站一样处在最前线。因为兵站周围都挤满送粮、运粮的农民车队，也有军队领粮、领柴的军马和车队，你来我往，络绎不绝，兵站的目标最大也最明显。而且，后来靠近长江的吉水镇和华阳镇，我们兵站也都设置有留守点。国民党的飞机，三架、六架，多时达九架，时常低空扫射，对我们威胁很大，我们虽然在附近挖有防空洞，但是飞机隔江飞来时都很快，根本来不及躲进防空洞。有一次，我们刚听到飞机声，兵站路口的外屋，就忽然"轰隆"一声大响，好像地震一样，震动了整个兵站内外，紧接着一群敌机，大约是三架，从兵站屋顶掠空而过。这时我们数人，为了躲避敌机低空扫射，早已钻到床底下，飞机走得不太远，又传来阵阵机枪扫射声，过了一阵，当我们从床底下爬出时，这才发现原来的"轰隆"响声，并非敌机丢的炸弹，而是解放军战士们听到飞机声时，赶快把拴在兵站外面的军马牵进兵站屋内，不小心把紧靠站门口的一方墙挤倒了，这才发出一阵像地震、像炸弹一样的响声。我们兵站的占用房，是原国民党一个单位的办公室，靠着门口这方墙是专供挂"领袖像"或张贴大标语用的。这才发现我们原来是虚惊一场。

我们在这样战斗的紧张气氛下工作，延续有一个月左右，国民党飞机虽多次骚扰，有几次低空扫射，但全城并无重大伤亡，只听说郊区有的黄牛被误认为军马而射伤了。我们兵站的另一个工作点——清真寺庙的附近，有的窗子被敌机扫射了几个小窟窿。

4月21日夜晚，大军渡江那一天，我们兵站几个人都爬在城墙上观看，那天是多云天气，整个长江前线成了一片火海，也像一条条火龙。就是这个夜晚，人民解放军成功渡江了。这样历史性的一天，也是非常值得纪念的一天。第二天兵站也派人去华阳一带，协助运回一部分光荣牺牲的战士和民夫。

渡江成功之后，我们兵站继续肩负着运粮的责任，我个人曾两次以船押运军粮到南京浦口，整个兵站是到7月初才结束的，前后一百天。我后来还领到了渡江战役纪念章，并被评为二等功。

三、在粮食战线上

包括望江县兵站的渡江战役支前工作在内，从 1949 年到 1959 年，即 23 岁到 33 岁这 10 年（将近 11 年），基本上都在粮食战线上工作。1949 年 7 月，即渡江支前工作结束后，转为县粮食局工作，一直到 1950 年年底，先后担任县粮食局仓储股长、储运股长，县粮库主任等职，1951 年上半年至上海华东粮政研究班学习，接着调华东粮食局工作。华东大区撤销后调中央粮食部，先后在仓储局、储运局、购销管理局出任业务秘书。直到 1959 年 11 月离开粮食系统，参加中共中央高级党校理论班（又称"秀才班"）学习。

在县粮食局工作的一段时间里：

我经历了抗洪救灾的一段，与当地人民同甘共苦，每天只吃两餐稀饭；我主管过全县范围的粮库建设，即兴建新的粮食仓库；我主管过全县范围的粮食征购入库及仓库管理。

我很重视学习，除了统一布置的政治学习外，还注意政治和业务资料的自学。

我很爱写作练笔，"做什么，学什么，写什么"，这是我的座右铭，先后写过好几篇业务性和政治性稿子。

我在业务上，曾自发地组织过"群众性护仓小组"，组织过"码头工人学习时事"等，并就此投稿登在《安徽日报》上。也曾根据身边多次发生的"开小差"事，写过"我的学习心得"、"五分钟革命热情的思想根源"等，都被《安徽日报》或安庆地区的有关报纸采用了，并吸收和聘请我为特邀通讯员。

这个时候，县里的财政制度已逐步建立和健全起来，大家都享受供给制待遇。我的蚊帐、棉衣、布鞋、肥皂、牙刷、牙膏等，都是公家发的，甚至连洗澡的澡票都是公家发的，理发则是相互自理。吃饭不要钱，还发给生活用品，我太高兴了。记得当时发给我的布鞋，是山里老乡制作的，又大又肥，很不合脚，我就用细麻绳给绑上，觉得穿起来也很自在，一点没有感到埋怨或不高兴的样子。

这个时候，大概是 1949 年 9 月间，我被光荣吸收为新民主主义青年团团员，并担任支部宣传委员。

1951 年元月，经局领导同意，我应调到上海华东粮政研究班学习，时间半年，毕业前曾报名去福建前线支援解放台湾，虽被批准调福建工作，但据说因抗美援朝，而解放台湾一事被推迟，这样就被留在上海的华东粮食局工作了。

粮政研究班有百多人，都是华东各省市粮食工作的骨干。培训班地址在浦东，这里曾经是英国的租界，校舍是英国使用的仓库改修的。我们同时参加学习的学员，都为此感到自豪和扬眉吐气。我是第一次来上海，见到那么多的高楼大厦，外国人的租界统统收回了，官僚资本的房产被没收，也曾与学员们一起去过当年曾经挂过"华人与狗不准进"的外滩公园，如今人民大众大摇大摆，自由进出，真正感受到"中国人站起来了"，感受到作为一个中国人的自豪和骄傲！

我在粮政研究班毕业后，去福建未成，留在华东粮食局的储运处工作，1951年夏天去望江县办理调动手续。当时我的心情是矛盾的，既兴奋激动，又依依不舍。从 1949 年到 1950 年，我在望江县工作过两年，对这里的山山水水、一草一木都是有感情的。这里有一批曾与我一起战斗过的战友们，从县城到乡间的很多地方都有我留下的足迹。我在这里，曾与当地的同志和人民一起，经历过渡江支前、抗洪救灾，以及忍饥挨饿、坚持工作和劳动的日日夜夜。我离开望江后，曾经回来过三次，其中除了 1952 年"三反"中被误当"老虎"而武装押送回（见本篇下一章）县城外，其余两次都是很愉快的。老实说，1952 年那次回县是我经历渡江战役的政治考验后又经历了一次严酷的经济战线的考验。自己觉得，那时的我在思想上和精神状态上还是很能过硬的，我并没有一点后悔和气馁的样子。

华东粮食局隶属于华东军政委员会的财政部。整个华东区包括山东、江苏、安徽、浙江、福建和台湾六个省。在华东粮食局期间，我跑遍了除台湾以外的五个省，最少跑过两次、三次，最多五至六次，只有台湾一次也没有去过。每次召开的华东地区粮食工作会议，也只有台湾缺席。这对我们总感到是一种遗憾，也是一种刺激。究竟什么时候全中国才能完全统一？什么时候台湾才能派代表参加我们的业务会议？我们什么时候才能自由进出台湾啊！

在华东粮食局工作的一段时间里：

我曾多次参加过全大区性的粮食储运工作会议，并参加这样会议的文件起草和总结工作；

我曾多次参加过全大区性的储粮大普查，并参加过普查后总结报告文件的起草工作；

我曾被派到浙江嘉兴县新塍区粮库，担任华东粮食局设在这个试点的工作组长，并兼任这个区粮库的副主任；

我曾被派到浙江余杭去，总结这个县的"无虫粮食"和"四无粮仓"（无虫、无霉、无鼠雀害、无事故）的经验。

浙江余杭县"无虫粮仓"和"四无粮仓"的经验，是经过苏联粮食储藏专家鉴定的，名噪一时，记者访问，各省参观，全国推广，我曾陪着该县两个劳动模范，即城关库主任邢福河和保管员俞传秀走遍天津、山东、江苏、浙江的许多地方，颇为轰动。我不仅为此写了许多文章，也曾写过专门性的小册子。

在华东粮食局期间，我还参加过许多次专业性的粮食征购调查、粮食基建工作检查，以及一般性的粮食仓库安全检查等。

1954年，华东军政委员会撤销，其下属单位自然也随之撤销，我于这一年的11月调到北京中央政府粮食部工作。

调至粮食部后，起初是在仓储局的办公室工作，后来简精合并为储运局，最后再合并为粮食购销储存局，我则一直在局长办公室任业务秘书。

我在购销储存局的时间最长。这个局有正副局长两人，办公室四人，两个秘书，一是人事秘书，一是业务秘书，我是业务秘书，还有收发二人，其中机要收发一人，普通收发一人。下设六个处，即农村征购处、城镇供应处、军粮供应处、粮食运输处、器材管理处、仓储技术室，共 90 余人。

业务秘书有以下几个任务：

任务之一，协助局长处理往来重要业务文件的文字把关；

任务之二，负责各处室季度年度计划总结的汇集和整理；

任务之三，协助局长草拟重要的上报、下达文件或讲话文稿；

任务之四，协助审定业务方面的对外宣传稿件，还经常要亲自动笔帮助撰写。对外宣传稿件，主要是粮食购销政策、储粮防治方针等。

我在这方面投入的时间比较多，属于我的日常业务，重点是帮当时内地出版的《大公报》，部里发行的《粮食报》、《粮食月刊》撰稿，有时也要帮《人民日报》写点业务方面的文章。还写过、编辑过一些业务小册子，如《粮食工作十年》、《农业社储粮须知》、《粮食保管经验汇编》等。

稿费问题是当时的一个敏感问题。北京是和平解放的，当时部里，除从国民党政府接管的人员外，一般都是低工资制。我工作的那个单位，有的人是保留工资，如将军级、高级文职人员等，工资都比较高。我那时才二十多岁，对包干制或低工资制有一种光荣感。

我因工作关系，写稿的机会多，拿稿费的机会也多，这样就显得比较突出，也有些脱离群众。我这个人从小受家庭教育，比较重名而不重利。于是我想出一个办法，把拿到的稿费一律交到办公室，由专人管理，小集体公用或用于资助困难户。这样一来，不仅得人心，我也卸下了"稿费包袱"，可以放心大胆地写稿了。那时我在农村的结发妻子已来北京，有的编辑同志感到我以低工资养活两个人不容易，偶然也瞒着我把稿费偷偷送给她，不过这种情况毕竟比较少。现在想起来，我那时的思想境界还是比较高的。这当然不是我一个人，整个年青一代，当时都有一股非常高的革命热情，不太计较物质待遇。

1958 年，大家都投入了热火朝天的"大跃进"浪潮中，全国各地的许多地方都掀起了"放卫星"运动，我们局的几个年轻人，包括我在内，除了参加炼钢炼铁以外，还就粮食管理方面编写了一些小册子，加班加点，突击完成，作为向党、向大跃进献礼。当时全国，各行各业"放卫星"，成了一股风。后来发现，许多地方和许多行业，在这股热风下，实际刮的是"虚风"，鼓的是"虚劲"，放的是"假卫星"。这种情况，后来还是粮食系统首先发现的，因为你放了那么多粮食"高产卫星"，为什么粮食却征购不上来？一派人下去检查，这才揭穿了种种假象，发现原来放的竟是假卫星。于是中央发出号召，要求把革命干劲和科学态度结合起来，慢慢纠正了这种偏差。然而却已造成很大损失，应该说是一大教训。

在粮食部的这一段时间里，有两件事是值得我纪念的：一是 1958 年 3 月入党，1959 年 3 月按时转正为中国共产党正式党员；二是 1959 年七八月间，我在去福建的一次出差中，在省粮食厅同志的陪同下，去了福建厦门沿海，并曾以望远镜眺望了大小金门，又一次引起了我对祖国统一的渴望，以及对台湾同胞的怀念。

四、当了四个月的"假老虎"

在调上海华东粮食局之后、去北京粮食部之前，还有一生中难忘的一件大事，这就是在"三反"（反贪污、反浪费、反官僚主义）、"五反"（反行贿、反偷税漏税、反盗窃国家财产、反偷工减料、反盗窃国家经济情报）运动的中后期的 1952 年 4 月间，我忽然由"打虎"队员，变成了被打的"老虎"，就这样我当了差不多四个月的"假老虎"。

（一）大会批斗

1951 年年底到 1952 年年初轰轰烈烈的"三反"、"五反"运动，在全国范围内展开了。粮食系统属于财经单位，自然属于运动的重点单位，华东粮食局机关内，成立了以财会处处长俞征达为队长的"打虎队"，我也是"打虎队"里的积极分子。什么叫"打虎队"？首先是什么叫"虎"？"虎"是指贪污分子，三反分子，或者与"五反"有牵连的分子。"打虎"，就是指清查批斗这一类人。大家听从指挥，斗志旺盛，日以继夜，不辞辛劳。忽然有一天，大约是 4 月上旬的一个上午，俞征达队长忽然很严肃地对我说："请你马上到我办公室来一次。"

我去了，他先让我坐下，我们都在大食堂吃饭，早、中两餐经常见面，时常坐在一个饭桌上，他是这里的党支部书记，平时说话态度很温和，给我留下的印象很好。这一回就不同了。

"你是在望江县粮食局工作吗？"

"是的。"

"你们的局长是谁？"

"李光甫。"

然后就板着面孔说："从现在开始，你就停止工作，想一想自己的事，争取早一天交代清楚自己的问题。"

我马上想到，大概是有人告我了。回答说："要说工作上的缺点错误，不能说没有。但是贪污受贿一类的事绝对没有。"

"你跟李光甫的关系怎么样？"

"不是很好，但也不是很坏。"

他没有再问什么，就让我回办公室。

真是出其不意，攻其不备，突然通知我出席一个大会，这就是第二天上午召开的全局范围的干部批判大会，二百余人，让我坐在会议的主席台旁边，由俞征达向全体干部宣布望江县粮食局局长李光甫的"检举信"。

检举信约两三页，整个内容记不清楚了，但其中最主要的内容我是至今没有忘记的：

一是李××勾结粮食局会计股长刘家桢共同贪污巨笔建仓费。刘坦承他给了李人民币2000余元。这在当时，就一个县粮食局来说，是一笔不小的数额。李又检举说，李××调上海后，刘又曾汇去一笔款项，数字李××本人应该清楚。

二是李××勾结县粮食局会计吴奎罡，贪污一大笔加工粮食，吴携带巨款及粮票逃离望江县后，李吴两人一直保持私人联络关系。

三是李××在负责兵站和县粮库期间曾私自挪用公款及动用建仓材料，为本单位的厨房添置桌椅板凳，铺张浪费情况严重。

四是……记不清楚了。

"检举信"念完以后，没有让我发言，就开始了对我的揭发和批判。我来上海不久，也未担任过要职，自然没有什么东西好揭发的，那就只能大批判。

大多同志都是平心静气的耐心劝导；

也有不痛痒、不着边际的批评发言；

也有借题发挥、上纲上线的激情发言；

还有个别声大如雷、内容空洞的抨击发言。

一个半小时过去了，就是不让我发言，不让我就"检举信"所列"罪状"进行回答。我一肚子冤气、怨气，也快憋不住气了。我根本听不进大家的批判和发言，在听完了"检举信"后，就一直在想：这是怎么一回事？是不是有人要陷害我？为什么竟如此无中生有，更谈不上实事求是？终于我给主持会议的俞征达队长递上一个条子："希望能给我一个表态和发言的机会。"就是这个条子，我也想了半天，我不能承认错误，也不能告诉他我想表的什么态和发的什么言，怕他知道我的真实想法和可能动作后，反而不让我发言，使大家不了解事情真相。

俞征达拿着我的条子离开了会场，由另一个人暂时主持会议。他拿这个条哪里去了呢？是向当时的华东粮食局局长周伯萍（后来曾任粮食部副部长、驻外大使、全国计划生育委员会副主任）请示去了，他是当时局里整个运动的总指挥。不到 20 分钟，俞回到会场了，并带来机关里的一个警卫，把我带离会场，要我住在机关里一间指定的小屋子里，写反省材料和交代问题。

我更是丈二和尚摸不着脑袋：为什么不让我发言？为什么不让我当众表明态度？看来大概有两种可能：（1）认为大会开得成功，我感到有压力了，要求交代问题，那就给我一个房间，让我好好写交代材料吧；（2）可能"检举信"有问题，我没有贪污，即使有一点什么也一定有限，如果让我在大会上说明真相，反而泄了整个运动的锐气。这次会议，本来就是一个"鼓气"会议，泄了大家的气那就不好了。以上两条，无论是哪一条，都是不让我当场发言为好。

我憋着气，住进了这间小房子，越想越生气。我哪有心思去交代什么问题，而且我也确实没有他们所需要的问题来交代。已经中午 12 点了，我也顾不上吃饭问题，最多不过二十多分钟，我就洋洋洒洒、详详细细地，一口气写了两三页的"喊冤报告"，送给周伯萍局长了。这个报告的重点，是说明前面讲的第一条、第二条，都是假的，根本没有这回事，一口咬定是李光甫局长或其他对我有意见的同志想陷害我。那时我根本想不到在当时的情况下，李光甫局长也是有压力的，交不出成绩单就是"右倾"，而且像我那样当时在县兵站或县粮库都是最有财经支配权力的人，也是最有贪污条件的人，如果连我都没有贪污那还打什么"老虎"？据说后来李光甫果然被撤职了。在这个"报告"中，我也做了自我批评，例如，建仓库剩下的一点下脚料，是我同意用以制作一点厨房桌椅板凳的，都是一些非常原始和粗糙的厨房用具，主要觉得大家端着碗盆站着或蹲着吃饭总不是事，至于浪费的事也是有的，我一定负责。但是贪污我是绝对没有的。

这份报告，肯定是送到周局长那里去了。估计这会让他很为难。继续把我作为"老虎"打吧，并没有可靠的扎实材料，万一冤枉了我这样一个年轻人，那是对上对下都无法交代的，而且报纸上也公布过有些单位因此而出了事情的；但若现在就把我放了，即"解放"了，那也不太好办，因为已经开了大会，并且当场将之扣留，结果什么都没有，不是太不谨慎了吗？特别是，现在还不敢断定，"检举信"就一定不可靠，李这个人就一定没有问题。于是新办法又来了，让我搬进一个"真老虎"一位与粮食加工有关的大商人的"反省室"，做他的"地下工作"。这当然就要与之同住，并装出自己也是"真老虎"的样子，以观察对方动静，适时向领导报告"敌情"。我接受了这个任务。因为我是青年团员，当时确定与我保持联系并要求我随时向其报告情况的，是青年团总支书记陈义亭同志。很快十几天就过去了，与我同住的那个"真老虎"，对我警惕性很高，我做的这种卧底式"地下"工作毫无成效。对我个人这边，既无新材料来，也交代不出什么新情况，只好暂时把我"解放"了，恢复了"自由"，也恢复了"工作"。

（二）武装押送

然而事情并没有完。望江县并没有放过我，在县委会领导、县粮食局具体配合操作下，专门为我成立了一个专案组。那个时候，原来在县委会和县政府担任领导的，几乎都调走了，没有一个真正了解我的人。一方面，像"三反"、"五反"这样一类运动，谁也不敢违抗，谁也怕被戴上"右倾"帽子；另一方面，工作不踏实、不敢实事求是的人，也的确大有人在。望江县为我成立的专案组，也的确掌握了一些材料，但实际上又都是根本经不起推敲的"假材料"。望江县政府大门外的黑板报，竟把我说成是贪污了十几万斤粮食和巨款的全县性"大老虎"，这是我后来才知道的。

没有想到的事情终于又发生了。

大概是 6 月上旬的某一天，已经是下午四五点钟了。我所在储运处的一个名叫周景星的副科长，突然告诉我说："你不要回家了，就在办公室等着，你原来工作的那个县已经派来人，一定要带你回县，要把你的经济问题搞清。你爱人那里，我们派人去说一下，准备给她拿点路费，先回老家再说。"他并一再告诉我："千万不要回去，否则这就是一件说不清楚的事情。"我明白，他的意思是，回去了就有串供之嫌，那是有口说不清的事。

我当时思想斗争很激烈，想了又想，决定还是回去一次。我爱人是农村的结发妻，名叫夏秀华，第一次从农村来到上海这样的城市，临时住在招待所里，突然丈夫不见了，她会怎么想？完全莫名其妙，而且她回了家，一家人也都莫名其妙。反正自己没有贪污受贿，心里没有鬼，没有什么好怕的。我匆匆跑回去见了她。说明情况后，告诉她情况说：我自己这方面是绝对没有问题的，一定要相信党，相信组织，事情一定会查清，不会冤枉一个好人。说实在的，我当时心里也的确是这样想的，这正是鼓励我接受考验的一种精神力量。我并告诉她，自己不去望江县，别人不了解情况，是很难查清真相的。来回不过一小时，我又匆匆回到办公室。

就在这天晚上，我被武装押解上路。望江县来了两个人，一个干部，名叫黄盛繁，是县粮食局的；一个是县公安局的，荷枪实弹的武装干警。后来我才知道，在华东粮食局上火车前，他们要给我套上手铐上路，但是我们单位不同意，认为这不符合政策，而且他们对这个案子实际上也有些怀疑，只是不好说就是了。我想，如果我不是在上海这样的大机关，比较讲政策，当地还不知道会怎样整我、虐待我，把我当斗争的"战利品"来对待。

这个黄盛繁，是一个青年干部。是县粮食局粮政股的干部，说实在的也正是由于我的推荐，他才有机会同我一道在上海浦东粮政研究班学习，而又正因为他来过上海，路线熟悉，这才派他这个公差。他对我还是有点感激之情的，也并不相信我真的会贪污受贿。但他本身手脚不干净，有点小问题被抓住了，也有点想将功补过的想法。我们在路上聊天时，悄悄地有一段对话：

"小黄，你真的相信我会贪污吗？"

"不相信。"

"那你怎么会接受这次的任务？"

"这是组织指派，我没有办法。"

这样的"押解"，变成了我们聊天的好机会。公交干警一切都只能听干部的，躲在一旁什么话都不敢说。我那时也才二十四岁，小黄比我更年轻，真是一个天真淳朴的孩子。我因确实没有县里认为的那种经济问题，心里始终亮堂堂的，一切也表现得毫不在意、毫不在乎的样子，并没有把自己看成是什么"囚犯"、"贪污犯"，而相反自己是在接受组织上又一次给予的重大考验。火车经过南京时停了一夜，小黄和我还下火车看了一场京剧。到了望江县时，那位公安干警还向单位告了小黄一状，我也十分后悔不该这样做。

到了县里，我被指定在自己曾经住过的一间土楼房里。这个时候，我仍然是漫不在乎，心里始终是坦荡荡的，我哼着唱着，有时还放声高歌，是在向关心我的同志们传递一种信息：我是没有问题的，是你们县粮食局冤枉了我。我一直在等待着，看县里主导的这台戏怎么演下去。粮食局的老同事，见到我都是微笑着点点头以示打招呼，估计他们也没有人会相信我真是贪污分子。有的同志还悄悄地向我住的房子里递条子："有问题就一定要交代，没有问题就一定要挺住。"我很明白他们的意思。

巧得很，我住的小屋子，竟然有一台电话没有撤掉。于是我就拿起来，毫不在乎地给在邻县——太湖县公安局工作的三弟李家鹏（稼蓬）打了个电话，后来又打了一次。是要告诉他，我现在在望江县粮食局，也说了我为什么会在这里，并要他转告家里人放心，我不会有什么问题。这一下子就惹出麻烦了。

第二天的上午，我在屋外来回走动，忽然有位年轻姑娘，中等个儿，品貌尚称端正，总是想靠近我的样子，含羞而并不带笑。瞬时间我们对话了：

"这位姑娘要找谁？"

"就找你！"

"做什么？"

"要电话费。"

"你是哪个单位的？"

"我是邮政局的。"

"谁叫你找我的？"

"县粮食局。"

我一切都明白了。就是昨天我给鹏弟打了个电话，是县粮食局有意通知他们邮局来索要电话费的。这不是要电话费，是来找我麻烦的。

她，几乎是每天都要来一趟。至少有三四天了。我告诉她我没有钱，电话是谁装的就找谁要钱。又说，我不是自己要来的，是县粮食局请我来的，谁请我来谁就应该出钱。她每天来要钱，我每天给她的也就是这几句话。她一个劲地索要，而我也总是说没有，两个人面对这个僵局，往往是相视而笑，似乎成了会心的朋友了。这是这次望江行的一个有趣插曲。后来就不了了之。

这位姑娘，相信后来还会来找县粮食局索要电话费，只是我的问题已清，真相大白，他们不能再要她来找我麻烦了。

（三）真相大白

县专案组给我的第一个下马威，就是要我写保证，这个保证书，第一点是一定要回答自己究竟有没有问题；第二点是如果有问题，愿意接受最严厉的处罚。我毫不犹豫地一挥而就。

县专案组拿出的第二个招数，是组织一些人就一些疑点向我质询，例如刘家桢给我两千元人民币的事，邮局汇款给我的事，以及吴奎罡两张有疑点的粮条上有我私章的事，我都一一回答了。刘家桢给我两千元的事根本没有，托我在上海买钢笔确实汇了 5 元；吴奎罡是会计，为便于他正常行文，我有专用木刻私章放在他那里，他如果有什么问题，我只能检查官僚主义，但绝无勾结贪污的事。

县专案组手中握有的最后"王牌"终于拿出来了。那就是找来几个木工头子与我对质，说他们实际领到实物和货币与他们给打的条子上写的差距太大，就是说他们给开的条子数额很大，而实际领到的差好几倍。其实这应该是会计股的事，而会计股长却推说是建仓的事，都是我主导的，他们不清楚这些事。建仓确实是我主导的，而实付数和单据数不符，差距竟如此大，一时却把我也弄糊涂了。我急了，马上向木工头子们说："你们说话要老实啊！这种事情绝不能瞎说。"这下子，他们似乎也恼火起来，可能是为了向专案组表态，也气愤地回答："是谁不老实，是你不老实，还是我们不老实！"

于是，木工头子们就跟着专案组干部一齐批我不老实。就是在这种情况下，专案组的干部马上用手铐把我铐起来了，并把我继续关进小房子里。

老实说，这也是违反政策的，专案组的同志，根本未动脑筋，没有分析其中原因，也不等别人分说就用手铐，是非常错误的。然而，这在当时那种革命年代，在那种阶级斗争为纲的年代，在那种宁左勿右的年代，这种事往往是司空见惯的，个人除了承受委屈之外，又有什么办法呢？！

面对着这样不讲理的手铐，我个人开始感到痛苦，想不通，也感到有些紧张和不安了。想不通的是，我是跟军队一道进驻望江县城的，背来的是一床破旧棉被，离开时背走的也是这床破旧棉被，两手空空的，怎么竟然成了贪污分子、成了"大老虎"呢？而且我在整个支援前线过程中，是同兵站内外的极少数贪腐分子做了斗争，并且受到了县委书记在大会上表扬的，我这个反贪的积极分子，怎么一下子变成了贪污分子了呢？当年了解我情况的县委们如今在哪里？怎么也不站出来为我说句公道话呢？特别是，我在望江没有家也没有亲戚关系，说我贪污那么多钱和粮食，我怎么会拿得走呢？我终于流下眼泪了。然而，即使是在这种时候，我仍然有信心，鼓励自己要相信党，相信组织，真的假不了，假的真不了。我曾亲眼看到，我身边和周围曾经受过冤屈的人，后来都得到纠正，得到了平反，这样我又增加了信心。

尽管如此，但对地方这种不讲理、不讲政策的做法，我还是一定要反映给华东粮食局。我戴着不便写字的手铐，拿着桌子上仅有的一支笔和一张纸，歪歪扭扭地给华东粮食局领导写了一封"呼吁信"；要求领导很快派人来查清真相，"我太冤枉了！太冤枉了！"这张条子是县粮食局原兵站一些曾经跟我一同战斗过，并相信我不会贪污的老同志帮我发出的。很快华东粮食局的领导就给这里的县委会寄来公函，要求他们执行政策。

专案组的同志，他们用手铐把我铐起来，是想会得到意外的"收获"。然而看着我的神态，实在是不像有事的样子，他们中有人已经开始怀疑了。一位新出任县粮食局的张姓局长后来就向我表白说："我早就怀疑，像他（指我）这样一个青年学生出身的干部，怎么可能有这么大的问题？"我通过他们递上了一张条子："你们现在这样做，符合政策吗？就凭现在这些，能把我定成贪污分子吗？你们这样铐着我，并不有利于我想问题和解决问题。"大约四个小时后，终于把我的手铐解开了。

与此同时，我也一直在想：所发生这一切究竟是怎么一回事？特别是实际支付粮款和单据上的粮款为什么差距这么大？想啊，想啊，我终于想明白了：原来是这位刘家桢会计股长，为了向上报账方便，把全县所有建仓开支单据，都交给这个姓杨的几个木工头了，然后要他们按这个总金额开了个"包工单"，这样向地区财经单位报账就省事多了。省事是省事，然却怎么也未想到一两年后来个"三反"、"五反"运动，查起账来就对不上号了。据说，包工头们也不愿保存刘家桢交给的一堆单据，就放火烧了，也就无法查对了。这样的事，相信刘家桢和那些木工头们也会是记得很清楚的。为什么不交代？专案组的同志们为什么就没有想到，整个建仓费包括的开支项目是很多的，怎么竟全是木工工资？刘家桢挨批挨斗，整得晕头转向，说不清，道不明，就把这所有的责任全都推到我头上来了。而县委则根据专案组的报告，加上其他许多疑点，竟不经查证地，把木工头们的说词作为"铁证"，把我定为"大贪污犯"，几次派人到华东军政委员会交涉，最后并经过秘书长魏文伯的批准，把我武装押解到望江县来了。如此草率办事，实在是太官僚主义了！

然而我到了望江县，并没给他们带来所希望的"战果"，经过一番回忆、查证以及较量之后，反而彻底暴露了他们的"愚蠢"。

当时在望江县粮食局，我是仓储股长、县粮库主任，为什么会直接管起财务开支而不让会计管呢？一是人少，当时也没有专业会计，是后来才有的；二是我对当地人管财务，有些不放心，怕他们出纰漏。结果是自找苦吃啊！

这批建仓费用单据，我在离开望江县粮食局时，曾向当时任会计股长的刘家桢办过移交手续，他是应该有记载的。不知道什么原因，他本人与专案组都未提。于是我想呀想，终于想起一个人，这就是县粮食局的夏可沛。他是我的内弟，是1949年9月间随着我的三弟李家鹏来望江找我的，以后就一直留在县粮食局工作。记得我走时把没有携带走的一只木箱交给了他，其中有我的一个笔记本，把当时我移交给刘的原始单据，包括木工工资、木料，以及所有采购的用品，都分门别类地记在了本子上，在与刘记载的校对后，我让他也在我的本子上一一签字盖章，当然他也会要求我这么做。夏可沛出差刚回来，果然找出了我这个笔记本，交县粮食局及专案组后，经他们与木工头子们的账目一对，完全符合。于是，他们所谓的铁证就完全被"否定"了。

到了这个时候，专案组整理的我这个"大老虎"的材料，就全都站不住了：

一是刘家桢说给我2000多元人民币，不敢与我对质，一听说我已来到望江县就"翻供了"；

二是说我贪污了大笔建仓费用，在我拿出这个记事的笔记本后，其真相就完全大白了；

三是黑板报上揭露的私运大笔粮食，完全是子虚乌有、毫无根据的事；

四是说我放走会计吴奎罡，是两人合伙盗走大笔粮款，也是根本没有的事。后来吴由外地回县交代，也证明他所谓私窃粮款逃走与我毫无关系。

这里应着重补充说明一下吴奎罡的事。他是望江县人，是上面派来的专业会计，与我并无私人关系。此人高中毕业，善于言辞，有志深造，据说，他在与为粮库加工水稻的私人米坊交往中，窃走了一部分粮款到北京大学上学去了。这些我全不清楚。过去有人把"偷书贼"称为"雅贼"，而他如果真的私窃公家粮款去上学也就是"雅贪"吗？"三反"、"五反"运动是全国性的，当他在北京大学向校方坦白交代之后，校方动员他回原县交代。县委书记虽然批评了他，但也原谅他，要他继续读书，没有追究。县里也曾特意追问他，此事与我有无关系，他承认此事是完全背着我干的。毕业后分配在芜湖师范大学教书，当他知道我为此受了不少委屈之后，曾来北京专门拜访了我，表示道歉之意。此人后来也成了我的好朋友。2012年4月，当他知道我在合肥休息住闲时，还专门从芜湖到合肥看望我。作者在合肥见到了吴奎罡同志，所以细节与上有些出入。

上面提到的三弟李家鹏和我的内弟夏可沛，一个是我的胞弟，一个是我爱人的胞弟。两人都是1949年9月一道到望江县找我，并就地参加工作的，他们自1950年分手后，一直没有见过面，我离开望江县后也与他们没有见过面。感谢望江县粮食局，它使我们三人有了一次难得的见面机会。在我的事大体清楚后，我们三人在此欢聚了一次。我的冤案得以澄清，大家都很高兴。

这一次，我在望江县近半个多月。自然什么事情都清楚了，我就没有理由继续留在这里了。望江县委给我做的审查结论，没有直接给我，而是邮寄华东粮食局的。本来我拿着铐我的手铐想在安庆地委状告望江县委专案组，但待在这里已经够久了，家里还不知道我是怎么回事，工作单位也期盼着我能早点回去。如果要告状，自然又要拖一段时间，这样我就又匆匆离开望江县了，没有向地委告状。

离开望江县的归途中，我也考虑了一些事：（一）在别人看来，根据当时的客观环境和我的个人情况，一般认为我是完全有贪污条件和可能的，那时就地吸收的个别旧粮管人员也的确向我暗示过，但我坚决反对这样做，这与当时党组织对我的教育影响，以及我个人的思想境界是分不开的。（二）这一次，我虽然蒙受了很大委屈，但是毕竟最后还是还了我清白，说明我相信党、相信组织的信念，还是对的，最后并没有冤枉我。这是我最大的精神安慰。（三）在这次接受审查过程中，从华东粮食局的大会批斗、到武装押送望江县，以及到望县后的批斗，上手铐，我始终没有胡说过一句，这样就给自己、给组织上减少了许多麻烦，这是对的。（四）就我来说，就是经受了两次考验，一是政治，支援渡江战役的前后100天；二是经济的，即"三反"、"五反"运动中当了四个月的"假老虎"，这对我并非坏事。我总是从积极方面来考虑这一切并勉励自己的，认为自己能经得起这种考验是光荣的。从而也避免了负面影响。

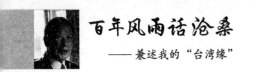
五、难得的读书机会

　　1959 年 10 月，我从预备党员转为正式党员，才不过半年多的时间，忽然我早已破灭的升大学和再读书的梦想又有希望实现了。

　　这一年，中共中央高级党校（"文革"后改为中央党校）根据毛泽东主席《工作方法六十条》，创办了理论班，又称"秀才班"，因为是 1959 年创办的，后来就叫"五九班"。学员共 246 人，每个省市选 2 至 3 人，中央及国务院部委一般亦如此。我们粮食部据说初选 12 人，后来淘汰成只剩下我一人。当时"选秀才"的标准是：（一）十七级以上中共党员；（二）有基层工作经验者；（三）文笔较好并有著作者。年龄未做严格规定，一般都是 30 多岁至 50 岁的中年人。我当时是 33 岁，自然都符合规定。这样，粮食部就推荐我去应试，结果录取了。

　　说实在的，当时我内心是矛盾的，一方面，我从高中毕业后就一直渴望着升大学，当年入伍的实际目标也是奔解放区后方的大学，如今这个高级党校的前身就是马列学院，是共产党的最高学府，相当于大学又似乎超过一般大学，机会难得，对我自然是有吸引力的；另一方面，我对自己当时的工作是满意的，领导很器重，业务上也是得心应手的，一个从大学里出来的学生，要想得到我这样的工作也是很不容易的，实在有些舍不得走。但结果我还是去了，是 1959 年 10 月底正式办了入学手续的，从此就在这个高级党校读了六年，一直到 1965 年 7 月毕业才离开学校。

　　原计划只读四年，怎么读了六年呢？这是因为这个期间，我们参加了一些政治运动，例如反右倾机会主义，主要是针对庐山会议时彭德怀的"万言书"，还有时任中央高级党校校长杨献珍的"合二而一"论。其实这都是当时"左"的思潮在党内占主导地位造成的。我们虽不在工作岗位，但要求也要清除所受这方面的思想影响。学员们要求把政治运动耽误的时间补回来，这样就延长了两年，成为六年。1965 年毕业后还给我们补发了一张"硕士研究生班"毕业的证书。

1961 年春和 1962 年春，毛泽东主席以及刘少奇、周恩来、朱德、邓小平等中央领导同志两次接见了我们班的全体学员，也同时接见了新疆班的全体学员。这第二次接见是 1962 年 4 月 15 日，我们都近距离见到了毛泽东主席和其他中央领导同志，自然都感到十分兴奋和光荣。我一共买了三张照片，自己留下一张，其他两张，一张送给了当时在安徽省委工作的弟弟李稼蓬（家鹏），一张送给了当时在庐江县一个小学当教员的哥哥，他是国民党军队中的起义人员，当然都很高兴。而不幸，我那在小学当教员的哥哥，竟把它放在自己办公室的玻璃板下，被同村的两个村干部看到了。他这个学校，离我们家比较近，家庭是地主成分，他自己又是国民党起义人员，于是竟惹了一场不算太小的风波。这两个村干部，给我们学校写了一封"告状信"，上纲上线，说这是我"用同毛主席照的相来镇压我们贫下中农！"天啦，在那阶级斗争为纲的年代，这真是一顶吓死人的大帽子！也太冤枉我了。我自己对与毛主席及中央领导一起照相有荣誉感，这是很自然的，但这种做法不对，也太不谨慎了。所幸党校和班上党支部并没有追究我这件事，只是告诉了我有这件事，没有批评和处分我。

后来我返乡时，曾遇到这两位告状村干部中的一位，还主动与他握了手，说了几句问好的话。我想这在当时那种情况下，是可以理解的，也完全是一种司空见惯的事，用不着解释，更不应该责怪他们。我们见面时还都是很友好的。

整个党校学习期间，我的主要收获：

一是认真地攻读了《资本论》。这是马克思一生中最重要的经典著作。其所阐述的剩余价值理论，是一部永放光芒的不朽著作，处处闪耀着辩证唯物主义的光辉，是各种理论著作中的基础理论，是不会过时的。当时辅导我们这部书的，是经济学界著名学者吴学文和王珏同志。王学文老师有两个"四句"的评语，一是"高山仰之，景行行之，虽不能至，心向往之！"二是"仰之弥高，钻之弥深，观之在前，忽焉在后"。我们读这部经典著作，花了两个学期，整整一年，我很重视这部著作，每篇每章都做了笔记，也写了不少心得体会。可惜"文革"中都丢失了。

二是认真地攻读了毛著四卷。这是一部新中国革命史的百科全书，就毛泽东领导革命的前期来说，也不愧为马克思普遍真理与中国革命实践相结合的光辉典范。他写的《辩证法》、《实践论》、《论十大关关系》和《论人民民主专政》等，我不知读了多少遍。他的《十大军事原则》等著作我更欣赏。陈毅等中央领导同志曾给我们做过辅导报告。哲学方面则是艾思奇、韩树英等做的辅导报告。我尤其欣赏毛主席的语言风格，古为今用，深入浅出，活泼生动。在校时我模仿毛主席的文笔，联系实际，写了好几篇短篇论文，发表在党校办的《炼笔》杂志上，受到好评。

三是认真地攻读了中国历史课。给我们讲过历史课的先后有郭沫若、范文澜、刘大年、翦伯赞等著名老师。郭沫若主要是结合《屈原赋》等讲断代史，讲得很深刻，很精彩，不愧为一个才子。他对《屈原赋》一共多少字，都数得一清二楚。对其中难懂的句子也深入浅出，讲得很好。其他几位老师的讲课也是各有特色的，讲得最系统的是延安时期的一位老教师，给我们印发了大批参考材料。我也特别注意到，当他们讲到中国近现代史时，几乎无不提到清朝的兴衰，提到《马关条约》，提到抗日战争，提到中国台湾的被割让，也自然会提到，八年浴血抗战，终于收复了包括台湾在内的全部中国失土。

四是有选择地攻读了其他一些课。诸如马恩合著的《共产党宣言》、马克思的《哥达纲领批判》、恩格斯的《论家庭、私有制和国家起源》、列宁的《帝国主义是资本主义的最高阶段》等。我们还结合这些理论著作，学习了世界史，学习了国际共产主义运动史。人们认识世界总是有局限性的，即使作为伟大的革命导师也不例外。当然，时代也是有局限性的，随着时代的发展、时间的推移，所有这些理论都应该有新的认识、新的发展和新的阐述。其中特别是包括列宁《帝国主义是资本主义的最高阶段》在内的帝国主义论部分，尤其应该有新的发挥和补充。

这一次党校学习，总的说收获是很大的，不仅提高了政治理论水平，提高了思想境界，丰富了包括中外历史在内的各种知识，而且学到了由浅入深、由现象到本质的研究分析方法，写作水平也有提高，这对我后来转而从事社会科学研究、特别是对台湾问题的研究，是大有助益的。

我在中央党校学习六年，在第四年刚开始学习毛著时，学校方面要我提前毕业，说已决定要调"林办"工作。所说林办就是林枫同志的办公室，当时他是校长、国务院副总理，正式中共中央委员。主管人事工作的同志告诉我说，这是林枫同志的夫人郭明秋亲自挑选的，希望我不要推辞。我当时对学习理论似乎着了迷，不愿提前毕业，希望允许我学完毛著。后来学校又开展批杨献珍的"合二而一"论，接着又要求下乡搞"社教"，即社会主义教育运动，这样就拖下来了。我这次没有奉调去"林办"，并没有后悔，这并不是因为后来的"文革"，林枫夫妇被斗得很惨，而是因为我是长期搞部门业务工作的，在如此高层的政治领导身边，担心不太适应和不适合。

六、参加社教运动的一年

到 1964 年上半年，我们在党校已经是第五个学年了，政治运动所耽误的时间基本补回，应该学习的课程也都已学完，可以结业了。然就在这个时候，全国范围的农村社会主义教育运动已经展开了，因而从 1964 年下半年到 1965 年上半年，我们这个理论班，又奉派到陕西汉中地区参加了一年的社教运动。

北京颐和园留影 1965.6.

此为中央高级党校期间同去陕西山区参加社教运动的五位同志，其中李琪（左二）为老师，朱光（左三）为高级班学员，其余李家泉（左一）、高海宏（右二）、陈铁（右一）均为五九班（理论班）学员。

这个社教运动，开始叫"清账目、清仓库、清工分、清财务"的"四清"运动，是纯经济性的；后来则改为"清政治、清经济、清组织、清思想"的"四清"运动，即转为"以阶级斗争为纲"的政治性运动了。据说，这两个"四清"的不同内涵，正反映了毛主席与刘少奇同志在这个问题上的矛盾，刘少奇认为，这一次运动是解决四清与四不清问题，面对的是人民内部矛盾与敌我矛盾交叉在一起。毛主席则认为，这次运动是社会主义和资本主义的矛盾，是要整党内走资本主义道路的当权派。这就给后来的"文化大革命"埋下了伏笔。

我们一群七八十人，是被派到陕西汉

中地区的西乡县参加社教运动的，由一位名叫李剑白的省级干部领队，他当时也在党校高级自学班学习，这个班的学员也分别被派参加了一些省市的社教运动。李剑白是到西乡县马宗滩公社的领队人，我的同班同学高海宏是苦竹大队的领队人，党校老师李琪（女）是这个大队的秘书，我是苦竹生产大队的负责人，我们都是属马宗滩公社统一领导的。与李剑白同班的另一个副部级干部朱光，是国务院文化委员会的副主任，也分配在我们这个生产队，但没有挂任何职务。还有汉中地委配备的一名地方干部，再加上当地政府临时招聘的两个年轻人，我们一共五人在这个小队搞社教。这个小队是一个山区，住的非常分散，我住在一个贫农家里，每天帮他们家担水、扫地，也干一些其他零星杂活。

这次下乡搞社教，要求是非常严格的，一定要与贫下中农同食、同住、同劳动，不准搞一点特殊。朱光同志已经是年过六旬的老人，因身体不好，托人在城镇上买了一斤鸡蛋，就被通报批评了。我感觉到，当时领导对朱光同志的要求，似乎特别严格，不知道他是否因为犯有什么"右倾错误"。我们都是白天陪同农民一起劳动，晚上招集民众开会。因为是山区，民众住的十分分散。一个生产队，不过是40到50户人家，开一次会最快也要两个小时才能集中起来。我们访贫问苦也是一样，翻山越岭，一天最多也只能走访三五户人家。我们住的这个小队，位处龙山，属秦岭山脉，山势陡峭，崎岖不平，风雨天走路尤其困难，但是当地农民们已经是习惯了。

我们的做法，先是宣传政策，讲解政策，然后忆苦思甜，动员鸣放，最后组织力量，深入清查。正像朱光同志在一首诗里说的"群峦起伏风雷急，万壑千山夜夜鸣"。与此同时，也向一些干部们交代政策，号召自清，洗净污垢，轻装上阵。果然效果很好，有些队干部、会计、出纳、管理员，自动地交代了自己的"四不清"问题。总的说只要能讲清政策，依靠群众、做好工作，一般都比较顺利，所交代的问题，也比较实在。然而通过批斗、施压，甚至是违反政策的恶斗，效果就不好，有些人交代的问题后来也有翻案的。这次像我们这样，从北京去的就比较注意政策，注意事实和证据。而当地别的生产队搞社教的，不少就出了偏差，如谩骂、罚站、罚跪、用凉水或热水从颈子上倾倒，说是帮助"洗手洗澡"等，个别还有罚跪的，甚至要跪在砖石块上。当时胡耀邦同志是这个省的省委书记，特别注重政策，三令五申，这才得以纠正了。

在整个社教过程中，我们发现基层干部基本上是好的，工作上还是很辛苦的，所存在的主要是工作作风和工作方法问题，也爱贪点小便宜，多吃多占，多记工分，少数该退赔的也退赔了。至于真正的走资本主义当权派，至少我们工作队所在的马宗滩公社还未看到，事实上他们还没有这个条件。队里群众对他们意见是很大的，过去也没有说话机会，社员们说得很形象，说是"鼻子大了压住嘴——有话说说不出来"。这一次我们给了民众充分的说话时间，让他们不要顾忌，有话说话，有气出气。在他们说完了想说的话、出完了要出的气后，又对所有干部心平气和地进行评估。农民群众绝大部分也还是淳朴的、讲道理的、实事求是的。在最后民主评议、重选干部时，有不少有缺点错误的干部还是被继续当选留任的，只有较少数有所调整。

我们在一年社教运动中，体会最深的有两条：一是干部和群众之间，缺少正常的沟通管道，农民群众积累的怨气，没有一个"出气口"，一旦有机会提意见、出气，往往就是"爆发式"的，偏激行动也与此有关。二是基层干部也有很多怨气，上面的主观主义、"左"的思想，一时很盛行，作风上也往往是强迫命令式的。基层干部说他们受的是"夹板气"，活像厨房里的风箱两头受气，一头是上级，一头是民众。这到邓小平主政纠正"左"的思想和作风之后，情况才有所好转。

在我们与农民群众同食同住同劳动的过程中，也与他们建立了深厚的感情。我们离开苦竹生产队时，双方都是依依不舍的。许多人从老远的山上跑下来送行。当地与我们一起工作的同志，包括临时招聘的一些同志，分别时也都是依依不舍的，拜我们为老师，希望能长期与我们保持联系。我们从北京同来的同志，相互间也是如此，回京以后各回自己的工作岗位，很长时间也都保持着联系和往来。与我们同住一个生产队的朱光同志，在当地还留下美好的诗篇，特抄录"十问——西乡之行"中的六首如下：

曾踏龙山问苦贫，几回低首几回行？
群峦起伏风雷急，万壑千山夜夜鸣。

山归月朗问奔泉，何事铮钹夜不眠？
长恨不清横溢道，愿流入海涤云天。

牧马河边问激流，牧人苦泪可曾流？
伤心往事奔腾久，不灭穷根誓不休。

闲行陇亩问青苗，历尽寒冬瘦几条？
不怕冰霜春不到，栉风沐雨浪如潮。

马宗滩上问奇踪，实践新知世所宗，
踏尽千山终恨少，而今耳顺要学农。

碧天招手问巴山，记否征人雪度关？
万木葱茏春正好，壮心未已鬓先斑。

朱光同志任职的国务院文委会，是陈毅同志分工主管的，他回京后将自己的诗篇呈送陈毅，陈看到这最后一首的最后一句："壮心未已鬓先斑"，就笑着说："老朱呀，好像你的精神状态有点不对头吧！"他回来时，与我们约会，马上要我们把所赠诗篇中的这最后一句改为"此生誓不释刀镮"。

我对 1964 年下半年到 1965 年上半年这一段在陕西参加社教运动的一段，至今还是记忆犹新的，一看到朱光同志这段"曾踏龙山问苦贫"的诗句，也是颇多感触的。

朱光同志参加过长征，是老红军，也是一位才子，珠江大合唱的歌词，就是他创作的。从陕西社教回家后，分配至安徽出任副省长，是66岁左右辞世了。在他生前，我们同在马宗滩搞社教的同志，包括高海宏、李琪和我，都去他家玩过，家中藏有许多古董、工艺品，我还曾看到越南胡志明主席亲自给他题写的一首中国旧体诗："云拥重山山拥云，江心如镜镜无尘，徘徊独步西峰岭，南望重洋忆故人。"这才知道胡志明主席还精通中国汉语。我把这首诗抄录下来，很快就背熟了，至今没有忘记。朱光同志博学多才，待人和善，我个人至今都很怀念他。

我们先后在中央高级党校六年，参加陕西社教运动算是这六年中的最后一年，是理论联系社会实际的一年。从陕西回校后，很快就毕业了，大约当年7月间，大部分学员都奔赴原地原部门，我原来也是力争回粮食部的，粮食部也非常欢迎我回去，但是没有实现，最后经中央组织部分配到隶属国务院国际关系战略研究中心的中国现代国际关系研究所（院）了。从此由粮食专业改行，转为社会科学研究了，最后转向研究台湾。

中央高级党校的六年，是"左"的思潮泛滥的六年，党内斗争十分激烈。我共经历了庐山会议后的反右倾、批判杨献珍的"合二而一"，以及维护党的总路线、大跃进、人民公社"三面红旗"的斗争。但对我来说，不过是一般学员，除了应付一些必要的会议外，主要精力都是用在学习上，我做了多年基层的实际工作，好不容易遇上这样好的学习机会，学校又是以自学为主，我几乎是如饥似渴、全力以赴地把时间用在读书上。应该说，我这几年的收获是很大的。当然这些年，对于总路线、大跃进、人民公社等，实际生活中也遇到不少想不通的问题，大都闷在心里，觉得自己也无能力解决，那就像鲁迅诗句中写的"躲进小楼成一统，管他春夏与秋冬"了。

我对中央高级党校还是很有感情的。44年以后即2009年的5月15日，我应这个学校（已改为中央党校）培训部的邀请，当时联系人是李瑗教授，再一次也是最后一次去给研究生班讲课。这时我从研究所离退下来已经多年了，讲的主题是《台湾新形势与我和平发展战略探讨》。过去来此讲课，主要也是台湾形势方面的内容，共十来次之多，但每次都要根据新形势和新情况，做一些必要补充，大都还是比较受欢迎的。这一次的情况与过去差不多，最大的不同是，过去讲课对象大部分是各省市和中央有关部门的培训干部，而这次主要是研究生，包括博士研究生和硕士研究生。过去是大课堂，二三百人，这一次只有四五十人。陪同我的老师和培训部领导，除了李瑗教授外，其他都不认识了。

这次讲完课并午宴后，又在校内走了一圈，看到今日的党校已经面貌一新，特别是我在校时已初步修成的环校小河，今日更是美丽，春风杨柳，陪衬着潺潺流水，使人格外留恋。既是校园，又是花园，如今学校的师生们太幸福了。

我在回来的路上及到家后，写了以下一段五言顺口溜，或叫打油诗也行，以示纪念。

党校是母校，转眼四四年；

今日来讲课，思绪万万千。

进门寻故址，一时辨不清；

下车询故友，知者无一人。

课堂无虚席，全是研究生；

身强体也壮，不愧黄金年。

先后同窗友，今日是师生；

讲课两小时，答问一时整。

课后设午宴，众师送我行；

环校走一遍，触景思旧情。

新楼幢幢立，面貌处处新；

花草满校园，绿树更成荫。

小鸟吱吱叫，河水潺潺鸣；

百年风雨话沧桑
——兼述我的"台湾缘"

当年青春少，如今过八旬。
人老壮志在，至今笔未停；
夕阳无限好，誓扫独妖氛。

03 第 三 篇

我与台湾的"不解缘"

一、研究台湾前的"空窗期"

我自被分配到现代国际关系研究所（后来改为研究院）的综合研究室，从1965年9月到1973年7月，将近八年的时间内，是我研究工作的"空窗期"，大概经历了以下三个阶段：

从1965年9月到1966年6月，不到一年的时间，我被分工为研究西欧经济。但我的外文，主要是英语太差劲了，无法阅读英文报刊。中学时代，从初中到高中，虽然学过一段时间的英语，但是根本没有学好，是各门功课中最差的一门。参加工作后既不使用也未复习过，连已读过的英文单词也全都忘光了。在华东粮食局及中央党校期间，亦曾利用业余时间学习过四五个月的俄语，但是也是"三天打鱼，两天晒网"，原背诵的几个单词也全忘得一干二净。不懂外文，连起码的文字和语言工具都未掌握，又怎么研究西欧经济呢？如果是让我当这个室的领导或副领导，"外行"又怎么领导"内行"呢？于是让我在室内一些同志的辅导下，半脱产地学习英文。七八个月过去了，学习了一点英文的A、B、C，而研究工作依然上不了手，偶尔去阅览室、图书室去翻翻台湾报刊，倒是蛮有兴趣的。台湾报刊也刊有世界各国的若干资料。

从1966年6月到1969年8月，三年多时间，也就是"文革"开始到去"五七干校"劳动前，主要是在研究单位参加"文革"。在轰轰烈烈的"文化大革命"（简称"文革"）开始后，成天学习政治文件，到处观看大字报。与全国各地一样，我们这个单位也很快被造反派夺权了，研究人员一样分成"革"派和"保"派，我自然是属于"保"派。我对老干部、老革命，一向都是很尊重、很崇拜的，认为他们南征北战，出生入死，历尽艰辛，功不可没，正像毛主席诗词中说的"父母忠贞为国酬，何曾怕断头？"而对年轻的"红卫兵"们所作所为，总是看不惯，看不顺眼，觉得这也不是，那也不对，不知不觉地站到了他们的对立面，在自认为气候适宜的时候，更写了一些尖酸刻薄的批评文章。当时上海的《文汇报》曾发表了"派性表现十条"，我则发展到"派性表现二十条"，作为大字报贴出，矛头自然都是针对当时"造反派"的。这样，我就终于被卷进"文革"运动的漩涡中去了。所谓"灯蛾扑火——惹焰烧身"是也。再联系到我的家庭出身，中学生时代参加过国民党的"三青团"，参加革命前又曾去国民党统治区谋过事，这样问题就都来了，首先是现实表现不好，其次是历史上不干净，一度被列为"群众专政对象"。我既非"红五类"，也非"黑五类"，对此自然不服，在"支左"的解放军代表进驻我们研究单位后，曾几次进行申诉。后来我还是被区别对待的，没有列入被称为"黑五类"的所谓"牛鬼蛇神"队，而是划入革命群众中需要重点帮助的对象一类。仍然与大家一起工作、劳动和学习。

从 1969 年 8 月到 1973 年 7 月，大约四年时间，我是在山东邹县的"五七干校"度过的。我们是第一批被下放到这个干校的，属于当地的一家国营农场。在这四年时间里，我参加过三年的农业劳动，一年的非农业劳动。这次到"五七干校"，我们都是按"连、排、班"编队的。在农业劳动中，我先后参加过掏粪班、种菜班，后来又转为水稻班，学会不少农业本领。种水稻，这是全校范围的主要劳动，包括犁田、耙地、育苗、插秧、锄草、收割、打场等各种劳动。所有这些劳动，既要有体力又要有技术，我当时只有四十来岁，年富力强之龄，体力上没有什么问题，干的全是重活。插秧这门农活，既是体力活，又是技术活。开始时，我每天只能插两分地到三分地，但我注意到农场师傅和少数学员能手，插得又快又好，"诀窍"在哪里？渐渐我也学到了这种"诀窍"，这就是"脑、眼、手、脚"必须配合行动，一是"脑"，一定要全神贯注，不能分神；二是"眼"，必须紧盯着秧苗和水田，不要东张西望；三是"手"，左右两只手，要相互配合，左手分秧，右手插秧，行动要快；四是"脚"，一定要跟上手动，随时后退，自然地后退。这样，速度果然快起来，由原来的全天只插两分地到三分地，提高到全天可插一亩田左右。我胜利了，高兴极了，虽然很累，但精神却很愉快。就这样，"触类旁通"，"心有灵犀一点通"，我很快在其他农活，诸如锄草、收割、打场等农活上也都成了快手。三年下来，我们同来的许多耍笔杆子的"秀才"，就又成了干农活的"能手"。

一年的"非农业劳动"，主要指后勤工作，即食堂采购人员。我骑着自行车，或者跟着一辆拖拉机，东北至兖州、曲埠一带，西南至微山湖和许多村镇，几乎跑遍了周围数百里乃至上千里的地方。凡是新鲜、便宜、好吃的食品诸如蔬菜类、鱼虾类、肉禽类，我都要设法去购买。我那时骑的自行车，一天最多要跑几百华里，后来准备学开拖拉机买菜，刚刚学会，还未能正式上马路，就因工作变动停止了。在当采购员期间，我又向别人请教，学会了制作煤油炉子，成本低，用起来也很方便。开始时利用废铁皮、罐头盒等来制作，后来就利用采购员之便，收购了一些廉价的手工工具和白铁皮之类，共制作有十七八个煤油炉子，花钱不多，差不多都是赠送别人的，自己留下两三个自用。我的妻子和孩子是随着第二批干部下放，住在离干校不太远的山东兖州还未开工的八八煤矿宿舍。那时，下放者，几乎家家都用的是自制煤油炉子。我留下的自用煤油炉子，在后来离开山东时也都送别人了。对我来说，做煤油炉子，当时主要是视为一种乐趣，寻求开心罢了。自己劳动的成品，无论送别人或自用，都有一种说不出来的愉快感。

我们是在山东邹县农场就地进行整党、落实政策的。大概是1971年春，我属于第一批经批准恢复党籍。因为我们这一批，以及第二批下放的干部家属也都已下放至山东，原估计已不大可能再回北京。到恢复党籍后，渐渐感到，还是有可能调回北京工作的。

1971年9月开始，在林彪的"9·13"事件暴发后，"文革"形势有了新的发展，各地的"五七干校"几乎都办不下去了，纷纷自动返回原单位，当时有所谓"五七干校"已成"五七空校"之说。所谓"空"，是指学员们几乎全走光了，空空如也。

我们在山东的这个"五七干校",大概从 1972 年年初开始,就有大批学员自动回流,有住机关招待所的,有住亲戚朋友家的,也有在机关学校借房住的。我因没有找着住的地方,还是住在山东"五七干校"。1973 年 7 月,原现代国际关系研究所,通知我回综合研究室上班,这时大约还有一小半的人,仍然留在山东,而是一两年后陆续调回北京的。

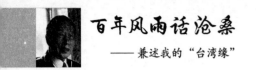
二、走上了研究台湾的不归路

  1973 年 7 月上旬通知我回京上班之后，虽然仍是综合研究室，但已不再研究西欧经济，而是被指定研究台湾经济。我这个人有个特点，就是虽不聪明，也不太笨，肯钻肯干，比较勤奋。这个综合研究室，加上可以看到台湾报刊，用不着外文，我的中文底子虽不是太好，但是看台湾报纸还是没有问题的，加上我是学政治经济学的，有粮食工作的实践，有一定理论基础，对国民党也有一定了解，并有这方面的研究兴趣，于是总的说我还是愿意接受这个任务。从此，我的后半生，就投入了研究台湾，与台湾结下了不解之缘。

  我写的这本书的原书名就是《我与台湾的缘分》。这是名副其实的。很小的时候就从老师那里知道，台湾是中国的领土，是腐败无能的清朝政府在甲午战争失败后，被迫与日本帝国签订了《马关条约》，把台湾割让给了日本侵略者的。年轻时候，父亲办的学生补习社，后来又挂着庐江县滨湖乡国民小学的牌子；当时是国共合作，有些学生家长又在安徽省国民党的抗日根据地立煌工作，带来了大批的抗日刊物，从此我就接受了国民党的"抗日文化"，其中有的文章资料就曾提到台湾问题，表示一定要收回已被日本侵略者占据的台湾。而我在学生时代，每逢"七七"抗日纪念日，不仅是自己的发言，就是帮别人代拟的发言稿或讲演稿，最后收尾那一段，在收复中国失土中，也一定会加上包括台湾的内容。在中央党校学习历史课，每当讲到近代史《马关条约》割让台湾这一段，心情就不大好受，从而对日本侵略者有一些情不自禁的愤恨。

我是从研究台湾经济开始研究台湾的，从 1973 年到 1982 年差不多有 10 年时间，是专门研究台湾经济的。关于北京将成立台湾研究所之说，早就有所传闻，但一直是"只听楼梯响，不见人下楼"。改为研究台湾经济，虽然是愿意的，也已积极投入工作，但另一方面，总感觉到自己所在单位是搞国际关系研究的，自己没有掌握外文工具，自非长远之策，经与原粮食部同志联系，他们非常欢迎我回去，经过该单位的努力，最后报经中央组织部同意，已下达调令到我所在单位。而后来因为成立台湾研究所，该单位又不想放我走，但组织部已下调令，不好办了，于是单位领导就想了一个"绝招"，在一次邓颖超同志亲自参加听取国台办台情汇报会上，又近距离地向她呈送了一个报告，说因要成立台湾研究所，情况有变化，工作有需要，不能放我走，邓大姐马上同意了，并在报告上做了表示。这才又决定把我留了下来。说实在的，如果真的要去台湾研究所，我个人还是很愿意的。后来果然成立了台湾研究所，并要我负责具体的筹备工作。这个单位并不特别需要外文，这样我就完全死心了，不再要求回粮食部了，决定终生献身对台研究事业。

福建厦门大学先走一步，于 1980 年成立台湾研究所，这一次我曾被派参加了他们的成立大会。该所重点是研究台湾历史和台湾经济，而后来北京成立的台湾研究所，则扩大了对台研究的领域，因为靠近中南海，要为中央决策服务，故而特别重视政治和政策方面的研究，与厦门台研所在分工上各有侧重。

北京这个台湾研究所，我是以现代国际关系研究所综合研究室主任的身份参加筹建工作的，并以这个研究室的一部分人员为基础来招兵买马，不仅研究人员有所增加，对台湾的研究领域也较原研究单位进一步扩大。后来我个人的研究领域也从经济扩展到政治、两岸关系、对台方针政策等。1985 年 5 月，我们这群原来属于国务院国际关系战略研究中心的现代国际关系研究所综合研究室的相当一部分人员，经中央领导核准，改隶中国社会科学院而正式成为台湾研究所。

筹建台湾研究所，这当然是高层领导的意思。我是具体负责筹建工作的主要人员之一。当时在现代国际关系研究所内，流传着这样一段笑话，说我这个综合研究室的负责人，竟然想入非非，要搞什么"台独"（指脱离国关所而成立台研所）。而正好相反，我们正是反对"台独"而希望成立台湾研究所的。因为台湾问题是中国的内部问题，为什么要放在现代国际关系研究所内来研究呢？这不是在研究机构上把台湾问题国际化了吗？这话是很有说服力和威慑力的，很快就没有人再说了。

从现代国际关系研究所到台湾研究所，我个人曾先后出任过研究组副组长、组长、研究室主任、副所长、专职研究员等。研究员是 1988 年评定并经批准的，我曾担任现代国关所职称评定委员会委员。从 1973 年开始到 1991 年离退，我在职从事对台研究共 18 年。

1991 年离退后，我并没有中止对台研究，按照我个人的说法是转为对台研究"个体户"。而实际上这样的说法并不完全确切和准确。我的社会兼职还是很多的，例如，曾兼任包括北京大学在内的好几个大学和学院的教授，出任北京台湾经济研究中心的副理事长和代理理事长，出任全国台湾研究会的常务理事，还曾出任过两个国务院涉台机构专家咨询组的成员，等等。但作为专门性的研究来说，我还是独立进行的，所以确是对台研究的"个体户"。这时我已经没有正式的行政职务了。我个人从事研究工作的黄金年华，因为"文革"等原因而至少失去了八年，根据国家的人事制度，当我 1986 年满 60 岁时就应该是离退之年而因工作需要而实际延长了三年，到 1991 年自然就必须退下来，不能再担任行政领导，更谈不上提升职务了。

从 1991 年 9 月离退之日起到 2011 年，我从事不在职的研究，即自称的对台研究"个体户"，又是 20 年多了。加起来就是 38 年，快 40 年了，因为自己对台湾问题的研究，一有使命感，二有兴趣和感情，三觉得用点脑子对老年保健也有好处，因而有生之年，只要身体条件许可，我还准备继续干下去。正因为这样，所以我说自己对台湾的研究，已经走上了"不归路"，也就是说，我已与台湾结上了"不解缘"。

三、为什么从研究台湾经济开始

从"五七干校"回到综合研究室，并确定我的研究方向以后，我一直在想：为什么突然要我研究台湾经济呢？这对我，当然是愿意的，因为我是学政治经济学的，又有粮食经济工作的实践，个人也有这方面的兴趣，但绝不仅仅是这方面的原因。多年来，我们已经养成一种习惯，一切听从组织分配，当然个人也可以提意见，但最终还是由组织决定，叫干什么就干什么，既不讨价还价，也不去打听"为什么会这样"。这就是"文革"中有人批判的"驯服工具论"。就我个人来说，一辈子都把自己看成党的"驯服工具"。这到邓小平提出改革开放以后，人们的思想才逐渐有所变化。

为什么要我从事台湾经济的研究呢？原来并不是太清楚。后来在实践和学术交流中，才逐步了解到，加强对台经济研究，这原来是周恩来总理的意思。因为从海外回来的许多人，都向周总理反映，台湾经济搞得不错，尤其是加工出口经济，并给周总理送上自己亲自拍摄的台湾高雄、台中、南梓加工出口区的照片，照得都非常详细。这些照片后来都由周总理办公室转给我们这个研究室了。与此同时，我们也看到了其他许多方面的材料，主要是关于"亚州四小龙"的报道，台湾则已成了"亚洲四小龙"之首。而我们这边，却一个劲地还在搞"文革"，台湾那边则趁机把自己的经济搞上去了。相形之下我们落后了，中央领导可能已经感觉到，只"抓革命"不"促生产"不行了，于是更加重视抓业务、抓经济、抓"促生产"。与此同时，自然也想到要加强对台经济研究。

应该说，我们从事对台经济研究，在指导思想和研究方法上也是有问题和走了弯路的。多年的抓革命，政治挂帅，阶级斗争，思想意识已经"政治化"了，这不能不反映到我们的研究工作上来，特别是经济研究工作上。我是学政治经济学的，明明知道经济是基础，政治是上层建筑，生产力决定生产关系，但在研究上，却总是过于重视上层建筑和生产关系的作用，而忽略了经济基础和生产力的决定性作用。曾经把台湾的加工出口经济看成是"乞丐经济"和"殖民地经济"。在所有文稿中，都把台湾经济"负面"的东西，问题的方面，看得过多过重，这当然也不只是我一个人。这一切，都是在后来的实践和大量交流，以及看到的大量实际材料中，逐步地得到了纠正。

第一篇经济研究文章

我的第一篇问世文章是《台湾农村经济关系的变化》。台湾经济的发展是从农村"土地改革"开始的，是在农村"土地改革"的基础上发展了加工出口经济的。台湾"土地改革"后农业的发展，推动了台湾轻纺工业的发展，然后由轻纺工业再走向发展重化工业。"农业——轻纺工业——重化工业"，这就是台湾经济发的轨迹和道路。然而这一切，又都是在农村"土地改革"，发展农业和农村经济的基础上实现的，这就是我们往后确定要研究台湾农村经济关系变化的主要原因。

在开始研究这个主题前，我曾看到内部发行的一本厚厚的台湾经济发展白皮书，连署名单位都没有，其中谈到台湾进行的土改是"假土改"，说土改以后土地又有新的集中，地主依然存在。由于两岸当时相互隔绝，大陆对这次台湾土改的真相，并不真正知情，加上传统意识形态的影响，作出这样那样的误判是毫不奇怪的。我在看了大量资料后，认为这种判断并不符合台湾农村的实际状况，于是在同室刘映仙同志的配合下，我们经过将近两年的时间，终于写出《台湾农村经济关系的变化》一文。1977年完成，1978年正式公开发表。

国民党政府自中国大陆退据台湾后，接受了在大陆时的教训，从1949年到1953年期间，在台湾实行了一次自称是和平性的"土地改革"。大体上包括三个内容：一是"三七五减租"，二是"公地放领"，三是"耕者有其田"。这次土改，地主保留地甚多，农民偿付代价较大。虽然如此，但对整个台湾的封建地主经济是一次致命冲击，对地主阶级也是一次沉重打击。国民党在大陆时期，许多高官权贵本身就是大地主，因此，即使是一种改良性质的土地改革，也无法实际进行。但在去台湾后的情况就不同了，作为大陆的"大地主"，来革相对说台湾"小地主"的命，就没有那么多瓜葛、那么多顾虑了。所以，整体来说，这次土改还是比较顺利的、成功的。

这一次土改的最大特点，是对待台湾地主，就像大陆对待民族资产阶级一样，采取的是一种赎买政策，不仅保留地较多，而且征用的土地是由当局搭配给水泥、工矿、农林、纸业四大公司的股票抵偿的，从而使当地地主资本顺利转化为工商资本，这对后来台湾由封建经济转型为加工出口性的工商资本经济是起了非常大的推动作用的。另外，它又部分地满足了台湾农民的土地要求，提高了他们生产的积极性，这对稳定当时的台湾社会和发展生产，同样起了相当的促进和推动作用。

这一次土改，对台湾农村封建经济有很大触动，其后若干年间，由于加工出口经济的发展，促使台湾农村的封建经济进一步解体。农村地主阶级趋于没落，小自耕农渐居优势地位，商品经济和资本主义经济从而获得迅速发展。到我们写这篇文章时的 1977 年，以之与 1949 年相比，台湾的农村经济关系和生产结构等都已发生很大变化，作为一个阶级，即封建地主阶级在台湾农村已经看不到了。

当我们在 1977 年，拿出这篇文章的初稿，在全所内部征求意见时，不禁使一些人感到惊异和震动。他们说：台湾没有封建地主了（指农村封建地主），这怎么可能呢？如果是真的，那以后还能说国民党当局是代表大地主大资产阶级的政权吗？说明两岸长期隔绝、自我封闭、互不了解的情况已经够严重了。所幸，今天的两岸情况，已经有很大的突破和改善。

尽管台湾的土地改革，对地主是采取赎卖政策，做法也比较和平与宽容，但毕竟牵涉土地所有权的变更，因而地主阶级仍然持有强烈的抵制和敌对心态，这些家庭中有些人或知识分子，凡有条件的，均出走海外，甚至为反对国民党政权而参加海外"台独"组织，这在美国、日本、加拿大都有，几乎是公开的秘密。这里使我感到有一种奇怪现象，即中国大陆不少地主家庭出身的知识分子，为反对当时国民党的专制独裁统治，在苏联十月革命影响下，背叛了自己原来的阶级出身，而参加了共产党，积极支持和参与"土地改革"；而台湾不少地主家庭出身的知识分子，在国际资本主义影响下，却为反对国民党的"土地改革"，不惜背叛祖国，背叛中华民族，而参加了分裂祖国和中华民族的"台独"组织。中国共产党最爱国，始终高举爱国主义大旗，在国民党去台湾后，因看到它仍能坚持一个中国的爱国政策，从而能不计前嫌地给予了支持并争取合作。但这同样也遭到了主张"台独"的民进党势力的强烈反对，民进党也从而使自己走向了与外国干涉势力合作，并与全体中国人民为敌的错误道路。

第二篇经济研究文章

我的第二篇问世的研究文章是《台湾经济是怎样发展起来的？》人的认识总有一个逐步深化的过程。我的这篇文章，也是经过反复多次的修改才发表的，并且是按照自己的认识水平来回答一些问题的。比如当时台湾所面临的内外环境，内部有丰富的廉价劳动力，外部有繁荣的资本主义国际市场，台湾当局又不失时机地采取了相对正确的政策措施，这样就把台湾经济发展起来了。我个人在这篇文章中，对台湾加工出口经济在整个台湾经济中所起的重要作用做了充分肯定。

我在这篇文章中，对台湾经济的发展，还用了自认为做了比较全面和客观的"四个字"来概括：一是"带"，即从大陆带去的大量黄金美元，特别是优秀人才、部分轻纺机器设备等，都列有具体数据，从而对"台独"分子所说"国民党是光着屁股"到台湾的，做了客观和有力的澄清，说台湾经济的发展与中国大陆毫无关系是不对的。二是"丢"，即日本人丢下的，国民党当局当时在台湾所拥有的二十几家"国营企业"和四十几家"省营企业"，都是日本人丢下的，虽然因战争中的破坏而受到一些损坏，但毕竟"有"与"无"是不同的，恢复比重建要容易，它们在发展台湾经济中还是起了重要作用的。三是"给"，就是美国给的，美国从

20世纪50年代初到60年代中期，给了台湾当局"美援"约15亿美元，还有小麦、棉花等大量的物资援助，以及对台湾的各种技术输出和支援，这对台湾经济的恢复和发展同样是起了重要作用的。四是"赚"，台湾当局对内，充分利用了当时岛内丰富的劳力资源，对外又遇上战后繁荣的国际资本主义市场，加上自己不失时机的及时、正确的政策措施，这就大大促进了台湾经济的发展。台湾方面后来一直引以为傲的所谓"台湾经验"，主要是指经济方面。不过，台湾当局后来过分强调了上述四条中的最后一条，这是很不客观的。

我的这个概括，受到了一些台湾学者的好评和欣赏，例如，台湾一位著名大学教授、研究所所长名叫魏萼的，就曾把我这篇文章翻译成英文本后赠送给了我。

其他经济研究文章

与此同时，在台湾经济方面，我们研究室和我个人，也加强了台湾贸易、台湾资本领域等方面的研究。

在台湾对外贸易方面，我个人写的文章指出了它在台湾经济中的地位和作用，也指出了它的四大基本特征：

一是，从吞吐数量看，它是大进大出，高速膨胀；

二是，从出口结构看，它是轻纺为主，劳力密集；

三是，从贸易对象看，它是美日为主，其他次之；

四是，从贸易政策看，它是奖出限入，小型开放。

我个人对作为台湾经济支柱的对外贸易，也提出了它存在的主要问题，诸如，与大陆贸易问题、贸易出超问题、美台贸易关系问题，以及产品竞争力问题，并提出了自己的看法。

在台湾资本领域方面，我个人探讨了台湾的四大资本，即外国资本、华侨资本、大陆资本和地方资本。我还特别探讨了台湾的地方资本和从大陆去的官营资本实力变化的几个阶段，以及与之相应的生产关系与上层建筑的变化情况。

20世纪70年代中期以前，基本上是随蒋氏父子同去台湾的大陆籍官营资本势力"一霸天下"的局面,是为第一阶段。这一时期,"总统"和"副总统"都是大陆籍人。

20世纪70年代中期至80年代,即蒋经国去世前后,基本上是大陆籍官营资本势力为主、台湾新兴的地方资本势力为辅的联合政权,是为第二阶段。这一时期,"总统"是大陆籍人,"副总统"是本省籍人。

1988年年初,蒋经国去世到李登辉接班前期,已完成了台湾地方新兴资本势力为主、大陆籍旧的官营资本势力为辅的联合政权的过渡。是为第三阶段。这一时期内,"总统"是台湾省籍人,"副总统"是大陆籍人。

1996年起至2008年春,即从李登辉主政后期到陈水扁两度主政,无论在经济领域还是在政治领域,都是台籍新兴地方资本"一霸天下"的时期,是为第四阶段。这一时期,"总统"和"副总统"都是台湾省籍人。

以上观点和写的文章,都是在李登辉仍在台上,陈水扁主政台湾前写的。如今马英九主政已经两年多了,目前及往后又会是怎样呢?我个人认为,陈水扁主政的8年,基本上延续了以上所说的第四个阶段。现在看来,由于在经济领域,大陆籍资本和台湾籍资本正在逐渐融为一体,因而在政治领域,外省人和本省人也有逐渐融为一体的现象,这也可能就是马英九之所以能在2008年当选的一个重要原因。尽管民进党中少数人仍在炒作省籍议题,但其效果会逐步递减,就是说往后炒作省籍问题有可能越来越不灵。

四、两岸第一次学术交流会回顾

　　1983 年 8 月 9 日至 12 日，两岸学者 20 余人，齐聚北京香山饭店，举行了自 1949 年两岸分割以后的第一次学术交流会。在这以前的厦门大学虽已成立台湾研究所，并已吸收过台湾学者参加研讨会议，但那只是个别的，零星的，有的也非正式邀请的，不能与香山的这次会议相提并论。这次会议的主题是"台湾之将来"。会议主持人，一方是加拿大西蒙·弗雷泽大学台籍教授郭焕圭；一方是中国社会科学院研究生院教授赵复三。会议是开得成功的，大家各抒己见，畅所欲言，求同存异，从此就打开了两岸学者进行学术交流的大门。

会议的背景

　　1949 年至 1979 年的 30 年中，两岸长期隔绝，台湾又实行了蒋经国的"三不"政策（不接触、不谈判、不妥协），这就更加无法进行交流往来。自 1978 年年底，中共十一届三中全会以后，大陆整个党和国家的政治路线都做了重要调整，工作重心由阶级斗争为纲转向经济建设和实现国家现代化，并实行了改革开放政策。与此同时，大陆的对台政策也适时地进行了调整，并在此基础上发表了《告台湾同胞书》，主张在两岸间实行"通商、通邮、通航"。1982 年年初，邓小平又提出了"和平统一、一国两制"。

　　然而，"冰冻三天，绝非一日之寒"。《告台湾同胞书》发表后，一年、两年以至三年四年过去，两岸关系仍然未见有明显的松动。怎么办呢？坚冰必须打破，两岸关系必须解冻。十年"文革",实际上是中国人斗中国人,国共两党,海峡两岸,也都是中国人。现"文革"已成过去,这方面斗争已经结束,难道海峡两岸的斗争还要持续下去?如此,我中华民族的复兴和振兴的希望又在哪里?当时中央是邓颖超同志主管对台工作,中央台办是在廖承志同志的直接领导和指挥之下进行工作的,于是采取了迂回曲折的学术交流措施,具体做法是通过海外朋友采取相互串联的做法,邀请一批侨居海外如美、日、欧、加等地的台籍学者来北京开交流会,果然收到了良好的效果。

百闻不如一见

当时,以侨居加拿大西蒙·弗雷泽大学台籍教授郭焕圭先生为首,共邀请侨居海外的台籍学者有,美国威斯康星大学教授田弘茂,美国德雷克大学教授林宗光,美国科罗拉多州立大学教授范良信,澳大利亚昆士兰大学教授邱垂亮,香港中文大学教授翁松燃,原德意志联邦共和国国家经济统计研究所研究员张宗鼎,日本东京经济大学教授刘进庆,加拿大维多利亚大学教授肖欣义九人,除个别人外,几乎全都是第一次来中国大陆。

因为大家都没有来过中国大陆,更没有看到中国共产党领导的中国大陆,从而都是以一种奇特的眼光注视着周围的一切。他们在来之前,自然已看到西方媒体关于中国大陆各种各样的报道。张宗鼎研究员来之前,就听说过共产党领导的中国大陆,到处都是特务,戒备甚是森严,人民一点自由都没有。他不知道这是真还是假,来到北京以后,拒乘公家车子,自己租了一辆自行车,到处走街串巷,想到哪里就到哪里,竟然没有发现一个人跟踪他。后来是他自己告诉别人说:"我骑着自行车,满街跑了大半天,自由得很,没有发现一个人跟踪我呀!"逗得大家哈哈大笑。来自日本的大学教授刘进庆,因为我们俩都是研究台湾经济的,提交会议的也都是经济论文,大家一见如故,很快就熟识了,会下他悄悄地问我:"您和太太(指爱人)是住在一起吗?"我马上意识到这是受西方媒体宣传的影响,说共产党统治下的大陆,到处都像兵营一样,男的住一起,女的住一起,没有任何自由。于是我对着他一笑说："自然是夫妻，怎么可能不住一起？"他听懂了，似乎也有点不好意思。

这时不禁使我想起当时是社科院美国研究所所长的李慎之给我说过的一段故事：我到美国与另一位同事同行，拜访了一位华侨老朋友，坐在会客室以后，这位朋友匆匆叫来他的两个孩子说："这就是爸爸结交的两个'共匪'朋友！"两个孩子大惊失色地小声嘀咕说："怎么'共匪'也和我们一样？"我把这个故事也告诉刘了，两人亦相视而笑，原来大家都是一样的人啊！

会上的交锋

海外邀请与会的朋友，观点上全是偏"独"的，大陆内地邀请的自然又都是偏"统"的。这次会议，实际上就是统独两大派的观点交锋，不过会议要求大家应是理性发言，正像著名社会学教授费孝通先生在会议开幕词中说的，应本着"心平气和、互相切磋、求同存异、反复研讨"的精神来参加这次会议。

大陆方面参加的学者有，中国社会科学院近代史研究所研究员丁名楠，中国社会科学院日本研究所所长何方，中国现代国际关系研究所副所长阚念倚，中国社会科学院研究生院教授赵复三，中国现代国际关系研究所综合研究室主任李家泉，中国现代国际关系研究所研究员陈士诚，厦门大学台湾研究所所长陈碧生，中国社会科学院工业经济研究所顾问张宣三，中国社会科学院法学研究所副所长盛愉九人。但与此同时，大陆亦有六名在职台籍学者，即厦门的朱天顺，北京的周青、廖秋忠，上海的郭昭烈、郑励志，贵州的黄威廉等参加了会议。

两方学者矛盾的焦点是，围绕着台湾和两岸关系的历史、现状和未来进行讨论，分歧是大的。在历史方面，有些台籍学者质疑关于"台湾自古是中国不可分割的一部分"的提法，竟把郑成功、清朝政府，与荷兰和日本侵略者混为一谈，这就歪曲了事实，结论自然也是不对的。在现状方面，他们又把国民党看成外来政权，这也是不对的，至于说国民党在台湾实行专制独裁，镇压台湾人民，共产党同样是反对的，但不能把同一个民族的内部矛盾，混淆为与异族之间的矛盾。

在未来方面，他们认为台湾应成为"新而独立的工业化国家"，并认为国民党、共产党，孙中山和毛泽东，历史上都曾发表声明支持"台湾独立"，这是把台湾在"日本统治时期"与战后"已经回归祖国"这两个不同的历史背景混在一起，这自然更不对。未来在台湾，"台独"不会有出路。在所有这些方面，双方有过激烈交锋，但总的来说，还都是理性的、平心静气的。

不过，双方学者在谈到台湾历史上的不幸时，也都有某种共鸣。例如，来自美国的台籍教授林宗光，在谈到台湾过去时，历数了西方帝国如英、德、法、荷、日本以至美国等对台湾的觊觎、野心、践踏、侵略时，不禁十分感慨地说，台湾成了"亚洲的弃儿"、"帝国主义的牺牲品"，以至"国际政治中的足球"，"台湾虽数易其主，但无一是台湾人"，"岛上多次权力更迭，但没有一次出于台湾人自己的选择"。这同样使大陆学者为之十分激动、理解和同情。我个人坚信，今日中国大陆之对台政策，一定会是在对台情了解再了解、认识再认识的基础上提出的。过去的清朝政府，历代统治者，竟使台湾成为"弃儿"、"化外之民"，完全没有尽到保护和爱护之责，这应该是非常严重的历史教训。

沟通是桥梁

会议交流是沟通的一个好形式，沟通又是打通相互关系的好桥梁。这一次学术交流会，给我们最大的一个启示，就是看到了沟通的好处与重要性。它可以清除堵塞，疏通管道，引进暖流，增进了解，化解心结，增强互信。当然这必须是一个长过程，是一个需要认真、细致、长期、系统地进行工作的过程，绝非一两次会议、一两次沟通交流就能实现的。

通过这次学术交流的沟通会，大家敞开心扉，畅所欲言，各抒己见，实事求是，收获是大的：

表现之一，许多台籍学者初步了解到，中国大陆为什么如此强烈地希望两岸早日实现统一；大陆学者也初步了解到，台湾为什么会有些人如此心心念念地希望实现"独立"；双方如能在这个基础上进一步交流沟通，对于问题的最终解决是一定会有好处的。费孝通教授在开幕词中引用了李白的两句诗："总为浮云能蔽日，长安不见使人愁。"意思是说，台湾海峡不应当成为蔽目的浮云。

表现之二，我们看到了双方学者，在几天内就有一个从"紧张→缓和"以及"再紧张→再缓和"的过程。开始时，他们感到自己是第一次踏进这个共产党领导的地区，心理自然难免有些紧张，但亲眼所见，耳闻目睹，并不是传说的那样，心情就缓和下来了。后来开会了，统独观点对立，也难免有些紧张，但看到对方都心平气和地说话，有理有节，温文尔雅，于是情绪又缓和下来了。

表现之三，我们不仅看到了这次交流会是成功的，也看到了这一次交流会对于后来开展两岸交流的推动作用。像以"台湾之将来"为主题的学术交流会，1985年8月又在厦门召开了一次，参加者也是20多人，台籍与大陆籍各占一半，新人和老人各占一半。自此以后，中国社会科学院台湾研究所成立，全国台湾研究会成立，该两家与全国台湾同胞联谊会联手，几乎每年都要召开一次两岸学术交流会。一是由间接转为直接，二是由中小型变成大中小型并举。这时蒋经国的"三不"政策也逐步做了调整，于是两岸学术交流会趋于常态化了。

表现之四，"以文会友"成为两岸各种学术交流活动的重要形式。参加会议者，每人都要求写一篇学术论文。两次以"台湾之将来"为主题的学术交流会，我都参加了，写的都是经济论文，第一次是谈台湾经济发展，第二次是谈台湾对外贸易。两次共交了好几位研究台湾经济的朋友，如东京经济大学教授刘进庆、日本新潟大学教授涂照彦、日本大学专任讲师陈仁端、美国科罗拉多州立大学教授范良信，以及同名的科罗拉多（非州立）大学教授肖圣铁等，并与一些人长期保持着良好的联络关系。

中央领导对这次会议是相当重视的，当时主管对台工作的邓颖超同志亲自接见了与会同志，并做了重要讲话，充分肯定了这次会议成果，并希望今后能加强相互间的沟通和交流。

这一次两岸学术交流会到今年8月就是整整27周年了。往事历历，如在眼前，至今还很怀念。27年来，特别是最近两年，两岸学术交流会，无论在广度上、深度上、专业上、合作上，都有新的发展和突破。两岸虽仅一海之隔，过去是 "咫尺如天涯"，如今是 "天涯若比邻"，早晨在台北吃早餐飞大陆，办完事后可以再飞回家吃晚饭，变化太大了。现特将当年第一次交流情况回顾节录如上，以作纪念和比较。

五、研究重点从经济转向两岸关系

从 1973 年开始到 1982 年，我从事台湾经济的研究约 10 年。1982 年元月，邓小平提出"和平统一、一国两制"，我逐渐把研究重点转向研究两岸关系，但还没有完全放弃对台湾经济的研究。

社科院台湾研究所是 1984 年 9 月成立的，对外公开挂牌子是 1985 年 5 月。阙念倚同志是所长，我是副所长，下设办公室、综合研究室、政治研究室、经济研究室、人物室、资料室，对台湾的文学研究附设在政治研究室内。这个研究所，从筹备到成立，阙念倚同志和我，都投入了大量精力，他因身体不好，台研所成立后不久就提前离退了。我比他大两岁，担任副所长时就已经 59 岁了，按规定满 60 岁，就不能再出任所的行政领导了，实际上是过渡性的副所长。有相当一段时间，大约有两年时间，即 1987 年到 1988 年，我还以副所长身份代行所长职务，所内研究室的建立和人员的调整，大体都是我经手和主办的。一直拖到 1991 年下半年才退出所的领导班子，转为专任研究员，从此直到离退，我一直专心从事两岸关系的研究。"文革"十年，是我的黄金工作年华，然而却在大呼大叫的吵闹声中失去了。当我在退出所的领导班子后，感到一身轻松，决心以加倍的努力从事研究，以挽回我失去的年华。从后来的实践看，我可以自傲地说，退下来到 2000年初的 19 年，我的研究成果要远大于在职期间。

如果从 1983 年我的研究重点，正式地从经济转向两岸关系算起，到我 1991年下半年离退休时止，8 年左右的时间内，扣除行政事务，以及包括经济研究在内的时间，还有不到一半的时间里，主要从事对邓小平提出的"和平统一、一国两制"课题的探索和研究。初步探索的有以下几个问题：

一、"一国两制"构想的形成和发展；

二、"一国两制"构想的基本内涵和特征；

三、"一国两制"构想的理论意义；

四、"一国两制"构想与国民党政权；

五、"一国两制"构想与台湾经济；

六、"一国两制"构想与台湾政党政治；

七、"一国两制"构想与台湾人民利益；

八、两岸未来统一模式问题探讨；

九、民进党的"台独"路线及其危险性；

十、国民党的"独台"思路及其危险性；

十一、两岸经贸关系与台湾未来；

十二、"一国两区"和"一国两制"；

十三、台湾当局所谓"弹性外交"剖析；

十四、台湾政局趋向和未来两岸关系。

以上十四个课题，后来曾做了一些补充和修改，汇集成一个小册子《"一国两制"与台湾前途——中国海峡两岸关系探讨》，1991 年上半年由《人民日报》出版社出版。并在此基础上，浓缩为一个讲课大纲：《邓小平同志关于"和平统一、一国两制"的基本思想》，1993 年 1 月发表于《中国统一战线》。

不过，这些都是非常初步的，在以后的研究中，仍不断有所校正和补充，本书后面还会有所阐述。

六、周仟与魏大业其人

　　早在 1979 年，我和所长阚念倚、研究员陈士诚三位，就曾以"周仟、齐欣、魏大业"的笔名，编写过一本 30 余万字、名为《台湾经济》的书，由财政经济出版社出版；其实内部出版的大型工具书《台湾概况》一百多万字，也是以阚念倚为首，这三个人为主集体编写的。我们还曾以周仟、魏大业笔名撰写过一本名为《祖国的台湾》小册子，由时事出版社出版；陈士诚同志曾以周托、魏大业笔名出版过一本《台湾大事纪要》，也是时事出版社出版的，后来我曾以"魏大业"笔名，撰写过许多有关台湾政治、经济方面的评论文章。凡此，都曾经产生过一定影响。台湾问题在内地一向是十分敏感的问题，以个人署名公开发表文章，这在过去更是罕见的。周仟、齐欣、魏大业三人的名字，时常见诸报纸和公开出版物，一时似乎成了神秘性人物。人们好奇地问：这三个人究竟是谁？连邓小平同志曾经接见过的杨力宇先生（关于两岸关系的"邓六条"，就是杨先生概括并公开发表的），也曾在一次学者大会上公开询问："不知周仟、魏大业先生究竟是何方神圣？"其实这三个人都是虚拟的笔名，实际都不是真名。

　　当初为什么要采用"周仟、齐欣、魏大业"的笔名？我在 1994 年主编的《台湾经济总览》的《自序》中，曾经回答过这个问题：当时之所以要采用这个笔名，"主要为纪念周恩来总理。他老人家在世时，始终惦挂着孤悬在祖国东南一隅的台湾岛及那里的人民。凡属这一方面的事情，他即使再忙也都要亲自过问。直到生命垂危的最后一天，还专门找来有关这方面的一位负责同志，欲就台湾与祖国大陆的统一问题，有所交代和嘱托，但由于病势严重，等这位负责同志到达时已是语焉不详、吐字不清了，只听他老人家不止一次地提到一个'台'字，连续不断地重复一个'托'字。很显然，他是在说，台湾问题和祖国的统一大业就托付给你们了……中国人民最敬爱的周总理实际上还未能说完这句话就与世长辞了。"《自序》接着说，"我们所用的笔名'周伩、齐欣、魏大业'并非真有这三个人，而是借谐音喻义，意即'遵照周总理的嘱托，齐心协力地来捍卫祖国的统一大业'。"

想起这一段事，我个人至今还是有些感慨的。那个时候，大家都还有一种强烈的集体爱国主义精神，一般都不愿用个人署名发表文章。1979 年以后，随着改革开放，随着对台政策的调整，随着台湾研究所的成立，在报纸媒体公开发表研究性或评论性的对台文章已越来越多。这已是过去的事，但即使如此，我至今偶尔仍以"魏大业"笔名发表文章，特别是批判"台独"或分裂主义者的文章，以示对过去的怀念。在我的心底深处，这就是捍卫祖国的统一大业，从而也表示了一种使命感和光荣感。

发挥"余热"的日子

　　我是 1991 年 9 月初办理离休手续的，从此就是非在职的研究人员了，虽然后来又返聘两年，但仍然是非正式的在职人员，心理上自然不太适应，慢慢就习惯了。由于我从事对台研究工作太久，对这项工作颇有感情，虽然不在位了，但对这方面的研究工作从来没有中断过。在离退以后，大约有半年时间，几乎每天都拿出三至四个小时，从事玩扑克、下棋、打麻将等娱乐性活动，后来工作一忙，就全都舍弃了，每天除了体育锻炼两个多小时，这是我自定的多年坚持的"雷打不动"的时间外，其余全部时间都投入了从事对台工作和对台研究了。

　　"最爱夕阳无限好，人生难得老来忙"。这是一位活了一百多岁的老同志的宝贵遗言，这实际上也是我个人进入老年后一种心理状况和精神状态的描述，我也时常以这两句话来鞭策和鼓励自己，以保持自己常年的一种乐观精神状态。我常背诵这样两句话："怡然自得乐，潇洒对余生。"我一向视自己为"工作谜"和"工作狂"，以工作为乐趣。午轻时如此，中年时如此，老年时亦如此；在职时如此，离退后亦如此。

一、离退后对台研究整体情况概述

1991年离休迄2011年有20年。在对台研究上，大体上，我是以"四结合"的做法来要求自己。

一是理论和实践相结合。我在中央党校学习六年理论，凡是能用的我都用在对台研究上了。例如，我给台湾的"假土改"翻了案，就是根据实事求是的理论原则。又如，在海峡两岸关系上，深感分裂和反分裂已成事实上的对抗性矛盾，而制度和意识形态之争则正转化为非对抗性矛盾了。再如，在台湾岛内上层建筑中，本省籍政治势力与大陆籍政治势力的对立，实际上反映了经济领域台籍新兴地方资本势力已日益超过并取代大陆籍资本势力的结果。

二是研究方法和写作方法相结合。并特别注意马克思主义的辩证法，尤其是毛主席的《矛盾论》和《实践论》，我在研究和写作过程中是时常想到和注意运用的。毛主席讲的个别和一般、特殊性和普遍性，研究和写作过程中几乎无时无刻不靠它，无时无刻不在发挥作用。在实践过程中，研究方法和写作方法相结合，还是可以相互促进和提高的。

三是研究需要和老年爱好相结合。我原来是研究台湾经济的，离退以后一些统计资料看不到了，至少看材料已很不方便。经济虽然是研究政治的基础，但毕竟有枯燥无味的一面，不如政治和上层建筑的资料易找和吸引人，故而我的研究方向进一步转向政治和上层建筑。特别是在香港中评网邀我出任特约评论员后，我更加感到有兴趣。从2005年下半年到2010年9月的五年多中，我共为之撰写了300多篇评论稿，平均每年60多篇。这以后我还是继续在写评论文章。

四是锻炼身体和老年保健相结合。身体是工作的本钱，真正事业心强的人，不会不注意自己身体的锻炼和保养。我从小就根据老师的要求，注意向德智体三方面平衡发展。进入老年以后，尤感保持身体健康这个问题的迫切性，我的周围和身旁有好几位有才有智之士，而因不注意锻炼身体竟都不幸英年早逝。在锻炼身体和注重保健之间，尤以锻炼最为重要。

还有，我时常用毛主席的战争理论来指导研读。毛主席说："伤其十指不如断其一指。"打仗如此，读书和写作也常如此。你读了十篇文章，与其都泛泛而读，不如选择其中最好的一两篇，细读、精读、反复读，直至完全融会贯通。对于写作中应该参考的材料或资料，也应如此。你觉得参考价值大的，应该多读几遍，深读、精读、细读，以便从中获得启发，养料和自己要写的文章的思路。我们不仅要把泛读和精读有机地结合起来，也要把一般研究和重要课题的专门研究有机地结合起来。

自1991年离退至2011年的20年中，我在研读和写作的各种活动中主要做了以下一些事：

（一）专著10本。顺次为《台湾基本情况及当前形势》（内部、合著）、《李登辉主政台湾之后》、《李登辉主政后的两岸关系》、《香港回归望台湾》、《两岸"双赢"之路》、《陈水扁主政台湾总评估》、《陈水扁现象透视》、《台海风云六十年》（含上、下集，两本），还有已在排印、即将出版的一本书，即《百年风雨话沧桑——兼述我的"台湾缘"》，20余万字，共约350万字。但如果加上离退前的《台湾经济》（合著）、《祖国的台湾》（合著）、《"一国两制"与台湾前途》已出版者共13本，近450万字。

（二）编著工作。我出任主编，亲自动手者，有大型工具书《台湾经济总览》，含总论、农业篇、工业篇、外贸篇、科技篇、金融篇等15篇，154万字。1997年协助有关部门主编《台湾问题重要文献资料汇编》一本，约200余万字。如果再加上离退前主编的大型工具书《台湾总览》一本130万字、中型工具书《台湾经济地理》30 万字，以及合编的中型工具书《中国国民常历史事件人物资料辑录》63 万字，共 547 万字。

还有，我和我的研究生刘新同志，曾参加了中央党校为主的评费正清编著的《中华人民共和国史》的"分离的省份"部分，3 万余字。

（三）学术活动。离休后曾多次参加过有关台湾问题和两岸关系的学术交流活动，应邀去过美国一次（在职时也有一次），台湾两次，香港两次，澳门三次。内地更不计其数，组织单位有国台办、海峡两岸关系研究会、社科院台湾研究所、全国台湾研究会、全国台湾同胞联谊会、福建社会科学院、厦门大学台湾研究所、联合大学台湾研究院、辽宁省台办等，每一次参加都撰写有专篇学术论文。

（四）讲学活动。邀请单位有全国政协及地方政协、中央党校及地方党校、中央台办及地方台办、大专院校、中央及地方社会主义学院、侨务干部学校，主要省市有北京、天津、江苏、安徽、浙江、河北、辽宁、河南、湖南、山西、陕西等。每一次讲课，都要写出讲课提纲。还有参加大专院校硕士生、博士生的论文评定及答辩评审活动亦多。

（五）协助工作。参加"两办"，即国务院台湾事务办公室和国务院新闻办公室有关业务专家咨询组工作各若干年。中国政府先后于 1993 年和 2002 年，两次发表关于台湾问题白皮书，我是第一个白皮书的主要起草人之一，也是第二个白皮书起草和审定的参加者之一。出任全国台湾研究会历届常务理事十余年、《台声》杂志顾问十余年、北京联合大学台湾研究所名誉所长，以及后来的台湾研究院学术顾问及兼职教授若干年。

（六）撰写文章。主要是撰写涉台文章。就我个人来说，大体有三个阶段：（一）1996 年以前，写的主要是"批独"文章，矛头着重指向李登辉，他在台湾主政 12 年，主张"分裂"的言论甚多，影响至深且大。（二）1996 年以后的相当一段时间，写的主要是"化独"文章，把"台独"和分裂主义的为首者与民进党、台联党中的一般民众分开，着重于分析说理，指出"台独"的危害性与危险性；（三）2000

年以后，写的则是批、化兼顾，对陈水扁批的较多，对民进党和绿营中的一般民众则以说理劝导为多，后者文章所占比例仍较大。

在以上三个阶段中，也同时写了很多的学术性和研究性论文，大部分已编入文集。

二、批“台独”的四个“第一枪”

在批判李登辉、陈水扁的分裂主义或“台独”过程中，我曾奋笔写过大量公开性论述文章，其中以四个“第一枪”文章最具代表性。

第一个“第一枪”，是发表在《人民日报》的一篇文章：《中国人的感情在哪里？——评李登辉与司马辽太郎对话》

1994 年 3 月底，李登辉与日本作家司马辽太郎的对话，是他分离祖国意识第一次公开的大暴露，当时全世界都关注着中共当局的反应。而从 4 月到 5 月，仍未见北京官方有任何表态。那时我正在山东、江苏等地讲学，听到的反映很多。诸如：

“李登辉的狐狸尾巴终于露出来了！”

“这样一件大事，为什么中央不说话？”

“中央持谨慎态度，可能是对的，但为什么也看不到民间学者发表批判文章？”

“再不说话，可能要被舆论界误判或认为我们是默认，那就不好了！”

五月下旬，我回到北京，出席了全国台湾研究会专门为此举办的一次学者座谈会，许多人都慷慨陈词，畅所欲言。我早就准备好了一篇题为《中国人的感情在哪里？——评李登辉与日本作家司马辽太郎的对话》，因当时李登辉还公开说自己是中国人。由于参加会议的学者很多，我全文照念了这篇稿子，大家都很认同和赞赏这篇发言稿，主持会议单位把这篇文章翻印了，人手一份，与会记者们也都每人拿了一份，包括新华社、《人民日报》记者，我满以为这篇稿子会很快发表的。但十多天过去了，仍然杳无音信，我自然更不理解。于是毅然地给中央对台领导小组的同志写了一封信，并附上我写的这篇稿子。让我意外的是，不过一周左右时间，《人民日报》6月16日的要闻版竟全文地刊登了。

我的印象，这篇稿子可能是王兆国同志亲自处理的，因为他当时是中央台办、国台办的主任，应该也是对台领导小组的秘书长。还有感觉他对我这篇文章很重视，评价也高，我参加的好几个会议，他都曾在会上特别提到这篇文章。

当天中央电视台新闻联播做了较详细的广播，新华社发出通稿，几乎全世界的华文报纸和许多外国媒体都做了转载或发通稿，这个"第一枪"算是打响了。各个媒体和报刊都对李登辉的这个"对话"展开了批判。

我在这篇稿子中，分别做了以下五点陈述：

一是"内心秘密的大曝光"。

李登辉先生在台湾主政之后曾经说过这样一句话："我是台湾人，也是中国人。"李祖籍福建省永定县，生长于台湾，确如他自己所说，他是台湾人也是中国人，是生长在台湾的中国人。正因为他具有这样的身份，并且没有蒋氏父子那样的历史包袱，人们期待他在两岸间发挥别人无法替代的特殊作用，化解历史遗留下来的"情结"，使两岸关系或台湾问题能够获得比较合理和各方都能接受的解决，从而完成一项比台湾光复、比台湾"民主化"更伟大的历史性工程。然而，后来人们实在有些失望了。

李登辉先生与司马辽太郎的对话，是他内心秘密的一次"大曝光"，这里似乎已经看不出他作为中国人的感情了。他在谈话中，多少情不自禁地流露了一点他对自己22岁以前作为"日本人"的某种怀念，对司马辽太郎那么多美化当年日本殖民帝国主义侵略行为的话，那么多充满敌意和鼓励策动肢解中国的话，竟能听之顺耳，甚至加以迎合和附和。另外，还大谈所谓"台湾人的悲哀"，并把悲哀的根子引向中国大陆，指国民党为"外来政权"，质疑"中国"的概念，甚至明白无误地表示，北京的两岸统一之念是"奇怪的梦呓"。对话的首尾，他都以《旧约》圣经里《出埃及记》中率领犹太人穿越红海、返故土重建家园的摩西自诩。其用心自然是再清楚不过了。难怪两岸及海外的许多中国人都为之"震惊"不已。

二是"什么是中国人的感情"。

作为一个台湾的中国人，应该理解当地人民的感情，这是无可非议的。至于李登辉是否已经真正做到这点，那是另外的事。不过我以为，李登辉先生作为台湾的中国人，不仅要理解当地人的感情，也要理解全体中国人民的感情。而其实这两者是不可分的。中国近代史是一部被侵略、被宰割、被凌辱的历史，几乎全世界所有的帝国主义国家都侵略过中国。台湾地处中国边陲，受苦受害最深最烈，大陆人民感同身受。近代史上的中国统治者，对外懦弱无能，对内则实行血腥统治，两岸人民同受其苦。从这个意义上说，台湾人民的悲哀，也是大陆人民的悲哀，两岸人民共同的悲哀。两岸中国人的心完全相通。只说是台湾人的悲哀是不够的，不全面的。

整个中国近代史，一是人民大众与帝国主义侵略者的矛盾，二是人民大众与反动统治者的矛盾。清朝甲午战争失败后把台湾割让给日本，以及台湾光复后在国民党统治下发生的"二二八"事件，无非都是这两大矛盾的集中体现。对于这些历史，作为台湾的中国人，同样应该有清楚的了解，更不应扭曲矛盾的性质和方向，把"台湾人的悲哀，归罪于大陆人，归罪于大陆的"外来政权"，甚至作为"反共拒和"和反对两岸统一的理由。

两岸中国人的感情是不可分的。历史上两岸的中国人，为了反抗外国侵略，反抗本国的反动统治，为争取中华民族的独立、维护国家主权和领土完整，曾经携手奋斗、流血牺牲、前仆后继、英勇不屈，共同谱写了无数可歌可泣的光辉篇章。这种以血和泪共同凝结成的历史和民族感情，绝不是少数人激动的和情绪化的言辞所能扭曲和分化得了的。

大陆人民对于台湾人民近几十年来经济上所取得的成就非常高兴。奇怪的是，当目前全世界的中国人都在为中国大陆近几年取得的经济成就而兴高采烈时，台湾岛内却有那么一些人总是感到不舒服，先是在经济上采取各种措施，以图降低

"大陆热",继而在政治上抓住一个"千岛湖事件",大做文章,千方百计地欲图扭曲台湾同胞对大陆的感情,真不知居心何在?

三是"不可误导人民的感情"。

对于身在台湾的中国人的感情,有"理解"的问题,也有"引导"的问题。而能不能正确地理解和引导,在很大程度上要取决于主政者能不能正确地对待自己和正确地对待历史。我们注意到,李登辉先生作为学者专家时,正如他自己在对话中所说还是比较注意"如何内敛"的,对事情的处理也比较谦虚和客观。一句话,是具有科学态度的,这正是他之所以能在台湾各方取得"信任"和获得"尊重"的一个重要因素。而如今,随着他个人权力和地位的变化,正像有人说的,早就有些"飘飘然"了,这一次,当司马辽太郎恭捧他能"掌握政治的秘诀"和"政治谋略也运用自如"时,李立刻告他说:"我从小就很敏锐",人们还"传称我是军事天才"呢!也许事实确有这一面,但从历史上看,一个人特别是政治性人物,当他只看到或过高地估计自己的作用时,那将是他犯错误的开始。好像世界上只要有了他,那就没有办不到的事。把自己看成"救世主",似乎自己所"想"即人民所"要"。结果是,脱离人民,脱离实际,碰得头破血流。

联系到台湾的现状,人们也不无这种担心。李登辉主政台湾以来,确为台湾人民做了一些好事,在改善两岸关系上也有自己的贡献。但在"得心应手"地完成"宪政改革"以后,一些脱离实际的思想也在滋长。台湾是中国不可分割的一部分,台湾人就是中国人。但一个时期以来,以台湾为主体的分离意识无限膨胀。什么"独立主权"论、"台湾国家"论、"台湾民族"论、"台湾利益优先"论、"台湾生命共同体"论、"主权再解释"论、"中华民国在台湾"、"权宜性两个中国"等,统统出来了。李登辉先生在这次对谈中更明确提出要建立"台湾人的国家"。这是不是在有意"误导"民众?联想到岛内有人竟把李登辉拜为"李天皇",把李登辉的"理念和成就"归结为"李登辉主义",实在是让人为之暗笑和恶心。

作为生活在台湾的中国人,提倡爱台湾、"出头天"、"当家做主"、重视"2100万台湾人的福祉",这些都是可以理解的。但如果某些另有企图的人,把爱台湾和爱祖国对立起来，把"出头天"、"当家做主"和祖国的统一大业对立起来，把2100万人的福祉和12亿中国人，即整个国家民族的长远根本利益对立起来，把台湾人和中国人分开，搞什么"台湾人的国家"，那就将危害包括台湾人民在内的全体中国人民的根本利益。而且，这样做是非常危险的，将给2100万台湾人民带来灾难性的后果，12亿中国人民绝对不会答应。

四是"中国人的事应由中国人办"。

中国有句俗话："苍蝇不叮无缝的鸡蛋。"两岸某些未解的"情结"、某些人的分离或带分离倾向的言论，已经给了某些外国势力以可乘之机。他们唯恐中国统一、团结和富强，在两岸中国人之间极尽挑拨之能事。他们惯用的手法是"以华制华"、"分而制之"。目前所谓"以民进党制国民党"、"以国民党制共产党"、"以台湾制大陆"、"以'台独'制统一"等，不正是某些外国侵略势力在新的历史条件下玩弄的新花样吗？历史是一面镜子，不论个人或政党，都要警惕自己被用作外国侵略势力手中对付自己祖国和同胞的一个工具。

中国人的事应该由中国人自己来解决。也许是个人经历的原因，李登辉先生虽自认中国人，但对在台湾的中国人还缺乏真正的完全的了解，更不了解大陆的中国人，不了解全体中国人民的思想感情。要不然，就很难解释这样一些问题：两岸同是中国人，却为什么不能坐在一起商谈自己的家务事，而偏要千方百计用外国人来"压"中国人，这不是适得其反？为什么两岸的政党领导人或当政者不能"同席对话"，而却偏与这个对中国仍充满敌意、对侵占台湾旧情不忘的日本人如胶似漆地促膝谈心，甚至"自剖心迹"？为什么在外国领导人面前可以"放下身段"、"低声下气"，以至"卑躬屈膝"地去寻求沟通对话，而对中国大陆领导人一再发出的要求两岸领导人沟通对话的呼吁，却摆出"身架"、大列"价码"、寻求"对等"，而实际上是拒人于千里之外？这只能有一个解释，那就是"挟外以制内"，其结果是让外国人从中渔利。

五是"所谓'主权在民'的真义"。

李登辉先生还有一个理论，就是"主权在民"，其实这是从西方资产阶级理论家卢梭那里抄袭来的。李鼓吹"主权在民"的用心,无非是为了对付中共的"一国两制"和否定中国对台湾的主权,并欲打着这个旗号进入联合国,搞与大陆分裂的"台湾人的国家"。其实,这正中了一些外国势力的下怀。然而,这是绝对走不通的。

所谓"主权在民"的"民",究竟是什么样的"民",是被控制、误导了的"民",还是完全摆脱控制、真正了解实情的"民",是局部的、少数的"民",还是全体、大多数的"民",这都是大有讲究的。历史上曾经发生过各种各样盗用"民"意以为自己政治野心服务的事,但到头来,一切玩弄"民"意的人,即使得逞于一时,最后都逃不了历史的惩罚。特别值得提醒的是,关于国家主权的大事,绝不是少数阴谋者所策划的"民"意所能改变的。

大陆的政府和人民,对一个时期来台湾当局中一些人的出格言论,是十分克制的。也许正因为其中有些人是台湾人,多少有点"投鼠忌器",也是为了不给外国人钻空子。但愿他们不要走得太远,不要视克制为软弱可欺,否则就完全错了。

最后,我建议李登辉先生以个人身份来大陆调研考察一下,既然自己讲可以"李博士"或"农业专家"的身份到世界各国去走访,却为什么不能以这个身份到祖国大陆来?要知道,不了解大陆,不了解 12 亿中国人民真实的思想感情,而以少数人"想当然"甚至"情绪化"的思考来制定大陆政策,是不可能行得通的。

第二个"第一枪",是发表在《光明日报》的一篇文章:《李登辉访美和中美关系问题》

1995 年 5 月 31 日的中午,我正在家里吃午饭的时候,忽然接到《光明日报》编辑部的一个紧急电话:"这是李家泉教授的家吗?"

"是的。"

"李教授在家吗?

"我就是。"

于是这位编辑部的负责人,就谈了他来电话的意图:有一个紧急任务,这就是李登辉确定要访问美国康奈尔大学了，我们编辑部商定要发表一篇文章，即《李登辉访美和中美关系问题》，今晚 7 点钟前交卷，明天一早见报。我一下愣住了，觉得时间这么紧，怎么可能？表现出为难的样子。于是这位负责同志，一再说好话，希望我能帮忙。我再三推诿，他再三劝进，最后终于勉强地接受了这个任务。

这天中午，破例地没有睡午觉，匆匆吃完午饭，就开始思考这篇文章该怎么写了。与此同时，也匆忙地翻阅了近日报纸。先想了一个思路，再拟出一个粗略的写作提纲，然后就动笔了，大约经过三个小时，写出了一个初稿，然后再誊抄、修饰，最后于下午六时半把稿子发到《光明日报》编辑部。他们当然也会有一些文字修饰和调整，第二天即 6 月 1 日果然全文见报了。新华社于当天发出通稿，中央新闻联播及时播出，国内外华文报纸和许多外国媒体也几乎全都转载或报道了。许多人都猜测，认为这篇文章有中央领导指示的背景，但我本人是不太清楚的。这篇文章发表后，全国各地报刊第二次掀起了批李高潮。文章大体有以下四个观点：

（一）"一出双簧公开亮相"

美国政府选择此时允许李登辉访美有两个重要因素。

一是与岛内的政局有关。明年春天台湾就要进行所谓"总统直选"，国民党必须早日提出候选人名单，时间很紧迫。李登辉虽说过不想"连任"，但内心并不一定是这样，其周围"抬轿子"的人自然也不愿他"下轿"。李正是在候选人这件事情上遇到了困扰，内有林洋港等人竞争，外有民进党的凌厉攻势和压力。国民党内外在这个问题上的斗争都在发展。此时此刻，李登辉自然需要美国政府的支持，以求在对外关系上有所"突破"，增加自己的竞选政治资本。更重要的是，美国政府担心，一旦李登辉不能作为候选人或将来落选，其对美国所推行的现行对台政策将增加变数，美国能否继续主控台湾成为问题，于是积极策划，内外配合，制造"民意"，推出允许李登辉访美的决定。在台所谓"总统候选人"问题上，美国政府终于公开"亮相"了。美国在李登辉遇到困难的时候支持一下李登辉，自然期待他未来的回报。

二是与两岸关系发展有关。近些年来，海峡两岸以经贸文化交流往来为主轴的关系已有新发展。近一个时期，又在通过第三次"唐焦会谈"（唐树备、焦仁和），为第二次"汪辜会谈"（汪道涵、辜振甫）做准备，两岸高层会晤和对话也不是完全不可能的。在此情况下，美国一些对中国不怀好意的势力，对这种发展趋势感到不安。他们唯恐两岸关系不断改善，甚至会进而商谈和平统一问题。他们一直把中国视为"潜在敌人"，不希望中国统一、团结、强大，认为只有保持海峡两岸的分裂状态，才能实现"以台制华"，从而牵制中国，使之不能发展壮大。有人说，允许李登辉访美，这是美国参众两院的意见，克林顿总统顶不住这个压力。其实，美国国会通过的此类方案，都对白宫和国务院没有约束力，而白宫和国务院居然接受，这说明美国政府和国会在台湾问题上所表演的不过是一出"双簧"剧。美国的白宫、国务院，或参议院、众议院最终都是根据美国的利益和需要来协调的，任何这方面的借口也都是站不住脚的。

（二）"过了时的霸主心态"

美国政府允许李登辉访美，公然置中美间三个《联合公报》的原则于不顾，这在国际上完全是一种背信弃义的行为。它根据自己的需要，出尔反尔，朝三暮四，任意毁约。它甚至把本国参众两院的意愿强加在别国政府和别国人民的头上，把自己的"国内法"放在"国际法"或国际间的协议之上。这完全是一种过了时的"霸主"心态。

美国政府破例允许李登辉访美，带了一个很坏的头。不管李登辉以什么名义访美，由于他的身份特殊，都是政治性的。李登辉自己也并不隐讳这一点。最近他在纪念所谓"总统就职"五周年发表演说时就说：我对美国的访问，"最重要的事情是表明中华民国的存在"，"我们必须使全世界承认中华民国的存在"。这很清楚地说明了他所谓"私人访问"的政治目的。美国政府允许他去访美，是明目张胆地支持他搞"两个中国"或"一中一台"的分裂行动。很显然，这是美台间进行新勾结的一个重要信号和重要步骤，不能不引起所有中国人的高度警惕。这是一件牵动 12 亿中国人民民族感情的大事，不仅中国政府十分关注，全国各阶层人民也都十分关注。

一个时期来，美国政府越来越明目张胆地支持台湾政坛中少数人分裂中国的言行。台湾当局提出的所谓"分裂分治"也好，"对等政治实体"也好，本质上都是"两个中国"。而"两个中国"，不管你主观上的想法如何，客观上无非都是"一中一台"或"台湾独立"的过渡，即先通过实现"两个中国"求得主权独立，然后再进而实现"台湾国"，所谓"先求其实再求其名"是也。这和美国所谓"双轨制"的对华政策一脉相承，表面强调"一个中国"，实际从未放弃暗里支持台湾当局中一些人的"两个中国"和"一中一台"行为。没有美国政府的暗中支持，台湾当局是绝不敢如此放肆地搞"两个中国"和"一中一台"的阴谋活动的。从这个意义上讲，台湾当局的现行大陆政策不过是美国对华（含对台）政策的产物。中国政府和中国人民之所以对美国在台湾问题上的一举一动都十分关注，其原因就在这里。

（三）"错误地估计了形势"

美国有一些人，总认为中国为发展经济，许多事情有求于美，还有中国内部事情很多，也无精力顾及其他，因而认为中国政府对此即使不愿意，也将不得不吞下这一苦果，认为中国政府表示反对和抗议也不过是做做样子而已。这是完全错估了形势。

中国人民是最讲原则的，是最重民族大义的。历史上，一向以爱国为荣、卖国为耻，坚持统一，反对分裂，头可断、血可流、其志不可侮。这就是中国人民传统的爱国主义和民族主义精神。在抗日战争中，中国共产党为建立抗日统一战线，曾不惜搁置前嫌争取联合国民党抗日。如今的海峡两岸，在政治上虽然存在分歧，但两岸绝大多数人民都是爱国的、讲究原则和民族大义的，美国一些一向与中国不友好的人，如果长期对此视而不见，无所顾忌地介入两岸中国人的内部事务，难免有一天会深深触犯中国人民的民族自尊心和民族感情，从而奋起反击，使问题走向这些不怀好意者所希望的反面。

中国人民对美国人民是友好的。中国的统一、团结和发展也绝不会对美国带来任何威胁。但美国政坛中总有那么一些人，连自己家里的事都未管好，却偏爱管人家的事，唯恐别人家里太平无事。他们对中国的历史无知，对中国人民传统的民族感情无知，对两岸不可逆转的统一发展趋势同样无知，也许是不愿意认知。美国在对华政策上不止一次地失误，不止一次错误地估计了形势。美国政府如果不放弃这种错误立场，将会在错误的道路上越走越远。

（四）"要看美国政府的态度"

中国政府已发表声明，要求美国政府从中美关系大局出发，立即取消允许李登辉访美的错误决定。看来，美国政府并不想改变这个决定，中国政府已初步作出一些反应，例如取消李贵鲜访美计划，推迟中美导弹和核能合作磋商，正在美国访问的中国军事代表团亦已提前回国等。

下一步的中美关系发展趋势，完全要看美国政府的态度。有两种可能：一种是纠正错误，回到中美签订的三个《联合公报》的原则上来，停止一切支持分裂中国的言行，那么两国关系会得到改善，彼此和睦相处，互助互利，这对中美两国人民和亚洲以至世界和平都有好处。另一种是坚持错误，并且越走越远，那么两国关系将趋于紧张，甚至可能出现倒退，这自然是中国政府和中国人民所不愿见到的。但是正像我国外交部发表的声明所说，"为了维护国家的主权，实现祖国统一，中国政府和中国人民准备面对任何挑战"。就是说，要做最坏准备，中美两国关系，美国政府如果一定要使它倒退回去，那也没有什么了不起。

台湾问题，说到底无非是美国问题。没有美国的阻挠，相信台湾问题一定能和平解决。希望美国朝野以中美两国人民的长远利益和友谊为重，在台湾问题上尊重12亿中国人民的意愿和感情，积极促进海峡两岸关系的进一步改善和中国和平统一大业的最终实现。

第三个"第一枪"，是发表在《人民日报》的另一篇文章：《两种"台独"一脉相承——评李登辉的"隐性台独"与彭明敏的"显性台独"》

这篇文章发表在1966年2月7日的《人民日报》。其实这篇文章，我是早在两个月前就写好了的。当时我是国台办写作小组的一个成员，题目是自报的，集体研究通过。我为写这篇文章，翻阅了大量的有关台湾资料，应该说是下了工夫的。写作小组对这篇文章评价不错，并且很快报给国台办领导了。但是10天、20天、30天一直快到两个月了，仍未见采用。我就忧虑起来："是什么原因？"在遇到当时是中央台办、国台办主任的陈云林时，我就迫不及待地问他是什么原因。他笑着对我说："这篇文章写得好啊，很有分量。这是重磅炮弹，不能轻易发出，应该等候适当时机。"果然在中国大陆军演前几天，即对台湾高雄和基隆试射导弹前的2月7日，由全国最权威的报纸《人民日报》要闻版全文刊出了。新华社发了通稿，中央电视台新闻联播节目做了非常详细的报道，国内外华文报刊几乎全做了转载或报道。外国媒体和报刊也非常关注，纷纷做了报道。不少人向我反映，认为这篇文章有理有据，材料充实，写得确有分量。

这篇文章，一开始就指出：人所共知，台湾岛内有两种"台独"：一种是以彭明敏为代表的"显性台独"，亦称"阳性台独"或"急性台独"；另一种是以李登辉为代表的"隐性台独"，亦称"阴性台独"或"渐进台独"。彭明敏早年就是臭名昭著的"台独"分子，成为完全丧失中华民族气节的外国利益代理人。由于他公开鼓吹"台独"，不为蒋家所容，长期逃亡海外。而李登辉则因"内敛"有功，深藏不露，长期留在国民党内，直至爬上台湾权力的顶峰。文章着重从四个方面进行了阐述。

（一）政治密友心心相应

李登辉与彭明敏都曾就读于日本。日本投降后，两人一起返台进入台湾大学，后又分别留学美国和法国。两人自年轻时代起，即因政治观点相近，成了"莫逆之交"，中间有分有合，友情始终未断。

两人就读台大时，与另一从日本返台任教、政治上亦倾向"台独"的刘庆瑞结成"铁三角"。刘曾炮制"台湾新宪法"，未及完成而病死。

20世纪60年代初期，在"台独"主张还未暴露时，彭曾红极一时，当选为台湾首届"十大杰出青年"，两次受蒋介石接见，此时李登辉是台湾"农业复兴委员会"的技正，两人你来我往，"相处甚笃"。

1964 年 9 月，彭明敏因印制并散发"台湾人民自救运动宣言"，以叛乱罪被捕入狱。而据彭明敏 1990 年 2 月 9 日在纽约的一次会上称：他"被捕前一天还与李登辉在一起"。

在流亡海外期间，李"十分关注这位老友的去向与动向"。李出任"副总统"后，曾密令其亲信私下与彭接触。1990 年 5 月，彭曾对台湾一报社记者说："李还是副总统时，有人告诉我，李登辉提到我时还在问，彭有没有在读书啊？不要疏忽了。"

蒋经国去世，李登辉掌权初期处境比较困难，彭在美"呼吁海外人士支持李登辉"，并称："我对李登辉人格、作风、理想、认识很深，李登辉能在外交上打开新局面，值得百分之百的支持。"

李在权力逐渐巩固后，对彭恩礼有加，诸如"组阁"人选、"总统"由"委选"改"直选"等，有很多都是唯彭意见是听。1990 年 4 月的"国是会议"，李曾向当时在美的彭明敏发出"言辞恳切的邀请函"；1992 年秋为促使彭返台，李曾下令撤销对彭的叛乱通缉令。在此前后，彭实际上早已成了李的"超级幕僚"。

（二）李氏"理念"照搬彭氏

李登辉当政后，人们早就怀疑：他本人是专攻农业的，为何在政治理念上歪论，竟然一套又一套地出笼。现在人们清楚了，原来都是从他的老朋友，素有"台独教父"和"台独精神领袖"之称的彭明敏那里搬来的。不妨举几个例子。

一是关于"政治实体"和"分裂分治"。彭氏在 1972 年就曾提出"独立政治实体"这一概念。1975 年 6 月，他在答《华盛顿明星报》记者问时又说：台湾未来应"选择建立自己的政治实体，同中国分裂"。近两三年来，李登辉正是根据彭的这些说法，连篇累牍地在大谈"对等政治实体"和"两岸分裂分治"。

二是关于"命运共同体"或"生命共同体"。1992 年 9 月 5 日和 27 日，彭氏先后在两次讲演会上提出要"建立'台湾命运共同体'"，对抗中共的"一国两制"。最近几年，李登辉也是亦步亦趋地在叫嚷要"建立'台湾命运共同体'"。也许是为了表示与彭提的不同，李在许多场合改提"台湾生命共同体"。对此，彭氏则专门加以诠释：李说的"生命共同体"就是"命运共同体"。他本人是"相当认同"的。

三是关于"国际生存空间"及"参加联合国"问题。彭、李两人的言行几乎完全一致。1984 年年初彭氏称：要"实现一个台湾政府，在国际上也要争取台湾是一个政治单位"。1991 年 7 月 4 日，彭氏又称："要申请加入联合国，至于名称需要大家冷静讨论。"如今，李登辉已不仅是口头讲，而且是在身体力行。李反复强调"国际生存空间"对于台湾的重要性，强调要"拓展外交空间，善尽国际责任"。他时而强调要"有计划地以'中华民国'名义重返联合国"，时而又强调"只要参加联合国，名称可以不必计较"。

这里特别值得指出的是，李登辉为搞"外交突破"，而于 1995 年 6 月以金钱铺路所实现的美国康奈尔大学之行，竟然也是彭明敏早就规划好的，1989 年 4 月，彭对台湾《中国时报》记者说："自从李登辉任总统后，我马上想到要请他访问美国，这是台湾重返国际社会的一个很好的方法。"1990 年 2 月 9 日，彭在纽约又对台湾《联合报》一记者说：我"曾致力促请美国民间邀请李登辉访美，已接洽好康奈尔大学以颁赠'杰出校友'的名义邀请他"。五年以后，李登辉果然一一照办了。

其他如"新主权观"、"主权在民"、"台湾利益优先"、"国民党也是外来政权"等，李登辉讲的差不多也都能在彭的著述中找到出处。例如，李登辉攻击"一国两制"是"旧主权观"，而彭明敏则早就攻击它为"传统的天下观"；李登辉强调台湾"主权在民"、台湾"必须是台湾人的东西"，而彭明敏则早已强调所谓"主权在民"，就是"台湾属于台湾人民"、"台湾人民有权对外独立"。李登辉 1994 年 3 月对日本作家司马辽太郎说："国民党也是外来政权"；而彭明敏 1983 年 7 月在"世台会"的一次讲演中就称："1945 年到现在，中国国民党政府统治台湾"，与日本"统治的本质并无变化，台湾继续成为殖民地。"凡此种种，几乎一无例外地都是彭先李后。人们怀疑李从彭氏那里贩来不是没有根据的。

（三）两种"台独"正在"合流"

由上可见，李、彭两人在台湾前途走向上，即一心把台湾从祖国大家庭中分裂出去的目标和做法上，几乎完全一致。至于不同，也还是有的，那就是在要不要利用"中华民国"这块招牌上，特别后来在要不要把这块招牌改为"中华民国在台湾"这个问题上，两人还是有分歧的。

1991年9月19日，李在一次研讨会上说："台湾已是一个称为'中华民国'的国家而独立着。"同月30日又说："台湾已是主权独立的国家，名称就叫'中华民国'。"其实李说的远不止这两次。彭明敏对此是不同意的。他明确地提出："中华民国是不存在的"，"一个政府、一个国家，能把基本政策建立在这么一个现实不存在、抽象的东西上吗？"

于是李登辉接受了彭的批评，在许多场合又改提"中华民国在台湾"。1992年11月中旬，他在一次国民党中常会上强调说："中华民国在台湾是合法的"；1994年到1995年，他更不时地强调称："现阶段是'中华民国在台湾'与'中华人民共和国在大陆'同时存在。"

然而彭明敏同样不以为然，彭的意思是很清楚的，既然李已把台湾定位为"主权独立的国家"，那就直呼"台湾共和国"就行了，完全没有必要含含糊糊，"犹抱琵琶半遮面"。其实这正是"隐性台独"的一个重要特点。

值得注意的是，最近一个时期彭的说法似乎有了新的微妙的变化：1995年5月9日，彭对台湾报界称：台湾是"以台、澎、金、马为范围的一个政府，国家名称先不管，先把自己的领土定出来，然后以此为基础，一切由此出发"。同年4月3日，彭亦曾在民进党一次会上称：台湾"未来要取什么国名，并不是很重要，它只是一个名义而已"，可以"叫'中华民国'，或叫'高砂国'，甚至有人叫'蒋经国'，都可以呵！"

这里，尤其值得人们注意的是：1995年9月8日，彭明敏作为民进党的"总统候选人"，主动邀集民进党主席、中央党部主管及社运界学者会商后，认为为打破大部分民众对"台独"议题的恐惧感，已同意以"赞成维持现状，等于赞成台独"来取代原来的"台湾独立"。谁都清楚，所谓"维持现状"，就是"认同"李登辉的"中华民国在台湾"，这是不提"台独"的"台独"。先求"台独"之实，暂避"台独"之名。也就是说，彭明敏的"显性台独"已认同李登辉的"隐性台独"。彭明敏也讲究起包装和欺骗的艺术了。

（四）同台参选暗藏玄机

彭明敏回台前后，曾一再公开表示说：他"不想参选公职，不想参加党派"。而且，彭认为李登辉主政以来的所作所为，正是他"当年所提出的政治理念"，是他"当年提出的方向"，已使他"在回首前程时感到无限欣慰"。彭还多次表示对李主政的"信赖和期待"。因此，无须他再亲自出马了。

彭明敏言犹在耳，却做了 180 度的大转弯：1995 年 2 月火速加入民进党，3 月 20 日宣布参加"总统"选举，历经半年奋战竟又夺得今年 3 月民进党的"总统候选人"。人们不禁要问：为什么会有如此变化？

根据台湾媒体报道，彭氏似颇为老友李登辉的参选处境而担心：一是国民党内有人向李的权力"挑战"。因李在是否参选问题上曾"失信"于人，朝令夕改，出尔反尔，反复无常，被人抓住"小辫子"，搞得很被动。人们的不满以及舆论界的评论，对李已造成一定的"杀伤"。二是民进党内有人"搅局"，想出来与李竞选者不少，其中真正有意向李登辉权力挑战者不乏其人。还有，他们的年龄都比李年轻，有的在党内也有一定实力基础，即使不可能取李而代之，至少可以夺走李的相当一部分票源。这对李是很不利的。

对李登辉，彭是绝对信得过的。从现有情况来看，彭明敏参选"总统"是假，为李登辉"护航"是真。他不是去"挤李"，而是去"助李"。

这一看法不是没有根据的。（一）从实力基础看，李登辉是手中握有权力机器的人，无论是政治资源、人力资源或财力资源，都是彭明敏无法与之相比的。这一点彭明敏不会不清楚。（二）从台湾媒体披露的材料看，这次民进党内争夺"总统候选人"，李登辉是明显地站在彭明敏这一边的，是他在经济上、政治上、舆论上支持彭明敏，才使得他当选为民进党的"总统候选人"的。（三）李登辉之所以要支持彭，一是由彭参选，李的高龄弱点就自然消失了；二是彭搞的是"显性台独"，民众比较担心，而相形之下李的"隐性台独"就更能欺骗人了。

就彭明敏来说，他改变初衷以参选，可以掌握主动权，从而察时观势，随机应变。如果幸而当选，得以亲自把多年主张的"台独""政治理念"付诸实践，既可一偿夙愿，又可不负党内支持者热望；如果形势不妙，不能当选，则可顺势推舟，暗中使力，转让票源于老友，使其能继续当权主政，保持两岸"分裂分治"的局面。

李登辉与彭明敏，两种"台独"，同源、同根、同流，尽管花样和手法不完全相同，然其分裂祖国的本质则完全一致。它们都违反中华民族的根本利益，也违反台湾人民的根本利益，包括台湾同胞在内的全体中国人民对此绝不答应，因而都是注定要失败的。

第四个"第一枪"，是发表在香港《文汇报》的一篇文章:《陈水扁正铤而走险——析陈水扁"一边一国"论》

这第四个"第一枪"，与前三个"第一枪"有很大的不同，它是香港《文汇报》记者电话采访稿，由笔者口头表述，虽然发表时间比较及时，该报在陈讲话的第二天即登出了，也算是"第一枪"。但觉有诸多不完善之处，后来在收入公开出版的书稿中，由笔者做了必要的校正和补充。

事情是这样的：2002年8月3日，在日本召开的第二十九届世界台湾同乡联合会上，陈水扁抛出一番露骨的"台独"言论，称台湾要走自己的民主路，台湾是主权独立"国家"，不是别人的一部分，也不是地方政府，更不是香港、澳门，"一边一国"必须分清楚，并表示公民投票是基本人权。总的来说，他的这番言论看似花样翻新，其实际上本质未变。所谓走自己的路，不是地方政府，更不是香港、澳门，明确地昭示出"台独"势力坚持台湾主权独立的险恶用心。笔者着重从以下四个方面批判了它的论点。

（一）"国际'大气候'与岛内'小气候'"

所谓国际"大气候"是指，自美国总统小布什上台以来，不仅不断给台湾"台独"势力打气鼓劲，而且在武器出售方面也比以往势头增强。不久前，美国政府与国会还炮制了所谓"大陆国防力量评估报告"，一面制造所谓"中国威胁论"，一面给"台独"分子撑腰打气。中国政府一直强调，不要给台湾方面误传消息，但美国政府就是听不进去。李登辉曾表示："美国迟早要承认一中一台。"这就是美国反华势力给予鼓励或支持所造成的结果。

所谓岛内"小气候"是指，陈水扁岛内地位和权力在增强。2000 年 3 月 18 日，民进党通过选票夺取了"政权"。2001 年 12 月 1 日，民进党又在"立法院"选举中获得胜利，而成为"立法院"中第一大党，从而巩固了陈水扁主导的政权。现在，陈水扁已集党政军警大权于一身，于是头脑发胀，口出狂言，为所欲为，其抛出这番"台独"言论并不奇怪。陈水扁走的是李登辉老路，他正在从渐进式"台独"向激进式"台独"过渡。其想法、做法与李登辉如出一辙。李登辉曾说"台湾必须是台湾人的"，陈水扁则说"台湾应走自己的路"；李登辉曾说"台湾是主权独立国家，其正式的国名叫中华民国"，陈水扁则说"台湾是主权独立国家，现在的国名叫中华民国"。

（二）"小民意"不能压服"大民意"

陈水扁在 2000 年 5 月 20 日就职演讲时说："不会宣布独立，不会更改国号，不会推动'两国论入宪'，不会推动改变现状的'统独公投'，也没有取消'国统纲领'的问题。"结果一旦"政权"稳定下来后，狐狸尾巴就暴露出来了，台湾某政党领导人讲"有其父必有其子"，果然，自称"台湾之子"的陈水扁，走上了被称为"台湾之父"的李登辉的老路。

众所周知，在日本侵略和八年抗战中，曾有 65 万台湾人和 3500 万大陆人为了保卫中国和中国的台湾献出了生命。真是一寸山河一寸血啊！台湾是两岸中国人共同开发的，也是两岸中国人共同用鲜血保卫的，是包括台湾在内的全体中国人的台湾，不只是 2300 万台湾人的台湾，更不是少数"台独"分子的台湾。中国政府和中国人民绝不允许少数"台独"分子胡作非为，绝不允许少数"台独"分子搞什么"公民投票"。一句话，绝不允许少数"台独"分子把台湾搞成外国人的附庸！

（三）陈水扁所谓"善意、诚意"真面目

此前，陈水扁表示过，"他曾'持续地'对大陆释放着善意和诚意"，说什么两岸要"善意和解、积极合作、永久和平"。然而没有"一个中国"原则，这所谓善意和诚意就没有了灵魂。人们现在看到的却是，陈水扁如何搬起石头砸自己脚的丑剧。反对"一个中国"和"一国两制"，这是何等的善意和诚意？把原本是一家人说成两家人，把原本是一国内部事务说成"国与国"的关系，这又是何等的善意和诚意？由此可见，陈水扁的"善意和诚意"不过是欺世盗名的幌子！

（四）制造矛盾和麻烦不得人心

陈水扁的"台独"言论出台后，必将给台湾内外制造多重矛盾。首先，在岛内挑起矛盾，制造麻烦。岛内同胞大都既有一颗"台湾心"，又有一颗心系两岸的"中国心"，不可能都拥护和支持陈水扁，反而会激化岛内的"族群之争"、"统独之争"。其次，给两岸关系也制造了新的紧张气氛，激化了两岸矛盾。大陆绝对不会对如此猖狂的"极毒"（激"独"）言论听之任之，必将采取有效措施。再次，全世界的海外华人也将同心反抗。"和平统一促进会"在全球60多个国家有100多个组织，它们是拥护祖国统一的一股强大的力量。最后，"台独"言论也将受到国际舆论的谴责。国际上普遍承认一个中国，绝大多数国家是不会承认"台独"的。因此，可以断言，陈水扁的此番言论实际上是为自己制造孤立，正所谓"玩火者必自焚"。相信陈水扁一定会自食其果。

三、民办"北京台湾经济研究中心"简记

　　从 1992 年到 2003 年，我在离退后，共有 10 多年的时间参加了民办社团"北京台湾经济研究中心"的工作。我对这样形式的对台研究和交流工作是十分肯定的，一是机构短小、精干、费用少，"船小好调头"；二是经济、民办、研究，并不那么敏感；三是比较灵活，弹性大，官方不方便说的话、不方便办的事，这样的机构可以说、可以办。正因为这样，国台办领导认为它很有用，曾给予很多支持，市台办也曾给予不少支持。

　　这个机构总共管理有五六个人，因经费靠自筹、不宽裕，工资都很低，我曾出任过常务副理事长、代理事长、其他办事人员，设有一个总干事、一个办公室

主任、一个秘书、一个会计、一个出纳，有事大家做，分工又不是那么严密。工资待遇也都是象征性的。虽然如此，大家却都干得很有劲，聘请的研究人员60人到70人，大都是科研单位兼职者、大专院校老师，还有不少是离退职工，他们在对台研究上几乎都是业余爱好者，即所谓"散兵游勇"，即使没有报酬也愿意聚集一起研议台湾问题，当然，被采用的研究成果还是给报酬的，条件许可时还发给一点出席讨论会的车马费。

我在这个研究中心是兼职的，不坐班，有事时才去，基本上是义务劳动性的。我从农村来的一个侄子名叫李正飞，高中毕业，就在这个中心出任秘书，在研究上帮我做了许多辅助性工作。在前后10多年时间，我和理事长方生同志（2002年4月去世后，我即代理他的职务）与聘请的管理工作人员（每人每月800元至1000元人民币），都是同甘共苦，有时大家一起加班加点，也都心甘情愿，无怨无悔。参加过研究中心工作的同志，至今仍很怀念这一段工作。本来我很想把这段工作情况，比较详细一点写出来，但在换届以后，这个研究中心即改为经济研究会，不久这个研究会也停办了，业务档案资料无从查寻，这里仅能根据个人记忆所及，将该中心在我任职期内所做的几件主要工作简要回忆记录如下：

（一）组织编辑一本厚厚的《台湾百家企业集团》资料；

（二）两次协助国台办有关单位汇编台湾问题文献资料；

（三）组织研究经向国台办申请并被批准的若干专题，并汇集成册；

（四）协助或参与市台办组织的一些业务性或专业性的学术交流活动；

（五）协助中心研究人员出版多本有关研究蒋经国、李登辉、陈水扁等人的系列书籍；

（六）举办过多起短期带业务培训性质的两岸企业管理人员交流学习班；

（七）联系有关律师所，协助台商解决投资债务纠纷问题；

（八）组织多起大陆律师及有关企业、教育界人士赴台参观交流；

（九）与中国民营经济研究会联合组成大陆民营企业访问团访台；

（十）向国台办、市台办及其他有关部门提供业务信息资料；

（十一）在有关部门的支持、配合下，多次独立举办不同类型的学术交流会；

（十二）推荐本中心研究人员出席其他部门举办的有关学术交流会。

这里特别值得提出的是，台经研究中心还根据自己所结交的台籍学者，及时向国台办、市台办，及有关部门做介绍或推荐，以便他们参加一些重要活动。例如，1996年国家主席江泽民所接见的一批工商界学者中，其中有些如著名台籍学者于宗先、郑竹园、叶万安、魏萼等，就是台经中心推荐的。

总之，我认为像北京台湾经济中心这样民办社团的经验，是值得重视的，它可以对官办机构起到辅助作用，起到官办机构所不易起到的作用。当然它也是有缺陷的，例如主动协调不够、经费筹措困难、制度管理不严等，但这些都是可以克服的。

与美籍台湾著名学者郑竹园教授等合影

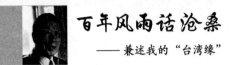
四、我的两次"台湾行"

　　第一次台湾行是 1995 年 4 月 9 日至 19 日，这是在 1995 年 1 月 30 日江泽民总书记关于两岸关系发表的"八项看法和主张"（简称"江八点"）之后的三个多月，也是在台湾领人李登辉于当年 4 月 8 日，即我们赴台的前一天发表了回应"江八点"的"李六条"之后。这次台湾之行，是由全国台湾研究会组织的，只有三个人，即研究会的副秘书长萧敬、社会科学院台湾研究所的研究员戴文彬，以及已离退的我（时仍为研究会的常务理事）三人组成，并确定以我为主。我们一行三人的访问和交流基本上是围绕着"江八点"和"李六条"来进行的。江泽民在谈话中释放了许多"善意"，并第一次提出"中国人不打中国人"。李登辉的谈话，较之 1993 年 3 月底的"千岛湖事件"之后的历次谈话，语气都有很大缓和，但仍坚持"拥有对台澎金马主权与治权"，分歧是大的，也是明显的。我们三人都是第一次去台湾，不仅亲眼看到了台湾的山山水水，也了解了一些关于台湾中低层、学界、政界、科技界和企业界的情况，这对我们往后的对台研究工作是大有好处的。

与大陆学者萧敬、戴文彬一起同游
台北阳明山（1995年4月）

　　回京以后，我写了一篇题为《百闻不如一

见——第一次访台观感》。主要内容有以下几点。

（一）不虚此行

研究台湾二十多年了，这个研究对象究竟是个什么样子？"百闻不如一见"，总想有朝一日能够亲自去看一看。如今，这个愿望终于实现了。

1995年4月9日，我和全国台湾研究会常务副秘书长萧敬、中国社会科学院台湾研究所研究员戴文彬一行三人，应台湾中国大陆研究学会的邀请，经香港搭华航于当日下午四时许飞抵台北。据说，在这以前台北已连续两个月的阴雨天，而当天则是晴空万里。去机场迎接我们的朋友逗趣地说："你们从北京把太阳带来了！"

我们9日下午抵达台北，19日下午自高雄离开，在台期间整整十天。自北至南，经历了台北、新竹、台中、南投、高雄等地，除参加了十余次各种不同形式的座谈会外，还沿途参访了一些名胜古迹和公园庙宇，特别还在台湾《联合报》系的《经济日报》社长、庐江"省八中"时的老学友刘国瑞先生带领至南园，并在那里小住一夜。这个地方环境优雅，气候宜人，是有名的风景区，媒体曾一度

作者首次访台与邀请者台湾"大陆研究学会"秘书长、两岸著名学者杨开煌先生合影（1995年4月15日于台北公园）

盛传是蒋经国先生生前为自己选定的身后的陵寝之地。最有趣的是，我们用饭的小餐厅，下面隔着透明玻璃板的小鱼池，养着各色各样的小金鱼，我们一边用饭，一边可以欣赏脚底下一些游来游去的小金鱼。后来又顺道游览了年轻时就已闻名的南投县日月潭。我们对台湾，总的印象比想象的好：一是江山秀丽，与祖国大陆沿海及江南一带风光无异；二是市面繁荣，处处呈现一片熟络繁荣景象；三是社会大体安定，政坛打斗似乎并未影响一般民众生活；四是人民热情友好，所见到的各个阶层的人们对来自祖国大陆的我们都争相接待，充满同胞骨肉之情。在台之日，毫无异国他乡之感。我们在与岛内学者的交流中，除了与一些人在台湾的前途定位和两岸相互间的政策上存在一些明显分歧外，其余几乎没有什么谈不到一起的。

与乡友台湾《经济日报》社长刘国瑞于《联合报》职工休假中心南园合影（1995年4月15日）

当然也有感到不足的：一是行程不便。本来是一个多小时就可以直飞台湾，而因为必须经过香港，往返竟用了四天，不是"天涯若比邻"，而是"咫尺如天涯"了。二是时间太短。没有更多地接近下层民众，特别是倾听各方面的不同声音。所闻所见，大都是走马观花，不深不透。虽然如此，但毕竟是到宝地看了一下，比起过去的"隔海相望，雾里观花"，总算是强多了。所以还应说："不虚此行。"

台湾中山大学姜新立教授领大陆访台学者（右第二人为作者）参观高雄
（1995年4月18日）

（二）政争观察

我们这一次访台，正处在岛内各政党两个"政争高峰"之间的"休整期"。一是处于去年年底台湾"省市长"选举的热点之后。不过，这场斗争虽已平息，却仍余波未已，例如，民进党陈水扁所主掌的台北市，围绕用人等问题就一直争吵未停；"立法院"围绕"党产"问题的斗争亦吵得有些"红火"。二是处于今年年底的"立委"选举和明年春的"总统"选举热点之前。这场闻争虽还没有进入实战阶段，但各方都已在秣马厉兵、磨刀霍霍，准备一场新的决斗了。当前不过是"暴风雨前的宁静"。

从整个岛内政局观察，目前基本上处于国民党"一党主导"、民进党与国民党"两党抗争"、国民党与民进党及新党"三党制衡"的状态。据朋友们谈论，下半年的斗争焦点在"立委"选举，国民党力求保持"立委"席次上的优势或"一党主导"地位，而民进党和新党出于各自不同考虑，则欲力图打破国民党的这种优势或"一党主导"地位。各个政党之间，都存在着既联合又斗争的复杂局面。明春的"总统"选举，估计今年七八月后也将进入紧锣密鼓阶段，且将提前与"立委"选举同时拉开序幕,因为两者的关系太密切了。在"总统"选举问题上,国民党和民进党各有自己的难题。国民党外有民进党的攻势和压力,内有"候选人"的人选之争,且有愈演愈烈之势。民进党内也有人选之争,但更重要的是它的"台独党纲"问题,有相当多的人都担心如果这个纲领不修改,一旦主导政坛,会给台湾社会带来不安定和不安全感。究竟如何处理这种矛盾和关系?一些朋友们私下告诉说:"好戏在后头,下半年会有热闹看。"

(三)八次"交锋"

李登辉先生于4月8日发表了回应江总书记新春"八点建议"的"六条"谈话,我们恰好于次日下午抵台。因而,在所参加的各种不同形式的座谈中,计有八次主要的围绕两岸关系,即所称"江八点"和"李六条"来进行的。台湾方面参加的主要是大学教授、博士生、科研单位的研究人员,以及部分以个人身份参加的行政官员。还有一些新闻工作者、媒体记者。

在座谈和个别交谈中,我们吃惊地发现,从台湾的"陆委会"到"海基会",从省县级官员到低层管理人员,从大学校长到研究生,从研究所所长到一般研究人员,还有部分媒体记者,在两岸关系若干敏感问题的提法上,诸如"对等政治实体"、"国际生存空间"、"武力犯台"和"一国两制"的可行性等,竟出乎意外地"舆论一律"。为什么会如此?我们私下曾就此向一些朋友们请教,他们有的笑而不答,有的竟很干脆地说:这就是你们时常说到的"'舆论引导'的作用嘛!"

不过,也有两种例外情况:一是强烈主张统一、被称为"急统派"的一些人。他们在这些问题上虽不一致,但都有自己的看法;二是强烈反对"台独"、被称为"急独派"的一些人。他们都认为台当局在这些问题上的主张不合时宜,"脱离实际",也不可能为对方接受。

不仅如此,不少人在两岸关系的认识和看法上还存在着许多"误区",除了把大陆说的不承诺放弃武力说成"犯台"、"霸权主义"、"强迫结婚"外,还把中共说的"一国两制"说成是"以大吃小",把它在国际上维护"一个中国"原则的做法说成是"打压封杀",把本来是指两岸同胞的"骨肉兄弟"关系扭曲为"两个对等政治实体"。如此,两岸岂不成了"两个国家"或"一中一台",哪里还有"一个中国"的影子?一些人声言反对"一国两制",但又说不出"一国两制"的真正内涵。许多人不愿破坏现状,但又不了解"一国两制"其实正是为了更好地维护现状,使现状正常化、合理化和合法化。这些人,正是由于真相不明,而只好跟着台湾官方的"舆论导向"走,实际上是跟着"感觉"走。

这一次去台,我们与台湾学者先后有八次座谈或思想交锋,在每一次座谈或交锋中,尽管双方的立场和看法不同,但都语气缓和,注重说理,总的气氛是友好和热情的。双方彼此都很注意倾听对方的观点和阐述的理由,从而真正达到沟通交流和增进相互间理解的目的。

(四)几点感受

这次访台时间虽短,但总的感受却很深。主要有以下几点:

(一)两岸关系的进一步改善和未来的和平统一是大有希望的。就台湾方面来说:第一,中国的传统和文化已在那里扎根,无论风土、人情、宗教、文物、语言、习惯都与大陆无异。第二,中国人的气息很浓。尽管政治观点上有分歧,但仍热情友好,亲如家人。两岸的血缘和骨肉亲情无法切断。第三,两岸"一家人"的气氛正在增强。去年大陆对李登辉先生与日本司马辽太郎"对话"所进行的批评,实际上是按照处理人民内部矛盾的公式"团结—批评—团结"来进行的,好像已经收到了一定效果。李先生"认同中国"的言论似乎也较过去多了一点。也许是受双方舆论互动的影响。第四,随着祖国大陆的改革开放和经济的发展,政局稳定,社会安定,岛内许多政坛人士敌意似稍有化解,个别倾向"台独"者也开始感到前景"不那么乐观",想法"不那么实际"。

(二)美国和日本势力对台湾的影响不可忽视。两者各有特点:美国的影响多在明处。台湾高层官员中,很多人都受过美国教育;美国50个州中有40个与台湾省结有"姐妹"关系;许多高层官员任职时还具美国籍,有的也是临时由"美国籍"

转换为"中华民国籍"的。难怪有人竟在台成立"51州聚乐部"及"51州建州委员会"（第51州指的是台湾）了。日本的影响多在暗处。有人比喻其做法是"鸭子划水——下动上不动"。他们利用台湾某些人的"亲日情结"，于暗中积极推动"提升日台关系"。日本与台湾在"亚运会"等问题上，亦是暗通声气和相互利用。这一切，都是十分值得警惕和注意的。

（三）就我大陆方面来说，亦应注意从各个方面多做"化解"工作。一是化解当权者的"独台"情结。根据台湾一些学者的诠释，所谓"独台"就是在"中华民国"旗号下谋求实际上的"独立"。是先求其"实"而后求其"名"。二是化解民进党人的"台独"情结。他们中真正死心塌地搞"台独"的人并不多，大都是由一些不愉快的历史情结郁积而成，应多做疏通和"活血化淤"类工作。三是化解老国民党人的"反共"情结。这主要是由于国共两党历史上的恩恩怨怨造成的。如今物换星移，两党都已发生重大的历史性变化，应该在"相互合作、共振中华"的大目标下团结起来，不要再斤斤计较过去的"恩仇"了。四是化解一部分人对大陆的"印象"情结。主要是大陆部分地区或部门工作上的缺失和不周，使台湾来过大陆的一些工商人士和民众留下不好甚至很不好的印象，如多收钱和服务态度生硬等，从而增加对统一的顾虑。我们应该在努力完善各项有关政策、法律和规章制度的同时，也要向台胞们耐心说明，其中有些问题是发展前进过程中难于完全避免的，其完全和根本解决还需要时间，以求得他们的理解和谅解。

第二次台湾行是1996年9月9日至18日，这是在我1995年4月第1次访问台湾后的1年又5个月进行的，这个访问团是由北京台湾经济研究中心和中国民营经济研究会联合组成的，本来应该更早一点成行，但因两岸关系在经历李登辉访美震荡后又曾一度趋于紧张，所以推迟了一段时间。祖国大陆的这个民营经济访台团，是以享受正部级待遇的全国工商联常务副主席张绪武为团长，我和方生教授及谢秋涵女士为副团长，秘书长为北京台经中心总干事姚远女士。这次访问是成功的，受到了台湾工商界人士的热烈欢迎，影响也很大。回京以后，我又写了一篇以《寄希望于台湾同胞——第二次访台观感》的文章。主要内容有以下几点：

与赴台大陆民营企业代表团团长张绪武合影于台中九族文化村
（1996年9月14日，作者为副团长）

（一）这一次访台的意图

1996年9月9日，以全国工商联常务副主席张绪武为团长的祖国大陆民营经济访问团，终于经深圳至香港、再改乘中华航空班机，于下午七时顺利抵达台北了。

我是这个代表团赴台考察的积极推动者之一。之所以如此，是觉得在可预见的将来，海峡两岸的政治僵局是很难突破的。就祖国大陆方面说，在"一个中国"问题上，在保卫国家领土主权完整的问题上，是不可能有丝毫松动余地的。"一国两制"已经是最大的妥协和让步，无法再让了。而就台湾方面说，强调所谓"分裂分治"、"主权独立"、"对等政治实体"等，也看不出有任何松动和妥协的迹象。有些人对分裂祖国是不会轻易死心的。

既然如此，可不可以在两岸经贸文化交流上多做些工作呢？两岸在这方面似存在"共识"：一方说，可以经济为重点；另一方说，应以经贸为"主轴"。其实两者差别不大。我个人本来是侧重研究台湾经济和两岸经贸关系的，那就再回到原点，继续在这方面搞些探讨研究，或许能对推动两岸关系的改善做点奉献。我是北京台湾经济研究中心的常务副理事长，于是与该中心的同仁们包括理事长方生教授、总干事姚远女士等一起，在致力于台湾及两岸经贸关系研究的同时，积极与全国工商联中国民营经济研究会配合，推动这次交流合作。虽然几经波折，矢志不渝，最后在有关部门的支持下，在台湾贤志文教基金会、台湾"中华经济研究院"的朋友们的协作下，终于使大陆"第一个民营经济访问团"得以成行了。

全体团员们在前往台湾的途中，也是颇多感触的。当今信息交通发达的时代，本来是"天涯若比邻"的，而海峡两岸则反而是"咫尺如天涯"。不过是两个小时的路程，我们却花了两天时间。仅此，亦可看到致力于促进两岸"三通"的重要性了。

（二）留下的深刻印象

这次组团赴台，恰好是在8月底北京召开的"迈向二十一世纪京台经济合作研讨会"之后。出席这次会议的台湾工商企业界及学者代表共二百五十余人，是一次盛况空前的会议。北京台湾经济研究中心参加了这次会议的筹备工作，我和方生理事长、总干事姚远参加了这次会议，结识了不少来自台湾的新朋友。8月29日下午，国家主席江泽民还接见了以高清愿为首的部分台湾工商界及学者代表，其中有四位学者代表即于宗先、郑竹园、叶万安、魏萼是我们台经中心推荐的。这一次国家领导人的接见，使与会代表，包括学者与台湾工商界代表都颇受鼓舞。我们正好是趁着这股东风踏上台湾本岛的。

9日晚上七时许，我们刚走出桃园机场，就受到岛内一群又一群记者们的包围。第二天一清早，就看到台湾几乎各家报纸都报道了我们这个代表团莅台的消息。其中台湾两家最大的报纸《中国时报》和《联合报》除在头版头条以大字标题刊登了这个消息外，还登载了团长张绪武和我们三位副团长（方生、谢秋涵和我）以及团员们的大幅彩色照片，台湾《中央日报》和《经济日报》也登在第二版的显要位置上。在此之后，台湾各大主要媒体跟踪采访了我们在台数天的活动，在岛内引起广泛关注。

我们这一次赴台，与1995年4月那次赴台的情况有三个不同：上次赴台接触的主要是学者，这次主要是工商界；上次主要是会议交流，这次主要是参观座谈；上次是政治思想交锋多，这次是商量经济合作多。在台期间，台湾几大工商领袖如工业总会理事长高清愿、商业总会理事长王又曾、工商企业联合会理事长许胜发等，都亲自出面接待了我们。工商协进会理事长辜廉松当时不在台北，改由前任理事长辜振甫以海基会名义，与海基会副董事长焦仁和等与我们座谈。其他台湾著名的工商界大佬如王永庆、王永在、陆润康、王玉云、林坤锺等，以及工商建研会、青商总会、中小企业协进会等著名商界团体，也都十会热情地出面接待了我们，并与我代表团做了诚恳交流。尤其是在国际上素有"塑胶大王"之称的王永庆、王永在兄弟联袂出面与我代表团亲切晤谈，回答团员们提出的各种问题，据说这在台湾是极少见的。他们为表示诚意，早在我们到达前的三四天就把座次顺序和招待午宴精心地安排好了。

代表团在台期间，还先后台观考察了力霸集团、大安银行、永昌投资公司、台湾省政资料馆、安锋企业集

与台湾大安银行董事长陆润康合影（1996年9月10日）

与高雄市长王玉云合影（1996年9月16日于高雄市）

团、台湾日光登公司竹东厂、新竹科学园区的罗技公司、花荣电线电缆公司、高雄港、统一企业集团等。每到一处，主人们都亲如家人一样地介绍情况。在台北、台中和台南，还举行了五场交流座谈会，与逾百位中小企业家和学者共同探讨了如何发展两岸经贸交流和合作等。一场场充满友好情谊的交谈，给人留下久久难忘的印象。

一天晚上，一位台湾学者朋友来到我们下榻的酒店，一连问了我三个"为什么"：为什么台湾工商界如此热烈欢迎你们？为什么应台湾媒体如此重视你们来访？为什么以台湾这么一个小岛有些人竟胆大包天敢在钓鱼岛问题上与日本抗争（当时正是在钓鱼岛问题上抗争最厉害的时候）？接着说：这是因为他们对祖国大陆的看法已经有了变化，觉得大陆领导人看得起台湾工商界，觉得他们的靠山还是祖国大陆，万一有什么事，祖国大陆不会不给他们撑腰的。

（三）台湾当局的不智之举

根据"江八点"的要求，"不以政治分歧去影响、干扰两岸经济合作"。在两岸政治僵局一时无法打开的情况下，继续保留经贸文化交流这个"缓冲地带"对双方都是有好处的。完全没有想到的是，台湾在这方面也亮起"红灯"。

事有巧合，我1995年赴台时，正赶上李登辉先生提出回应"江八点"的"李六条"。人所共知，正是这个"李六条"是坚持两岸"分裂分治"，成为"两个互不隶属的政治实体"的。然而这个"李六条"，却也同时提出"台湾的经济发展要把大陆列为腹地"。这一次赴台，又赶上李登辉先生提出要对台湾经济的发展以大陆列为腹地提法进行"反思和检讨"，继而又于9月

与台湾统一企业负责人林苍生合影（1996年9月16日于高雄）

14日提出"戒急用忍"四个字，进一步把矛头对准两岸经贸。他并攻击大陆的对台经贸政策是"以民逼官"、"以商围政"。一时间，岛内许多人都被打入"迷宫"，感到突然，不好理解，工商界更如凉水浇心，茫然不知所措。

我们除看到个别高官如台湾经济研究院院长吴荣义，在一次会议上慷慨陈词，责怪大陆，以示对李登辉先生的"忠贞"外，其余并未发现跟进者。一般都是报以沉默、不说话、不表态，有的苦笑不语，有的唉声叹气。

个别接触中，可以听到许多埋怨和不满之声：

"戒什么急，用什么忍，我们不懂这些，商人就是做生意，赚钱嘛！"

"戒急用忍，不知是哪位'贤达'想出来的，这是'迎上意'而'失民心'的事！"

"不是'民逼官'、'商围政'，正好相反，实际是'官逼民'、'政围商'，不让做生意！"

"昨天说的，今天推翻；今天说的，明天又如何？真是让人无所适从啊！"

"竞选时说了那么多好话，如今都一风吹了！"

"什么民主不民主，还不是自己说了算？"

"不是'民之所欲，长在我心'，而是'我之所欲，长借民名'！"

……

两岸经贸本来是应该"升温"的，然却人为地"降温"、"踩刹车"或"急转弯"，后果会如何？实践将是最好的回答。

（四）访台归途的沉思

9月18日晚，我们一行21人结束对台紧张而收获颇丰的访问，仍乘华航自台北返回香港。

返京途中，我曾反复思考在台十日的所见所闻。记得在岛内我在答记者问时曾以下面六个"不了"来概括两岸关系的现状："统不了，独不了；和不了、打不了；热不了、冷不了"。后者是指两岸经贸往来。这种状况究竟会持续多久？今后应该怎么辩？

过去一年多来，祖国大陆所进行的反分裂、反"台独"斗争，已取得巨大成效。这主要表现在三个方面：一是在国际上宣示了中国政府和中国人民保卫国家领土主权完整的决心和能力，并郑重向全世界宣告：中国政府和中国人民在这样重大的原则问题上是没有任何妥协退让余地的。许多相关国家已得到了明白无误的信息和认知，并在对华政策上有所调整。二是沉重地打击了"台独"势力的嚣张气焰，使越来越多的人认识到中国政府和中国人民绝不能容忍把台湾从祖国大家庭中分裂出去，"台独"这条路是走不得，也一定是走不通的。三是震撼了整个台湾社会，其所出现的各种乱象表明，台湾这样的社会虽表面繁荣得很，而骨子里是十分脆弱的，它绝对经受不起岛内闹"台独"而带来的致命性冲击。

应该说，"两反"斗争是完全必要的，也是成功的。然"两反"毕竟是针对外国干预势力和岛内分离主义分子的，而对争取台湾人民来说，我们的工作还做得非常不够。不仅如此，我们还应看到"两反"在台湾民众心中也还存在某种"负面"影响。他们对"两反"的必要性和重要意义认识不足，特别是在台湾当局的误导和歪曲宣传下，有些人竟识为这些是针对台湾民主和台湾选举的，从而引起某种"情绪性反弹"。这次我们在岛内，就发现有些人至今仍有一种"被伤害感"，存在"对立"情绪。这对改善两岸关系和促进祖国的和平统一是不利的，应该下大力气来补好这一课，把绝大多数台湾同胞从各种错误的分裂祖国的理念和影响下解脱出来。

在进行这项工作的时候，要把当前还不愿或不想统一的人，与主张"台独"的人分开；要把有"台湾情结"的人，与各种分裂祖国的言行主张分开；要把民间希望的"国际生存空间"，与台湾在外交主权上所要求的"国际生存空间"分开；要把民众追求的"出头天"、"当家做主"，与台湾当局主张的"主权独立"、"生命共同体"分开。只有这样，才能争取和团结更多的台湾同胞，为促进两岸关系的改善和祖国的和平统一大业而共同努力。

五、个人重点研究课题举例

（一）两岸关系的科学发展观

2007 年，我在全国台联主办的"2007 年台湾民情研讨会"上，曾发表了一篇题为《六十年来"台湾意识"发展面面观》。主要讲了三个方面：（一）"台湾意识"发展的历史观；（二）"台湾意识"发展的哲学观；（三）"台湾意识"发展的政经观。在这个基础上，后来又写出了两岸关系的科学发展观。

这三个"观"——历史观、哲学观、政经观，是"台湾意识"发展的三个方面，实际上也就是两岸关系的科学发展观。从历史观看，自 1895 年以来，台湾先后经过日本人统治、国民党统治、李扁统治三个时期，每个时期的两岸关系都有"质"变。日本统治时期，两岸关系被"隔断"了；"两蒋"统治时期，两岸关系为"军事对峙"；李、扁时期，两岸关系为"统独对峙"。从哲学观看，物质第一性，存在第一性，精神和意识也反作用于物质和存在，使台湾这个局部存在着脱离祖国的危险性。但台湾毕竟是中国的一部分，作为中国主体部分的中国大陆的和平崛起，是更强大的物质存在和更强大的意识形态的力量，其在两岸关系上还必然会起主导和决定作用。从政经观看，必须把两岸的经济基础和上层建筑联系起来，无论岛内的经济基础和上层建筑，都脱离不了与中国大陆的关系，两岸整体的经济基础和上层建筑，都必将主导和决定两岸关系的发展方向，推动和引导两岸关系向和解和整合的方向发展。

因而，在这个基础上，我又写了一篇关于两岸关系的科学发展观。

（二）中国四代领导人关于台湾问题的战略思考

这是笔者个人长期研究的课题之一。20世纪90年代曾写过一篇中国三代领导人对台战略思考，本篇则是2009年完成的，共分五个部分：（一）毛泽东的战略思考，主要内容是从武力解放到和平解放及其发展过程；（二）邓小平的战略思考，主要内容是提出"和平统一、一国两制"的科学构想及其发展过程；（三）江泽民的战略思考，主要内容是提出"八项主张和看法"（简称"江八点"）及其新义所在；（四）胡锦涛的战略思考，主要内容是谈他对前三位领导人关于和平解决台湾思想的继承和发展，并开创了两岸关系和平发展的新局面；（五）几点研究心得和体会，主要是综合自1949年以来中国四代领导人对台政策的整体演变情况，以及若干研究心得体会。

新中国成立以来的对台工作，共经历三个阶段、三次战略性调整。

第一次战略性调整，是从"武力解放"到"和平解放"的转变。大约是20世纪50年代中期开始，就不再强调"武力解放"了。

第二次战略性调整，是从"和平解放"到"和平统一"的转变。基本内涵是"一个中国、两制并存、高度自治、和平谈判"。这是具有划时代意义的重大转变。

第三次战略性调整，是从长期僵持到暂搁争议的转变。融和平统一于长期的"和平发展"之中，这是一个具有非常深层意义的长远战略考虑。

中国的四代领导人的对台战略思考，还有以下值得提出的几个特点。

1. 他们的共同特点是，都强调坚持"一个中国"原则，这集中代表了全体中国人民的意志愿望和要求，也是总结了一百多年近代史惨痛历史教训所得出的必然结论。但在具体执行中，则把原则的坚定性和执行政策的灵活性紧密地结合起来。

2. 由于时代和历史背景不同，各人所提出的战略思想也各有不同特点。毛泽东主张以武力解决为主，不排除在可能条件下以和平方式解决；邓小平鉴于国内外形势的变化，适时地提出了"和平统一、一国两制"的科学构想；江泽民则把邓小平的这一科学构想进一步加以深化和具体化，提出"八项主张和看法"；胡锦涛在权衡大局后，进一步采取了"一中"、"和平"、"发展"三管齐下的做法，是既有继承又有创新的一种思维和战略方针。

3．关于和平解决台湾问题，历代领导人有一个逐步深化的过程。毛泽东、周恩来时期提出的"一纲四目"，实际上已经有了"一国两制"的雏形；邓小平使之完善化、科学化和理论化；江泽民则进一步使之具体化、政策化和实践化。到了胡锦涛时期，则将和平发展突出地提到新的战略高度，采取了"先经后政"、"先易后难"的许多新做法，从而开创了两岸关系和平发展的新局面。

4．一个中国是战略目标，但在实现这个目标的具体过程中，又必须随时根据变化了的形势和情况，适时地做必要调整。最典型的一个例子是，在蒋介石坚持"一个中国"政策时，毛泽东曾运用"联蒋抗美"策略，使美国"划峡而治"的图谋没有得逞；在现今美国承诺"一个中国"政策时，胡锦涛曾运用"联美制独"策略，从而也使陈水扁企图利用美国搞"急独"的图谋落空。

（三）关于两岸主要政党的"不等边三角"关系

自1986年9月，台湾民进党成立以后，海峡两岸即存在着红、蓝、绿三个政党的"不等边三角"关系。"红"指中国共产党，简称共产党；"蓝"指中国国民党，简称国民党；"绿"指台湾民主进步党，简称民进党。三种颜色代表三个政党。虽然海峡两岸并不只是这三个政党，但真正具代表性和有影响力的还是这三个政党，目前呈"鼎足而立"的犄角之势。我曾以相当时间，研究了这三个政党及其相互间的关系，并以《海峡两岸主要政党的"不等边三角"关系》为题著文，发表在《中共党史研究》2006年第三期上。

本文共五个部分：（一）复杂的犄角之势；（二）共产党与国民党；（三）共产党与民进党；（四）国民党与民进党；（五）新态势和新特点。

这三个政党的关系是相当复杂的。相互间的实力悬殊很大，有复杂的历史背

景、复杂的国际背景，以及复杂的相互关系。在各自的双边关系中，本文都做了历史性的回顾和阐述。

在新态势和新特点部分中，本文均做了三点重要概述：（一）这个红、蓝、绿"不等边三角"关系，已经并将继续表现为以"红"为主导力量；在两岸和平发展与未来和平统一中，"蓝"将成为争取的盟友，"绿"将成为争取团结和化解歧见的对象。（二）中国大陆这边，以胡锦涛总书记为代表的中央领导集体，在对台工作上的新思路、新政策和新做法，已为两岸关系上开创了一个崭新局面。这个新思路包括他提出的"建立互信、求同存异、搁置争议、共创双赢"的十六字方针，未来将愈益发挥重要的指导作用。（三）这个"一中"内部所呈现的"不等边三角"关系之外，还有隐约可见的国际范围的"大三角"关系，这就是中美日三国围绕我国台湾问题而发生的角逐关系。随着新中国的和平崛起和日趋强大，加上中国政府正确的对台政策和两岸关系的日趋和解，这个大三角中的美国和日本，其对台湾的影响力将日趋式微。然存在的斗争仍将是不可避免的。

（四）中国政府对台政策新思维的探讨

2005 年 8 月，我根据当时的台湾海峡形势写了一篇《当前台海形势和中央对台政策新思维》一稿，发表在香港《中国评论》当年 8 月号刊物上。这篇文章，作者首次对以胡锦涛为代表的中央领导集体对台政策新思维做了综合性概括，至今仍觉该文所写基本上是符合实际的。

本文是在这样的历史背景下写出的：一是头一年即 2004 年中央对台办经授权发表了《五·一七》声明；二是当年元月 28 日，贾庆林等同志代表中央发表了重要讲话；三是当年 3 月 4 日，胡锦涛同志发表了关于对台政策"四个决不"[1]的重要讲话；四是当年春天人大通过了《反分裂国家法》。这四个文件，集中体现了

---

① 是指：①坚持一个中国原则决不动摇；②争取和平统一的努力决不放弃；③贯彻寄希望于台湾人民的方针决不改变；④反对台独分裂活动决不妥协。

以胡锦涛为代表的中央新领导班子在对台工作和对台政策上的新思维，各方反映良好。

我认为这个新思维主要表现在以下几个方面：

1．关于"核心利益"的提法。胡锦涛同志曾多次提到，台湾问题关系到我们国家的核心利益。2004年11月19日，他在智利首都圣地亚哥会见新加坡总理李显龙时，就曾两次提到："台湾问题涉及中国的核心利益，必须谨慎处理。"2005年3月4日，他在参加全国政协十届三次会议的一个会议上，当谈到"台独"分裂活动时又特别强调，"维护国家主权和领土完整，是国家的核心利益"。把台湾问题的重要性提到如此高度，这是前所未有的。事实上，台湾问题也确实关系到我们党和国家整个中华民族的长远利益和根本利益。

2．关于"决不妥协"的态度。早在2004年5月17日，中央台办、国台办经授权发表的声明，就曾严正地提出警告："如果台当权者铤而走险，胆敢制造'台独'重大事变，中国人民将不惜一切代价，坚决彻底粉碎'台独'的分裂图谋。"2005年3月4日，胡锦涛同志又强调指出："任何人要危害中国的主权和领土完整，13亿中国人坚决不答应。在反对分裂国家这个重大原则问题上，我们决不会犹豫含糊和退让。"我看，不仅是胡锦涛同志，所有中央领导人的讲话，在台湾问题上都是立场鲜明，坚决果敢，斩钉截铁，毫无一点动摇妥协的余地。

3．关于"以民为本"的思想。以胡锦涛为代表的中央领导班子，在对台工作和对台政策上，都非常突出地强调"以民为本"的指导思想，这实际上是对历代中国领导人关于"寄希望于台湾人民这一思想的继承和发展"。胡锦涛说："台湾同胞是我们的骨肉兄弟"，"无论在什么情况下，我们都应尊重他们、信赖他们、依靠他们，并且设身处地地为他们着想，千方百计照顾他们的正当权益。"近两年来，特别是在通过"海协会"和"海基会"所达成的诸多协议，我方无一不是在努力体现中央领导"以民为本"的指导思想。

4．关于"以法制独"的做法。就是通过制定《反分裂国家法》来对付"台独"和外国干涉者。以往中国政府一般都通过"告台胞书"、"白皮书"、"领导人讲话"

等形式来宣示对台政策，而这一次则是第一次正式通过立法形式即 2005 年春制定的《反分裂国家法》来宣示我对台政策。这个《反分裂国家法》，也有"以法制法"的意义，例如，美国就曾以 1979 年 4 月通过国会制定的国内法即《与台湾关系法》来干涉我国的内政，而我们通过的这个《反分裂国家法》，无论对内对外都具有名正言顺的权威性和威慑作用。

5. 关于"联美制独"的政策。当年在台湾的蒋介石政权，坚持"一个中国"的原则，而美国却推行"两个中国"政策，毛泽东乃实行"联蒋抗美"政策，粉碎了美国"划峡而治"的图谋。后来则倒过来了，美国承诺执行"一个中国"政策，而李登辉和陈水扁当局却相继执行"两个中国"或"一中一台"政策。我们这边也反过来了，即在"一个中国"原则下实行"联美制独"政策。这一点以胡锦涛为代表的中央班子做得最出色。我个人在香港公开发表的学术文章中，并列有一些例证。当然，联美制独也是有条件的、有斗争的。

6. 关于"宏观调控"的战略。这完全是我个人的实际体会，是我把市场经济政策中的这个概念移植到两岸关系中来了。我认为中央所主导和制定的《反分裂国家法》，就完全具有这种功能。在这个《反分裂国家法》中，我们设置了一条"底线"或叫"红线"，只要你不逾越这条底线或红线，不造成"法理台独"或"法理国独"，其他中国大陆一概不管。就是说"宏观调控，微观灵活"。也就是说，政治上"扣死"，经贸上灵活；战略上"坚守"，策略上放松；大局上"把紧"，小局上放开。只要你不踩我底线和红线，其他属于"治权范围"，或"高度自治"内的事，大陆一概不管。

（五）"一国两制"的台湾模式探讨

该文原发表于 2001 年 7 月 19 日的香港《大公报》，后来又在此基础上做了补充和修改，发表于 2010 年 2 月由九洲出版社出版的《台海风云六十年》。

这篇文章分四个部分：一、"一国两制"的来龙去脉；二、"一国两制"和它的台湾模式；三、"一国两制"存在的五个"误区"；四、"一国两制"是两岸"双赢"

之路。这里只就两个部分做一点简介。

其中第二部分，谈到"一国两制"和它的台湾模式。什么是"一国两制"？最权威的解释，是 1993 年中国政府关于台湾问题的第一个白皮书。总的来讲就是十六个字："一个中国、两制并存、高度自治、和平谈判。"

文中将"一国两制"的三种模式做了比较，即"一国两制"的香港模式，"一国两制"的澳门模式，"一国两制"的台湾模式。

它们的相同点是，这三个地区都是中国不可分割的部分，都因外国势力的染指而造成与祖国内地的长期分割，都是实行的资本主义制度，都适用以"一国两制"原则来实现和祖国的统一。

它们的不同点是，与祖国内地分割的长短时间不同，人口与土地面积不同，三地资本主义的各自特点不同，直接统治者有英国、葡萄牙和中国人的不同，因而实践"一国两制"的做法和要求也会各有不同。

其不同点的表现，有"一国两制"的香港模式，体现在《香港基本法》中；有"一国两制"的"澳门模式"，体现在《澳门基本法》中；有"一国两制"的台湾模式，必将体现在两岸共同研究制定的《台湾基本法》中。

我们决不可因为它们各有不同就忽略其共同点，忽略"一国两制"对三地的基本适用面；也决不可因为它们有这些共同点，就忽略它们各自不同点，生搬硬套地实行同一种模式和做法。

不过，由于各种复杂原因，"一国两制"在台湾已被"污名化"了，谁也不敢再谈"一国两制"。究其根本原因，不是"一国两制"不好，而是一些人根本不愿接受"一国"，不愿与大陆统一。看来对这些人"心结"的化解，不是短时间能够完成的。

其中第三部分，谈到"一国两制"存在五个"误区"。一是说"一国两制"是为了"吃掉"台湾。两个政权融合为一个政权，共同参加一个新的中央政权。两种制度同时并存，根本不存在"谁吃掉谁"的问题。至于国号、国旗等，完全可以和平协商。二是说"一国两制"中的"一国"，指的就是中华人民共和国，强迫台湾成为中华人民共和国的一个省，这是对"一国两制"原意的一种误解。三是把"一国两制"等同于"中央和地方"。这是把两个不同的问题混淆了。台湾作为中国的一个地区，当然是地方，也永远是地方，但作为历史遗留下来的现存于台湾的一个政权，祖国大陆从未简单地视为"省政府"或"地方政府"。四是把"一国两制"的统一，说成是"共产统一"。众所周知，祖国大陆如今实行的是中国特色社会主义，根本谈不上什么"共产主义"，说它是"共产主义"，那是把共产主义太贬低、太简单化了。五是说两岸现在主要是"制度之争"，而不是"统独之争"。这是把问题和它的性质完全颠倒了。过去国共两党确有过制度和意识形态之争，但现在情况变了，这已经成为次要矛盾，主要矛盾则是分裂和反分裂之争。一个已变为非对抗性矛盾，另一个则是对抗性矛盾。

（六）马英九主政台湾后两岸关系新态势

本文是马英九上台后不满一个月写的，发表在2008年6月的香港《中国评论》上。共分三个部分：一、马英九上台后的"四大变化"；二、两岸关系发展的新机遇和新挑战；三、关于几个具体问题的看法。此文发表到现在已经两年多了，情况有些新的变化，但总的来说，这篇文章的发表是及时的，所做的估计基本是正确的，所提出的几个问题也并没有过时。

第一部分，说马英九上台后的情况有"四大变化"：一是岛内政治板块的变化；二是岛内民众心态的变化；三是两岸对垒形势的变化；四是政党三角关系的变化。这四点，总的情况还是好的，特别是三、四两条讲的两岸形势，三党关系还有了新的大的进展。唯于马英九执政后，由于主、客观因素的某些变动，马英九政权在前一、二条，即权力结构和民众心态上还有些失分，"立委"席次稍有减少，民众不满有所增加，民进党也趁机加强了"攻势"。但未来一段时间内，马政权如能接受教训，加强工作，连任的可能性还是很大的，两岸关系的进一步改善同样存在着很大空间。

第二部分，说两岸关系的新机遇和新挑战。这个新机遇，就是大幅改善两岸关系，这一点已经做到了：台湾的"海基会"和大陆的"海协会"，在承认"九二共识"、反对"台独"的基础上，恢复了原有功能，已先后举行五次会议，达成十四项协议、一项共识，特别是两岸"直接三通"、"陆资入台"、"陆客入台"以及签订两岸经济合作框架协议等许多重要项目方面，都一一实现了，这些都是前所未有的，是一种突破，一大进步。但在迎接新的挑战方面仍不能丝毫麻痹，其中特别是既有成绩的巩固、政治难题的破解、民众对立情绪的化解，还需要下大工夫。民进党在蔡英文出任党主席以来，至少已经在原有困境中摆脱，失败情绪有所扭转，并且还有卷土重来、东山再起之势。这个党，继续在勾结外国势力支持，至今不肯实现转型，不肯修改"台独立党纲"，这当然尤其值得人们的警惕。

第三部分，笔者提出了六个问题。一是关于"九二共识"；二是关于"中华民国"；三是关于"国际空间"；四是什么是"主体性"；五是什么是"和平统一"；六是关于"反华"与"反共"。笔者都做出了自己的解释，总的是必须坚守"一中"原则，其次是目前应在"一中"原则下"求同存异"，往后则应在"一中"原则下"求同化异"。

（七）"一国两制"与构建两岸和平发展框架

本文为中央社会主义学院招标课题，是在多年研究成果的基础上进一步综合归纳而成，并已收入本人所著《台海风云六十年》（九洲出版社 2010 年 2 月出版）一书。

文章共分三大部分：一、"一国两制"的提出及其在港澳的实践。其中又包含：（一）"一国两制"的提出及其基本内涵；（二）"一国两制"在港澳的成功实践。二、"一国两制"与构建两岸和平发展框架关系。其中又包含：（一）"一国两制"原则同样适用于台湾；（二）"一国两制"与两岸和平发展的关系。三、关于落实"构建两岸和平发展框架"的几个问题。其中又包含：（一）关于"何谓统一"的正名；（二）关于台湾政治定位问题；（三）"一国两制"与台湾机构体制；（四）关于台湾政党关系问题；（五）关于台湾"国际空间"问题；（六）关于签订两岸和平协定。

以上三大部分,特别值得指出的,**一是**实行"一国两制"对台湾的好处。共列有 12 大好处,综合起来是四大好处:(1)可以在"一中"原则下,维护台湾的主体性地位,实行高度自治,几乎是"国中之国";(2)可以保障台湾同胞的切身利益,生活方式不变,永享太平;(3)可以以大陆为腹地,使台湾获得广阔的经济发展空间;(4)台湾同胞可以与大陆同胞一样,行使管理国家的权利,共享伟大祖国在国际上的尊严和荣誉。

二是根据笔者所收集的资料,各方提出的解决台湾问题的方案或模式,大体有 102 种,可以分成三类,即"一国一制"、"两国两制"、"一国两制"。(1)"一国一制",主张主权与治权均统一,这就使得权力高度集中或过度集中。(2)"两国两制",主张把主权与治权都分开,很显然就是"台湾独立"或"一中一台"。(3)"一国两制",主张在主权统一下,使主权与治权相对分开,这就可以避免以上两种极端的做法。

三是在以上三种情况下,"一国一制"类,不是你吃掉我,就是我吃掉你,战争将不可避免;"两国两制"类,那就是李登辉的"两国论"或陈水扁的"一边一国论",战争同样不可避免;"一国两制"则不同,平等协商,实事求是,合情合理,力求"双赢",战争一定可以避免。所以,我个人一向认为,"一国两制"的本质就是要和平不要战争。民进党中有些人关于"一国两制"的许多抹黑言辞,完全不是实事求是态度。

四是再进一步看,可以发现"一国两制"较之"一国一制"和"两国两制",具有无比的优越性:(1)它满足了两岸中国人长期盼望的国家统一的愿望,也满足了台湾同胞长期盼望的"当家做主"的意愿;(2)它既不是大陆的社会主义制度吃掉台湾的资本主义制度,也不是台湾的资本主义制度吃掉大陆的社会主义制度,而是两制并存,共创"双赢",共同发展;(3)它是把单一制的国家权力结构和更合制的国力权力结构形式有机地结合起来,比较更科学和更符合实际。

至于文章第三部分所提出的一些问题,诸如"何谓统一"的正名、台湾的政治定位、国际空间,以及"一国两制"的体制和组织机构设置等,笔者虽也提出了一些看法或设想,但不一定妥当,仍可根据"一国两制"的原则精神,进一步具体协商。

(八)签订两岸和平协议的可行性研究

本文是 2008 年上半年为福建某涉台部门撰写的研究课题,已收入著作《台海风云六十年》(上、下册)文集中,2010 年 2 月由九洲出版社出版。

文章分四大部分:(一)台湾政党轮替后两岸关系新态势;(二)签订和平协议的必要性与可行性;(三)签订和平协议的基本原则和主要内容;(四)两岸和平统一的内涵、途径和展望。

该文在分析台湾政党轮替后两岸关系的新态势后,完全肯定两岸在现时条件下签订两岸和平协议的必要性和可行性。认为签订这样的和平协议至少有六大好处:它有利于安定社会人心;有利于增强两岸互信;有利于开展相互合作;有利于规范两岸未来;有利于增进周边和谐;有利于防范诸种不测。

文章指出,两岸签订和平协议,这不是一般的战术问题,而是具有长远战略利益考虑的根本大计。它关系到要不要抓住当前和平发展的历史机遇,尽快实现祖国四个现代化的大问题。和平发展与和平统一是什么关系?当然,和平发展有利于和平统一,和平统一也可促进和平发展。但就两者关系来说,和平发展应高于和平统一,没有和平发展就很难实现和平统一,应该把两岸的和平统一融入祖国和平发展的大战略中,不是先求和平统一再谋求和平发展,而是应在积极的大发展中逐步实现和平统一,是水到渠成、瓜熟蒂落式的和平统一。文章第三部分,签订两岸和平协议的基本原则和主要内容。这个基本原则,当然指的就是"一个中国",这是两岸复谈和签订一切政治协议所必须遵守的基本准则,决不可因台方反对而有任何动摇。"一个中国"原则,这是最起码的,也是最重要的。这个协议的内容应包括:关于台湾"政治定位";关于"九二共识"表述;关于两岸政党关系;关于台湾"国际空间";关于"军事互信机制";关于两岸和解步骤等。文章中虽然都已谈到,但仍可以深化探讨,使之臻于完善。

　　为便于记忆，关于"一国两制"的基本内涵，我曾简要地归结为"一、二、三、四、五、六"六个数字，以为签订和平协议的参考。

　　"一"即"一个中国"。中国的主权和领土是一个整体，不允许分裂。台湾要的"主体性"，应该是一个中国原则下"高度自治"。

　　"二"即"两种制度"。中国大陆实行的是具有中国特色的社会主义制度，台湾实行的实际上是具有中国特色的资本主义制度。在目前的条件下，两者完全可以和平共处，互补互利。

　　"三"即"三个不变"。台湾现行的社会经济制度不变，生活方式不变，与外国的经济关系不变。

　　"四"即"四大权力"。台湾方面拥有的行政管理权不变，立法权不变，独立的司法权和终审权不变。

　　"五"即"五个拥有"。台湾拥有高度自治，拥有自己的军队，拥有财政税收的独立自主，拥有一定的外事权限，拥有全国性政权领导管理的参与权。

　　"六"即"六个保护"。诸如私人财产、房屋、土地、企业所有权、合法继承权、外国投资等，一律受法律保护。

　　以上八个方面，只是个人一个时期研究的侧重点，或者说是具有代表性的几个研究方面，并未涵盖个人研究的全部内容。其他如从蒋介石到李扁时期的台湾政局变化及派系斗争的研究、围绕台湾问题的三个"三角关系"的研究、台湾当局政治地位问题的研究，以及台湾历代领导人的政情及大陆政策研究等，因为已经公开发表的著作或文章都已有，不再一一列举。

六、拾遗、花絮、轶闻

（一）连战隔海赠"横幅"

有一年的某天下午，这时我已经离退有好几年了，有一位来自台湾的安徽寿县老乡戴德斌先生忽然来电话，约我在海淀区的新兴宾馆会面。这位戴先生曾经是"两蒋"（蒋介石、蒋经国）的少将侍卫官，我们是在两岸学术交流交往中认识的，已经见过很多次面了，因为是安徽老乡，交往中就显得比较亲近和密切。

这一次，我是去他住的房间见他的。他有一个女儿叫戴一英的与他同来，住在同一个套间里，在天津南开大学读研究生，与我的女儿李文新也见过多次面，

此为台湾一位友人带来的三个横幅中的一个横幅，照片是作者附上的

时常约她陪着参观北京名胜风景区。戴先生说，她女儿很喜欢读我的文章，每次见面我都要给带几篇。

我与戴先生谈不久，他忽然打开箱子，拿出连战先生给我的一个"横幅"，上面用墨笔以"柳体"字写着四个大字："亦师亦友"。右上角写着："家泉教授雅正"，左下角署名"连战敬书"，盖着红红的私章，再左下面还注明时间："癸未仲夏"。他还告诉我，他这次带来的共三个横幅，除给我的外，还有北京市的一位领导、中央财政部门的一位领导，并感慨地说："我是义务地给你们当交通员啊！"

我拿着这个条幅，仔细地看着，觉得连先生的这几个毛笔字写得真"棒"，很正规，很熟练，很中看。同时，我的思绪也打开了："我和连战先生，素昧平生，从未见过面，这样一位台湾当局中非常高层的官员，怎么会给我写横幅呢？"而且，"说我与他是'亦师亦友'的关系，这怎么敢当？未免太谦虚、太抬高我了！"

想呀，想呀，终于想起了以下一段故事：

2001 年 8 月 3 日，我在香港《大公报》发表的一篇文章中，肯定和欣赏连先生所公开提出的三个论点：一是"我是台湾人，也是中国人"；二是"我主张'本土化'，但这不等于'去中国化'"；三是"我们是'中国国民党'，而不是'台湾国民党'"。这三个论点，都提到了"中国"两字，他把自己、台湾和国民党，都与中国挂钩了，这自然会触动"台独"先生们的神经，于是口诛笔伐、大做文章起来。

使我印象最深刻的是两个人：一位是民进党的"立委"，我很熟识的朋友，他在当年 10 月 26 日晚，台湾 TVBS 电视台"2100 全民开讲"的一场激烈辩论中，两次引用我以上所说的话以作为反对蓝营及其领导人连战的"罪证"。二是"台联党"精神领袖李登辉，他在一次专门召开的记者招待会上，竟然以我以上所说的话为"证据"，攻击连战"勾结大陆学者李家泉密谋卖台"，并"达成三项共识"（不知是否就是指以上我所引用的连战"三个论点"），并以大字标题刊登在当年 11 月 30 日的《中国时报》上。怪哉，怪哉！欲加之罪，何患无词！我和连战先生素不相识，也未见过面，彼此发表的看法和文章，都是自发的公开的，何来"勾结",更何来"密谋卖台"？我看到同一天报纸，国民党政策会副执行长张荣恭先生也同时发表讲话说，李家泉先生是中国大陆的一位学者，李登辉把连战和他扯在一起，实在"太有点离谱了！"

与台湾两位知名人士及学者在一次学术交流会后合影

《中国时报》登出李登辉召开记者会的第二天，台湾就有朋友把这件事打电话告诉我了，并以传真把这天《中国时报》刊登的这个消息传过来了，我马上给予反驳，台湾《中国时报》也很快把我反驳李登辉的这篇稿子给登出来了。

我不知道，连战先生给我捎来的"横幅"与这件事有没有关系，也许是巧合，也许并无关系。这以后，我与连战先生仍无联系，也未见过面。2005年5月5日，他又托人给我捎来一本新著《改变才有希望》，并亲笔题赠，还附有另一张他自己的名片。我们虽然没有见过面，但对台湾未来以及两岸关系的未来，相信有一颗彼此相通的心。同样，我们虽然没有见过面，但在连先生以中国国民党主席身份第一次正式访问中国大陆并与中国共产党主席胡锦涛先生实现"胡连会"时，我曾以多么兴奋的心情，为国共两岸的未来写过祝贺的文章。

（二）李登辉与我的"互动"或"过招"

我与李登辉先生也一样是素昧平生，没有见过面，但我们之间却背靠背地有过一些交锋或互动。这中间似乎有一个看不见的公式:"交锋—缓和—再交锋—再缓和。"交锋和再交锋,是我批他搞分裂的文章,以及他咬我与连战"勾结卖台"的记者会;缓和与再缓和,是双方都曾有过一两次友善表示,不想太激化矛盾。这些与当时整个两岸形势是分不开的。

最大的交锋是我的"批李"文章。最具代表性的是,在我写的"四个第一枪"的批独文章中,有三篇的矛头都是直指李登辉的。第一篇是《中国人的感情在哪里?——评李登辉与日本作家司马辽太郎的对话》;第二篇是《李登辉访美与中美关系》;第三篇是《两种台独,一脉相承——评彭明敏的显性台独与李登辉的隐性台独》。这三个"第一枪",都是全国最具权威的报纸发表的,加上新华社发了通稿,中央广播电台新闻联播都播出了,几乎使我竟因这几篇文章而很快成了名人,李登辉当然也就知道我这个人了。当时这些文章,客观上也起了批李的带头作用,紧接着就在全国范围内和几乎是全球华文报纸都掀起了批李高潮(详细情况见本书第四篇《我的"四个第一枪"》)。于是我和李登辉算是结下了"心结"或"疙瘩"。

1995年第三季度,两岸关系暂趋缓和,我和社科院台湾研究所和全国台湾研究会另两位研究员戴文彬和萧敬,同时应邀去台湾做学术访问,邀请单位是台湾大陆研究学会。按照程序,邀请单位必须将被邀请者向台当局申报批准,而我这样一位批李的名人未免太敏感了,台湾主管部门谁也不敢批,最后还是上送到李登辉那里了。出人意料的是李登辉竟然批准了。我很高兴,也对李留有一点好印象。

我想李登辉之所以批准,可能是因为不批对自己不利。因为,我的批李文章是公开的,天下人都知道,如果不批,反而显得自己"太小气"、"无气量";批了,倒显得自己站得高,有雅量,没有趁机报复批评者。他这一批,身边一些人就对他颇有好感。我闻听此事后,也觉得他这一招高明。

这以后,有一段时间我对李的情绪有缓和,当然与两岸形势有关,也与我的某种幻想有关。有两件事:一是李登辉后还未卸职时,我就曾以许多人都知道的笔名"魏大业"名义，在台湾报纸上发表了一个"小建议"，希望李能以"农业专家"身份申请至大陆访问，并可借机在北京大学发表专业讲演，相信这篇文章李一定会看到；二是我的已故好友方生同志，与我一起在1996年第二次访台时，我曾建议他以"台大老同学"身份拜访李登辉，也有想争取李之意。方生原名陈实，曾在台大农学院与李是同校好友，当时李是以"进步学生"面貌出现的。在李的推荐下方生后来接替了李的"学生会主席"一职，那时两人关系还算不错。在我们快离开台湾时果然接到李对方的口头回信，说这一次来不及了，下次有机会再见面。大约三年后，方生再去台湾时，李还是接见了他。我们两人都想争取李，做李的工作。不过后来的实践证明，我们自己都太天真了！

在这以后，我和李登辉之间，又有一段"再交锋，再缓和"的故事：从2001年8月，正如上面已经讲到的，我曾在香港《大公报》发表了一篇文章，肯定和欣赏连战先生公开讲出的三句话，即"我是台湾人，也是中国人"；"我主张'本土化'，但这不等于'去中国化'"；"我们是'中国国民党'，而不是'台湾国民党'"。就这样，李登辉把我和连战先生挂钩了，也正如上面已经谈到的，他公开召开记者会，说"连战勾结大陆学者李家泉密谋郯并达成三项共识"。台湾《中国时报》当年11月30日，曾以显著标题刊登了这条新闻。我后来的反驳也刊登在当年12月上旬的台湾《中国时报》上。这是我与李登辉的又一场斗争。这个时候李登辉虽早已卸任，但与中国大陆的敌对情绪仍然强烈。

慢慢地，李登辉的年岁越来越大，虽然是不甘寂寞的人，但在政坛上无可避免地也越来越边缘化了。2007年2月，台湾《壹周刊》登载了一篇对他的专访，标题为《李登辉：我想访问大陆》。李在这篇专访中，的确谈了许多"诱人"而又让人"诧异"的内容。例如，他不仅否认自己是"台独"，还大批"扁独"，指他"骗票"、"说谎"、"黑金"，还说了一些大陆和胡锦涛的一些好话，主张"开放中资来台"、"开放陆客来台"，也表示"愿意前往大陆访问"，等等。我虽知道李登辉是一向"见风转舵"的"政治投机客"，但仍然写了一篇《读李登辉：我想访问大陆》的评论稿，发表在当时香港的中评网上。在这篇评论稿中，我对李登辉在接受《壹周刊》专访中的谈话，提出了好几条质疑，最后仍表示，如果李先生这一次的表示，确是"知所反思，出于内心，表里一致，修正自己关于台湾是主权独立国家的说法"，"我个人还是十分欢迎李先生来中国大陆访问的"，并希望李先生能在"耄耋之年"，"成为两岸间一位真正的和平老人"。我们这篇文章发表在香港《中评网》上，这个中评网在台湾的影响很大，看的人很多，我相信李一定会看到这篇文章，至少会有人录下来送给他看。

我不仅在香港中评网公开发表过以上文章，也曾向有关部门提出过书面建议，认为我们应该有气魄点，也不要怕他来大陆放毒，可以邀请他访问中国大陆。李登辉公开讲的是真心也好，投机也好，我们一样可以做工作。听说有关方面也曾议论过此事，后来为什么未成，我就不太清楚了。不过，李登辉这个人也往往是反复无常的，眼见他说的话，大陆久久没有回应，他就又公开否认他曾说过"想访问大陆"的话。

（三）"应该怎样评价宋美龄？"

宋美龄是蒋介石夫人，宋氏姐妹老三（老大宋蔼龄、老二宋庆龄、老三宋美龄），中国近现代史上的风云人物。她的人生跨越了三个世纪，2003 年北京时间10 月 24 日 5 时 17 分，在美国逝世，享年 106 岁。就在她逝世的当天，中国《新浪观察》记者专门采访了我。

问：宋美龄女士已于今日去世，国内外各大主要媒体对此消息纷纷进行了报道。不知您今天在得知这一消息时是什么想法？

答：宋美龄女士，在海峡两岸以至全世界，都是非常著名的政治人物。大家都知道，她的一生都是追随其丈夫蒋介石反共的，但也有值得我们肯定的地方。她身体一向不是太好，但能活到 106 岁高龄，这在中国还是不多见的，可能是养身有道，保健有方。她晚年很喜欢画画，怡养身心，不知与她的长寿是否有关。

问：作为一名经历复杂和政治变幻的历史人物，对宋美龄的评价历来争议较大，褒贬不一。您本人是怎么评价她的一生？

答：我对她的印象较深的有三件事：一是 1936 年西安事变以后，南京国民党内部的形势非常复杂。有一些国民党元老怀着各种目的主张打，像当时掌握兵权的何应钦，就主张派飞机炸西安，目的很明确，就是想取蒋介石而代之。宋美龄就是在这种情况下，力排众议而亲赴西安，主张以非武力的和平方式来解决问题，这与当时共产党的主张是不谋而合的。西安事变的顺利解决，对后来的国共联合抗日起了积极的推动作用。西安事变中，宋美龄和周恩来曾有非常好的配合，她对周恩来也留下了非常好的印象。曾私下对人说："为何共产党有这样的能人而国民党没有？"西安事变时宋美龄 39 岁，能有这样的勇气和魄力也是非常了不起的。

二是 1943 年，宋美龄 46 岁，她以蒋介石夫人兼秘书的身份参加了开罗会议。她是颇具政治魅力和风度的人。从这次会议留下的照片看，她在罗斯福、丘吉尔和蒋介石之间担任翻译，一口流利的英语，使大家谈笑风生。这次会议产生的《开罗宣言》明确指出：包括台湾、澎湖在内所有被日本侵占的中国领土应全部归还中国。这个文件，就是后来关于台湾问题的一个重要国际文献。应该说，她配合蒋介石，在这次会议上为争取中国一方的权益是发挥了一定作用的。

三是在蒋介石和蒋经国相继去世后，宋美龄所表现的反对"台独"、反对分裂的立场和态度相当鲜明，陈香梅曾回忆说："蒋夫人一直坚持中国不能分裂。"（见后来的《人民日报》海外版，2010 年 7 月 10 日）她为什么会长住美国？就是与李扁政权这些人"合不来"。她反对李登辉集党政军大权于一身，曾为此亲自写信给当时的国民党中央党部秘书长李焕，但因没有能得到支持而使李登辉得逞。她住在纽约期间，与李扁政权的分裂主义分子从无来往。

我认为，对于宋美龄，至少以上三件事是值得肯定的，也是不应该抹杀的。

问：宋氏三姐妹，宋蔼龄、宋庆龄、宋美龄，各人的政治立场和表现也各不相同，老大爱钱，老二爱国，老三爱权。有些年轻网友们认为，在宋氏三姊妹中宋美龄对中国历史的影响是最负面的，您认为呢？

答：对于宋氏三姐妹，民间有这样的说法，即"蔼龄爱钱、庆龄爱国、美龄爱权"。不能说完全没有道理。这三句话的内涵与她们三人所嫁的丈夫有一定关系，霭龄丈夫孔祥熙，是财政部长，自然是有钱的；庆龄丈夫孙中山，推翻了清朝政府，自然是爱国的；美龄丈夫蒋介石，是军委会委员长，自然是有权的。但如果说美龄就是不爱国，这就不一定对了。宋美龄早期是追随丈夫投靠美国，反对共产党，当然谈不上爱国。但后来到台湾情况就变了，两岸的主要矛盾已不再是制度和意识形态之争，而是要不要"一个中国"的分裂和反分裂之争。拥护一个中国、反对"台独"、反对分裂的就是爱国。从这个意义上说，就不能说宋美龄不是爱国的了。

上面讲到的三点，实际上是肯定了宋美龄有爱国的一面。

还有，宋美龄在抗日期间在美国到处演讲和募捐，争取美国及其他盟国对中国的同情，从物质上、精神上支持中国抗日，这同样是爱国行为，不能一概抹杀。张学良发动西安事变，促成国共合作抗日，张学良是有功的，而张学良后来被蒋介石长期软禁，没有宋美龄也早就被杀了。所以宋美龄的一生，也是做了不少好事的。

问：现在的国共两党、海峡两岸的矛盾关系，确实有很大变化，设如宋庆龄和宋美龄都还在，两人有无可能见面？对推动两岸的发展的作用会如何？

答：这已经是现实上不存在的问题了。当然，如果这两个姐妹今天仍然在世，她们会可能见面的，但不大可能在大陆，也不可能在台湾，而在美国或香港的可能性最大。既然国共两党都能在"九二共识"、反对"台独"的基础上实现往来，改善关系，那么她们两个亲姐妹见见面又会有什么不可能？据陈香梅谈，宋庆龄生前确实很想会见亲妹宋美龄，并且还托她捎过信，但由于种种复杂原因，始终未能实现这个愿望。如果是两姐妹今天仍在世，相信一定能见面，也相信这对推动国共关系和两岸关系的更好改善，一定会有助益。

（以上摘自拙著《台海风云六十年》下册的"人物评论"部分，系九洲出版社2009年2月出版。本文引用时较前略有补充。）

（四）蒋纬国隔海赠书

对于蒋纬国闻名久矣！小学生时代就闻听他的一些故事。参加工作后，只知道他是蒋介石的第二个儿子，从事对台研究后这才知道他的真正生父是戴季陶先生。他曾经是蒋介石着意培养的对象，从德国到美国都是学的军事，返国后一直在国民党军队任职，过的军旅生涯，后来又转为专门从事替国民党培训军事人员的高级院校，升任陆军二级上将。

自从 1985 年大陆社科院台湾研究所成立后，与台湾方面的交流往来增多了，所内较早去台湾做学术交流的学者，就不时带回关于蒋纬国的信息。说他这个人虽是军人，但是思想开放，语言直率，说话幽默。政治上反共，但主张统一，坚决反对"台独"，赞成两岸往来。台研所的学者每一次去台湾，他都主动设法接触。已经过世的台研所研究员郭相枝先生，曾经告诉我，蒋纬国将军在一个早晨是怎样找到他和姜殿铭所长的，并且特别提醒他们说："民进党那些人，头上戴的帽子里面都是镶的绿边，是地地道道的'台独'分子，一定要小心上当啊！"那个时候，民进党的"台独面貌"还未完全暴露，很多人只听到或看到他们自己宣传的"民主"、"爱乡土"、"反黑金"的一面，而蒋纬国早就完全看到他们的"虚伪"、"欺骗"、"假民主、真台独"的一面了。

大约是 1992 年的一个春天，我接到来京访问的一位名叫李子弋的台湾朋友的电话：

"您是家泉兄吗？"

"我是！"一听声音我就知道他是谁了！

"我是李子弋，因事来京，现住在王府井假日饭店，想见见您这位老朋友聊聊天好吗？"

我满口答应，这时我已经不在职了。我和李是在两岸学术交流会上认识的，已经好几年了。他与我同龄，一口苏北话，我是皖北人，两人口音非常相近，乡土感情，一见如故，非常亲切。他每次来京都要约我见面，谈战略问题和两岸形势。这个时候，蒋纬国是台湾一个战略学会的理事长，他是这个战略学会的研究员，非常健谈，每一次谈起来都是天南地北、海阔天空似的。因为他也反对"台独"，彼此讲话自然也比较投机。后来他子承父业，在他父亲去世后，继承了台湾天帝教的主持，从此我们见面就很少了。

这一次，我去他住的地方见面了，他并留我与我同去的一位助手吃了饭。就是这一次，他转给我带来蒋纬国托他带的三件礼品。

第一件是蒋写的两本书：《弘中道》与《千山独行》；

第二件是一副非常讲究的领带；

第三件是蒋先生本人十分珍爱的梅花。

有人告诉我，蒋先生主张，两岸未来如果能统一，完全可以用梅花来替代国民党的党徽。

我同蒋纬国也是素不相识的，没有见过面。他为什么会隔海托人带给我三件礼品？当然，李子弋先生是蒋这个战略学会的会员、研究员，很可能是他向蒋推荐的，但李没有说，我也没有问。最大的可能是，我是大陆著名的统派、坚定的反"独"者，而蒋先生在这方面与我是志向相同，慕名主动相交而已。

1995年和1996年，我曾两次赴台做学术访问，而这时蒋先生已因病不参加学术交流活动，后来就不幸辞世了，生前未能见面实乃憾事！

与台湾两位资深学者及知名人士张麟征（左）、邰玉铭（右）合影

（五）岛内主独者并非铁板一块

一般人的印象，民进党就是搞"台独"的。这当然是有根据的。例如，他们有"台独党纲"，有换汤不换药的"台湾前途决议文"，有数不清的"台独宣示"、"台独游行"、"反中活动"，等等。而且，许多人像是"吃了秤砣铁了心"，要他们回头是太难了。应该说，他们中极少数人如"深绿"、"基本教义派"，以及极少数受外国势力影响很深的人，大概就都是这样，但大多数人，民进党中一般党员，以及"浅绿"，涉足不是很深的人却并不是这样。

早期的例子，有两次"台湾之将来"学术研讨会：一次是 1983 年 8 月在北京香山召开的，一次是 1985 年 8 月在福建厦门召开的。这两次都邀请了逾 10 位左右侨居在美国、日本、欧洲、加拿大等地并具有"台独"倾向的台湾籍高级知识分子参加。会议初期，他们几乎都是情绪敌对，言辞激烈，主张"台独"，反对统一，质疑中国大陆提出的"台湾自古是中国不可分割的一部分"，认为台湾"应该建立一个新而独立的国家"。但经过交流、沟通、对话，虽然还不可能在这方面达成共识，但至少情绪上缓和多了，很快成了好朋友。这两次会议我都参加了，有些第一次与会者，第二次也参加了，见面时与第一次的气氛不大一样。其中如东京经济学大学教授刘进庆、日本新潟大学教授涂照彦、日本大学专任讲师陈仁端，以及两次领队的加拿大台籍教授郭焕奎先生等，都曾与大陆多位学者保持长期友好的联络关系，而且没有再看见他们谈过"台独"，或发表主张"台独"的文章。其中有的人在态度上并有明显变化。素有"台独"军师之称的加拿大维多利亚大学台籍教授肖欣义，在福建省委书记项南接见后私下对我说："中国大陆竟有如此豁达开明、并具民主风范的领导人，我们对台湾前途放心了！"

中后期的例子亦多。例如张俊宏，即"美丽岛系"，与民进党内评信良、林义雄等，同为大老级人物，历任民进党中央党部秘书长、代主席等。我们从未见过面，但在台湾朋友们的介绍下，数度通过电话，其中有一次还是在行车途中打来的，并曾通过福建的一个茶商送给我一副领带和散文诗《龙的传人》。他在政治上主张两岸实行"两国两府",实即"一中一台"或"台湾独立",认为"一国两制"和"一国两府"都不现实。但在两岸的交流交往中,原想法却似有某种微妙变化。他在 1996 年 7 月传给我的那首散文诗《龙的传人》中,就流露有"两岸终归要统一"的思想。其中有以下几句:

> "两千年前上天传达了旨意:
> '世纪大同'——使得秦一六国,
> 两千年后的中国,进入另一个千年,
> 天龙传达了另一个旨意:
> '宇宙大同'。
> 只有飞越太空奔向宇宙,
> 才能大同于世界!才得以统一中国。"

> "雨已停,风已静,
> 黑夜将尽,相信,
> 旭阳将重现东方!"

在我接触的众多民进党朋友中,还有民进党中国事务部主任陈忠信,有民进党中央政策会副执行长梁文杰,有民进党原中常会委评荣淑等。还有在一些大会、小会、餐会中相遇的民进党朋友,或者是亲近民进党的朋友,一般都是很讲文明礼貌的。我在 20 世纪 90 年代两次去台湾时,有的民进党的朋友,还曾为我开车带路,参观寻友。1995 年 4 月,在台高雄参加的一次学术座谈会,有多位亲绿和民进党的学者参加,邀请单位并在事先提醒我们说:"这些与会者很可能提出一些激进的"台独"主张或言辞,你们应有思想准备啊!"但结果却很平和,气氛也很友好,与我们在电视上、报刊上见到的大不一样。也许那些都是在台湾岛内蓝绿内斗的场面才能见到的。直到目前为止,我们直接间接,所闻听见,民进党中或亲绿的朋友们，大部分并不都是激烈反中的，还是可以交朋友的。

即使是像民进党高层中激进的"台独"分子吕秀莲，也还有她非激进的一面。我曾接触过她数次，包括我在台研所任职期间，曾主持接待过她一次。她的讲话并不是那么激烈，语气是缓和的。我的印象，她这个人也还是可以沟通对话的，她还曾去福建漳州一带寻根祭祖。

俗云："三九心冰冻，非一日之寒"。日本统治台湾 50 年，长期搞"皇民化"，实即"去中国化"；李登辉主政 12 年，提出"两国论"，也搞"去中国化"；陈水扁主政 8 年，提出两岸"一边一国"论，又是一次"去中国化"。在这 70 年中，台湾同胞的思想被搞乱了，本来不是问题的问题，如台湾的主权归属问题、台湾人是否中国人的问题，也都成了问题了。如今两岸关系改善，两岸交流交往增多，春天的阳光照进了台湾大地，相信两岸间多年的积雪、冰块、心结，都会逐步化解的。

（六）会见国民党老报人王惕吾

1995 年 4 月第一次访台时，在同乡友人刘国瑞先生推荐下，会见了台湾《联合报》董事长、国民党中常委王惕吾先生。推荐者刘国瑞，当时是《联合报》大陆处负责人、兼任《联合报》系《经济日报》社社长，家住安徽庐江县城，与我同乡。我在庐江县城就读"省立第八中学"时曾经是同校不同班，他比我高一班，先我毕业。当时并不认识，是后来两岸开始交流往来时，在大陆的同学介绍后才认识的，后来他经常返乡，我们见面往来的机会也多了。在北京的八中同学，如社科院世界史研究所的朱贵生、部队装甲兵系统的项国秀，都是庐江县人，周年毕业的八中同学；还有在北京工作的其他同乡，每逢刘国瑞夫妇来京时，我们就要趁机聚会一次。

王惕吾老先生，是台湾"第一报业巨子"，著名的报业界元老。他同时也是国民党内的元老，黄浦军校第六期毕业，官至副师长。去台后，弃武从文，长期办报，是《联合报》的创办者、发行人、董事长，兼职甚多，无论报界、政界、军界，都是颇具影响力的人物。政治上主张统一，反对"台独"，过去也是坚持反共拒和者。晚年政治态度似有所变化，积极主张放宽大陆政策，发展两岸民间交流。

我们见面时，他已经是82岁的老人了，年迈体弱，希望能够一见我这个从大陆来的学者，实在不容易。我当然也很愿意见见这位著名的报界老人。时间是上午11点，午饭前。我们相谈40多分钟。谈话不久，出我意料之外的事情发生了，他忽然对我说："我是反共的。"我马上愣住了，也很感到有点尴尬，心想我是从中国大陆来的，大陆是中国共产党领导的，我也是共产党人，怎么当着我的面说这样的话呢？就在这个短暂的沉默和对峙的时候，他很快接着补充说："我说的反共，不是要去推翻共产党，而是希望共产党能变得更好、更民主些。"这一下子我感到轻松起来，谈话的气氛也缓和下来了，心想希望共产党变得更好、更民主，这有什么不好？民主这个词，并不是西方世界所专有的，国民党在大陆，以及后来到台湾，并不比共产党更民主，而相反，共产党人起来闹革命，也正是为了打倒国民党的专制独裁政权，从而建立人民民主专政的政权的。因为他是国民党中常委，我当然不好直接这么说，而是带着缓和的语气说："您这个希望很好。民主政治，这也是现时中国大陆的一个努力方向，相信中国大陆会继续朝着这个方向努力去做，未来也一定会比现在更好、更民主。"

我们两人还谈了一些别的闲话，轻松愉快地结束了这次晤谈。很快就到吃饭时间了，他没有陪着我们一起吃饭，而是《联合报》的其他负责人与我们一起共进午餐。

（七）日月潭养殖的"曲腰鱼"和"武昌鱼"

日月潭乃台湾最大的天然湖泊，亦闻名遐迩的山水佳胜，位于台湾南投中部鱼池乡之水社村，凡去台湾者，一般都会去这个地方参观旅游。我们一行三人，即我和台湾研究所、全国台湾研究会另两个研究员肖敬和戴文彬，在1995年4月去台湾做学术访问时亦去了这个地方。

由于日月潭这个地方比较大，面积900余公顷，比杭州西湖约大1/3，我们虽然花了整整大半天，但仍然是走马看花，无法详细观赏这里的景物。当我们走到湖中心的一个小岛时，看到这里有纲络拦隔的一块块养殖水域，工作人员向我们介绍说，这里养殖有两种鱼，一种是"曲腰鱼"，是本地最名贵的鱼类之一，味道鲜美，当年蒋介石很喜爱吃这种鱼，他每次莅临这里的景区涵碧楼游憩时，总要吃一回这样的鱼，后来当地民众干脆把这种鱼改称"总统鱼"。非常有意思的是，这里的管理人员感到中国大陆的毛泽东主席喜欢吃"武昌鱼"，于是设法从大陆搞来这种鱼苗，开辟了另一个小水域，也养殖起"武昌鱼"来，他们自己也称"主席鱼"，不远处的餐馆，就同时向游客供应"武昌鱼"和"曲腰鱼"，这两种鱼的味道都很鲜美。

后来我们也去了附近的饭馆餐厅，服务人员非常风趣地说，毛泽东和蒋介石这一对冤家对头，生前斗得你死我活，死后我们把他们两人爱吃的鱼，放在同一个餐桌上，他们生前不能同坐一桌，共同评价这两种鱼，那就让今天参观游览日月潭的游客们，共同尝尝和比较一下这两种鱼的美味吧！可惜我们因为时间太紧，没有顾得上一同尝尝这两种鱼的美味，事后仍感遗憾不已！

本文讲的即侯家驹教授，在作者帮助弄清真相后，夫妇十分高兴并与作者合影留念（1990年12月初）

根据工作人员的介绍，日月潭是台湾很著名的风景区，堪称明珠之冠，早在清朝时期，即被选为台湾八景中的绝胜，是全岛唯一的天然湖泊。这里的潭水是由玉泉山和阿星山漳的断裂盆地积水而成。潭中有一个小岛名珠子屿，亦名珠仔山，海拔745米。以此为界，北半湖形状如圆日，南半湖形状如一弯新月。日月潭即因此而得名。

　　前面讲列，蒋介石经常到这个湖的涵碧楼游憩，这个涵碧楼，原为日本统治时期一位姓伊滕的日本人所建，乃当时各界官员显要游憩的重点景区之一，后来日本政府易地重建，作为日本裕仁太子的招待所；1949年后成为蒋介石的行馆。1998年起，改由民间经营，"9·21"大地震后再重建，现已成为观光旅游馆。

（八）谎言最害怕真相

　　相台湾著名经济学家侯家驹先生，台《经济日报》曾专门为他开辟一个专栏，我很喜欢读他的文章，通俗易懂，谈笑风生。我们之间曾有一段趣闻。

　　有一年秋天，全国台湾研究会曾在深圳召开过一次两岸关系学术研讨会。在某个小组的学术座谈会上，我忽然听到一位家乡话很浓的学者发言，顺便向周围与会者打听了一下，原来他就是那位鼎鼎大名的侯家驹先生，是与我老家庐江县交界的无为县人，这两个县的口音特别相似，我听起来特别亲切，晚上拜访他时一见如故，马上拉起家常来。

　　正因为两人都乡音未改，谈得很投机。他突然同我谈到他的家务事：他是1949年，自己还很年轻的时候，就随国民党军队撤退到台湾的，从此与家乡毫无联系。去年听说他的父母都在"文革"中挨斗挨批，最后被吊在树上毒打惨死，不知现在大陆对在台人员亲属的政策怎么样，像我父母这种情况能否给予合理解决。他越说越生气，要求把他父母毒打致死的凶手绳之以法，不仅是赔礼道歉，而且应该拘之他父母坟前跪拜认罪。说到这里，已不是生气，而是越说越激动了。但这类事，我遇到的已经不止一两件了。马上对他说：第一，对于这样的事一定要冷静，你既然回来了，应该首先核实事情的真相。是真是假，是否误传，至少我是不太相信的。如果真有此事，相信中国大陆的政府也早就处理了。第二，完全弄清真相之后，然后再考虑应该怎么办。如果真相还未弄清，就先说上一大堆气话、过激的话，反而不好，要小心被别人挑动和利用才好。他勉强点头了。

　　大约第二天，侯在老家的弟弟妹妹都来了，果然他所听说的并非事实，他父母都是不久前先后病死的，与"文革"毫无关系，他的弟弟已经是县政协委员，妹妹也是妇女会的一个干部。他高兴极了，并邀我与他们都见了面。从此，我们就成了好朋友，我去台湾时他一定要招待我吃饭，来到北京时也一定会看我，并把他的老伴、孩子都介绍与我认识了。

05

应聘香港中评网评论员以来

作者按：自 2005 年下半年开始，我应聘担任香港中评网评论员，五年多来，计为该评论网撰稿三百余篇，最近我对此做了专门五类小结，大体上反映了我这一段时间给该网的撰稿情况，现分述于后。

一、关于两岸关系的评议
——五年来为香港中评网撰稿小结之一

2005 年下半年，香港《中国评论》通讯社社长郭伟峰先生，是我多年的好朋友，邀请我担任该社中评网的评论员，我欣然接受了。从 2005 年 7 月开始，即给该社《中国评论》月刊供稿，也给中评网供稿，重点是后者。五年来我共给该网站撰稿约 300 篇，平均每年 60 篇。

这约 300 篇中，最多的是评议两岸关系，百篇左右。所评议的，大体上有以下几个方面：

一是评议大陆对台方针政策。所占篇幅不多，但却比较重要。例如，2005 年 8 月写的《当前台海形势和中央对台政策新思维》(中评月刊 8 月号)，10 月写的《何谓"一国两制"的台湾模式》；2007 年 1 月写的《中国政府对台政策的重大发展》，10 月写的《胡锦涛重申"一个中国的对台方针"》；2009 年 1 月写的《胡锦涛"六点讲话"的新义在哪里？》；2010 年 4 月写的《如何才能使两岸杜绝战争隐患？》等。这里不想一一重述，只想着重说一下以下三篇。

一篇是《当前台海形势和中央对台政策新思维》。这里所说的对台政策新思维包括：关于"核心利益"的提法，关于"决不妥协"的态度，关于"以民为本"的思想，关于"以法制独"（指《反分裂国家法》）的做法，关于"宏观调控"的战略（即设定政策底线）。还有，当年毛泽东主席在"一个中国"原则下"联蒋抗美"，如今也可在"一个中国"条件下"联美制独"。但这样的联合，还会时常有斗争的。

另一篇是《中国政府对台政策的重大发展》。这一篇，除了诠释江泽民同志1995年元月30日提出的"八项主张"的具体内涵外，还指出了这篇讲话的重要意义，认为是对邓小平"和平统一、一国两制"科学构想的全面系统阐述和发挥。并在这个基础上，又根据我个人的学习心得和体会，把胡锦涛同志为代表的中央领导集体对台政策的新设想概括为新的"一纲四目"。所谓新的"一纲四目"，是相对于20世纪60年代初毛泽东、周恩来时期所提出的"一纲四目"而言，当时的一纲，是指台湾必须统一于中央，四目是指除此以外的四项基本政策。新的"一纲四目"，其基本原则和精神与前者是一致的。一纲，就是中国必须统一，这是问题的核心。四目，就是胡锦涛本人于2005年3月4日就对台政策发表的"四点意见"，一是坚持一个中国原则决不动摇；二是争取和平统一的努力决不放弃；三是贯彻寄希望于台湾人民的方针决不改变；四是反对"台独"分裂活动决不妥协。

还有一篇是《如何才能使两岸杜绝战争隐患？》，这一篇，我着重把邓小平提出的"一国两制"与其他两种主要模式并列比较，提出以下三种前途。一是"一国一制"，即大陆这边强行以自己的制度去统一台湾；二是"两国两制"，即实行李登辉的"两国论"，或陈水扁的"一边一国论"；三是"一国两制"，即在平等协商、各让一步、互利双赢的条件下实现和平统一。在以上一二种情况下，其最后结果都只能是战争，不可能和平解决台湾问题，这是两岸谁也不愿见到的。只有第三种可以避免战争。由此可见，"一国两制"最本质的东西，就是"要和平不要战争"。只有两岸实现"一国两制"，并使之正常化、法理化、完善化，才能最终防止以至完全杜绝两岸可能爆发战争的诸种隐患。

二是评议两岸关系发展过程。从2008年开始，这方面比较重要的文章，顺次有《中国大陆的改革开放与两岸关系》、《两岸关系迈出的历史性步伐》、《我与〈告台湾同胞书〉》、《两岸关系发展上的重大转折点》、《两岸关系新的三十年开始了!》、《新中国60华诞话两岸》等。所有这些文章,大体上阐述了以下几个方面的内容:

(一)中国大陆的改革开放是从1979年元月开始的,已取得了举世瞩目的成就。这个改革开放,为13亿中国人摆脱贫困找到了新的出路,为中国特色的社会主义找到了新的方向,为全世界还处于不发达状态的国家和人民提供了新的希望。特别值得提出的是,这个改革开放也为两岸实现和解、为两岸改善关系、为两岸和平发展、为最终实现祖国的和平统一找到了新的方向和途径。

(二)中国大陆对台政策的调整,共经历了三个阶段和三次转变。第一次战略性调整,是从武力解放到和平解放的转变。其转折点是1955年到1970年这段时间。第二次战略性调整,是从和平解放到和平统一的转变。其转折点是1978年12月中共十一届三中全会,党和国家的工作重心实行了战略转移。第三次战略性调整,是从长期僵持到暂搁争议的转变,强调和平发展。其转折点是2008年4月29日,中共中央总书记胡锦涛同志会见国民党主席连战时达成的共识和协议。

(三)中国大陆实行的改革开放与对台实行的和平政策也影响了台湾。在改革开放前提下,历次对台政策的调整,当然都是以"一个中国"为原则。并且强调和平协商、和平谈判,以及和平发展。这也迫使台湾当局,不得不一再调整自己的大陆政策,即由"武力反攻"调整为"政治反攻",再调整为"三民主义统一中国",从而使两岸关系由"武装对峙"转变为"和平对峙",进而转变为现在的接触、交流、对话、协商政策。

(四)两岸关系已度过两个"三十年",并已进入第三个"三十年"。第一个"三十年",根据台湾当局的"三不政策",一曰不接触,二曰不谈判,三曰不妥协,真是"长夜漫漫人难熬"啊!第二个"三十年",曲线通邮,曲线通航,曲线通商。直路不直走,直飞绕三弯,人为延长路程,真是"咫尺如天涯"啊!第三个"三十年",如今已经开始了,截弯取直,直线海运,直线空运,直线通邮,一架架银燕对飞,一艘艘铁船对驶,海峡两岸的距离,忽然又是"天涯若比邻"了。

三是评议马英九主政后的两岸形势。这方面的内容，大都散见我投给中评网的各个短篇。总的来说，马英九当权后的台海形势是好的，两岸关系有明显改善。台湾的"海基会"和大陆的"海协会"，在承认"九二共识"的基础上恢复了对话和协商功能。先后正式召开过五次协商会议，达成了包括实现"大三通"在内的 14 项协议和一项共识，这是两岸关系六十年所未见的重大突破。今年 6 月底双方又在重庆签署了"两岸经济合作框架协议（ECFA）"，台湾"立法院"也已于今年 8 月顺利通过，两岸经济关系正进一步走向制度化、机制化和正常化。这一切，与马英九政权的积极参与、努力、配合自然是分不开的。

当然，作为马英九政权，也确实存在着不少弱点和问题。我在 2010 年春节为中评网撰写的《马英九为何深陷困境？》一文中，就曾指出他存在六个方面的问题，诸如方向不明、腰杆不硬、凝聚力差、沟通不良等。另一方面，台湾有些媒体和人士把马说得一无是处，诸如低能、无智慧、无魄力、一无所成等，这也过分了。对此，我则撰文为之打抱不平。认为他至少在改善两岸关系上还是功不可没的。在目前的历史条件下，他能和大家一起把两岸关系做到今天这个样子，难道不需要智慧、能力、气魄和胆量吗？如果总是戴着有色眼镜看问题，那就是另外一回事了。

展望未来，我在文章中也提到，马英九政权依然面临着十分严峻的挑战。最大的威胁自然来自民进党。奇怪的是，民进党以陈水扁为代表，在台湾执政八年中，贪污腐败，弊案如山，问题成堆，把两岸关系、美台关系，以及岛内的族群关系，都搞得十分紧张。他的垮台不是偶然的。有人曾估计，民进党至少二十年内都很难翻身。而如今，不过两年多时间，该党又忽然东山再起、威胁起马政权了！是他们接受教训，改得很好了吗？不是；是马英九政权做得太糟、天怒人怨了吗？我看也不是。更奇怪的是，当前民进党在政坛上十分活跃的人，大多都是当年陈水扁政权的骨干分子，并未见到他们中有一个人站出来自清或做自我批评，不知为什么他们中的这些问题竟然如此快地被一风吹了！民进党今天所表现出来的力量实际已远远超出了它本身所可能具有的力量！为什么会如此？这一切，我在中评网发表的文章中都谈到了，也提出了自己的看法。觉得自己作为一个媒体评论员，有责任尽自己所能来分析和揭露事情的真相。

对于马政权方面，觉得当然也应该有所反思。并且认为，马本人和其政权所有存在的缺失和问题，都应该重视和坚决改正。应该说，马政权的缺失和问题是很多的。但千缺失万缺失，千问题万问题，我认为最重要的还是马本人及政权不敢碰触民进党的"台独主权观"，这似乎成了他自己最被动和最常被攻击的一个软肋。我想，你们自称的"中华民国"，也像"中华人民共和国"一样，都是以"一中"为前提来立法的，为什么不敢反击民进党中一些人的"台独主权观"？他们的这个"台独主权观"，是用以反对马政权，也是反对中国大陆的一张"王牌"，而其实这张"王牌"是虚假的，毫无法理根据，也根本经不起反驳，而你们国民党人为什么不敢，或者不愿去触碰？他们的"台独主权观"，就是不承认台湾是中国的一部分，就是要"分裂国土"，这不是也违背你们以"一中"为前提的"宪法"吗？而根据你们这个宪法，台湾也是"中华民国"的一部分，是不允许"分裂国土"的。他们说你们"卖台"，你们为什么不敢理直气壮地抨击他们"叛国"或"卖国"呢？老实说，民进党一些人的"台独主权观"就是地地道道的"叛国"或"卖国"。这其中也包含着"卖台"，背叛台湾人民的根本利益。

老实说，我很怀疑，你们不敢触碰民进党的"台独主权观"，除了顾忌美国外，是不是自身还有"包袱"，说穿了这个"包袱"就是有些人还想搞什么"台独"、搞"国独"，为自己留后路。这当然也是行不通的。如果你们能放下这个"包袱"，去掉私心，轻松上阵，与全国人民站在一起，相信民进党就不可能是你们对手。而相反，你们如果不能这样做，一旦民进党再重新执政，就可能"借壳上市"，其后果将是很严重的，你们国民党人也将无法向后人交代。

总之，我认为，国共两党在维护中国的主权上应该是一政的，至于"中华民国"和"中华人民共和国"，都是以"一中"为前提来立法的，这就是将来双方谈判的最重要基础，这与民进党一些人根本不认同中国是完全不同的。国民党如果能正确处理好这个问题，将是对整个中华民族的一个重大贡献。在这样一个非常重要的历史关头，应该拿出自己的勇气和决心。

四是评议两岸各种交流会议。在各种交流会议中，首先是经济交流会议。现两岸开得最多的也是经济交流会议，这是完全必要的。国共两党的交流协议，就是"先经后政、先易后难"，因为两岸长期隔绝，结下的"疙瘩"太多，尤其是政治方面的疙瘩，绝不是短时间能够消除的。经济议题不像政治那么敏感，当前又有迫切性，故先从容易的经济方面"切入"比较好。先后五次"陈江会"（"海协会"会长陈云林和"海基会"董事长江丙坤）都是经济方面议题，我都做了评论，尤其是 6 月 29 日在重庆举办的第五次"陈江会"，完成了签署两岸经济合作框架协议（ECFA），我更做了专门性的评议报道，认为这是两岸关系史上具有里程碑意义的大事。台湾"海基会"董事长江丙坤把这次大陆之行定位为"互惠繁荣之旅"，副董事长高孔廉更说这次协议将为两岸关系"留下最灿烂的篇章"。对于这次协议会，正像温家宝总理所说，中国大陆对台湾同胞切实做到了"让利"，能让的都让了。我认为，这就是对台湾同胞"释善意、送温暖、献爱心"的具体行动和表现。

其次是文化交流会议。这样的交流会同样是很重要的。如果说经济是一个社会的物质基础，而文化就是这个社会的精神和思想基础。中华文化乃全体中国人的"根"，根深则叶茂，根衰则叶枯。"经济"和"文化"，这是两岸关系中两座最重要的"桥梁"。2008 年 12 月，胡总书记在纪念《告台湾同胞书》30 周年座谈会上提出的"六条"，就不仅强调了两岸经济合作的重要性，也同时着意强调了"弘扬中华文化"的重要性。中华文化历史悠久、博大精深、光辉普照，在当前的形势下，开展两岸文化教育交流，正像胡总书记在第二次"胡吴会"时所特别强调的那样，这"既有巨大需求和潜力，也显得更为重要"。为此，我特别为中评网写了两篇赞扬有关两岸文化交流的评议文章，一篇是 2008 年 8 月写的《关于第四届两岸经贸文化论坛的感思》稿；另一篇是 2009 年 7 月写的题为《长沙两岸经贸文化论坛的特点和意义》，认为类似这样的交流会今后应该多开。

第三是政党交流会议。我认为这样的交流会议也是非常重要的。自马英九主政台湾以来，中国大陆与台湾的蓝营政党，诸如国民党、亲民党、新党的交流多起来了，这是非常好的，这样的政党交流会自然应该继续下去。美中不足的是，独缺绿营政党参加。好不容易，2009年7月两岸在长沙召开的两岸经贸文化论坛会，民进党中有两位大老级人物即许荣淑和范振宗参加了会议，但民进党中央竟借口未经同意开除了他俩的党籍。我曾建议中国大陆有关方面成立一个民间性的政党协会，以便开展对绿色政党如民进党和台联党等的交流，但未被采纳，后来在国台办内部设置了一个政党局。我的想法是，有一个民办政党协会，似比官办灵活，做得好有可能缓和与绿营政党的矛盾。中共领导人每一次与蓝营政党领袖握手，都对绿营政党是一个刺激；如果有了一个民办政党协会，并有一个在中国大陆很有名望的人兼任会长，积极主动地开展对绿色政党的交流，是不是可以弥补这一方面的不足？我还写了一些文章，如《我有一个"绿色的"交友梦》、《我赞成两岸"红、蓝、绿"三方政党接触对话》，都发表在中评网上，意在制造舆论，以便推动和促进这方面的交流。

第四是一般学术交流会。在职期间，我参加的学术交流最多，至少有两三百次；离退后前一段时间参加的也不少，去美国一次，台湾两次，澳门两至三次，内地的更不计其数。2005年以来，曾多次参加北京联合大学台湾研究院组织的《台研论坛》会、凤凰电视台组织的小型连线座谈会、国务院新闻办组织的在京学者座谈会、国台办《两岸关系》杂志社组织的客家文化研讨会，以及来京个别拜访我的台湾学者、美籍华人学者，临时组成的小型交流座谈会等。每一次这样带学术性的交流座谈会，一般我都会在事后给中评网写点心得体会之类的稿子。这样的会议，尤其是两岸之间的会议，对于沟通情况、交流心得和增进友谊等，都是很有帮助的。不仅是亲自参加的会议，就是报刊媒体报道的有关两岸交流会的材料和情况，我也都比较留意。

近两年来，两岸关系有很大改善，各种各样的交流活动大增，从而也带动了各行各业的各种专业会议的召开，两岸三地出现了前所未有的大交流、大合作和大发展。台湾一位已故著名学者陶百川先生曾于生前的1992年说过这样的两句话："两岸交流和平有望，一相情愿后患无穷"，诚非虚言也！

二、关于民进党的评议

——五年来为香港中评网撰稿小结之二

我对民进党有一个从希望到失望的过程。起初，我认为它是地方本土势力，没有国民党那么多历史包袱，其中许多人在反对国民党专制独裁上还曾经是共产党的间接同盟军，只要能接受"一中"原则，国民党根本不是它的对手，在民进党手里来和平解决台湾问题，也可能比国民党顺利。可慢慢地我感到自己太天真了。在民进党的"台独党纲"出笼后，我更感到失望了。

说实在的，我对民进党的"台独党纲"最反感，对它的《台湾前途决议文》认为是换汤不换药。总觉得这个党内的"深绿"或"基本教义派"，其背后有外国干涉势力在撑腰。20世纪五六十年代他们的大本营在日本，七八十年代后他们的大本营即移至美国，美国一些华侨朋友总是说，美国本土就是台独的"大后方"，真是一针见血说到了要害。

所以，我在评论文章中，往往情不自禁地把"土独"和"洋独"联系起来，又把两者与外国对中国内政的干涉势力联系起来。但我也还注意把民进党内部的一般党员和党内的"深绿"或主导者区别开来，把"绑架者"和"被绑架者"区别开来。对于一般党员或"被绑架者"，我的重点是劝导，是化解；对于"深绿"、"主导者"或"绑架者"，我的重点是批评，是抨击。也就是说，对前者我是"鸽派"，对后者我是"鹰派"，岛内有人把我笼统地划为鹰派或鸽派都是不对的，我既是鹰派又是鸽派，是视对象不同而有异的。总的重点还是希望化解，"春风终解千层雪,海水犹连两岸心"。

2009 年 10 月,我曾连续写过两篇批评民进党的文章,即《从战略和战术角度看民进党未来》和《民进党"台独"路线本质内涵是什么》。在第一篇文章中,我曾指出说:民进党的一个致命弱点是一向只注重战术上的布局和得分,而总是忽略战略制高点的是否得当。因而,他们常常为战术上的一点进展或小胜而沾沾自喜,而却不顾这些进展或小胜对整个大的战略部分有何不利影响。如果坚持不改,其未来不可能是光明的。在第二篇文章中,我曾一针见血地指出:"仇共、反中、卖国",这就是现今民进党"台独"路线的本质内涵,而且是三位一体、相互联结的。然而,"蚂蚁缘槐夸大国,蚍蜉撼树谈何易"。

我还曾连续五篇写"民进党向何处去?"一评、二评,一直写到五评,自忖用心是好的,但究竟有多大效果?我自己不知道,说不定还有反效果。2010 年以来,我给香港中评月刊和中评网又写了好几篇有关民进党的文章。例如,3 月份曾写了一篇《民进党的最大特征——"一观四性"》,所谓"一观",是指它的主权观,认为台湾是"主权独立国家",而事实上这是不存在的,法理上根本站不住,完全是一种主观唯心主义的产物。所谓"四性",就是草根性、排他性、封建性、分裂性。这四个"性",一看就明白其中大意。

4 月份,写了一篇《民进党挥舞的是什么样的"主权大棒"》。民进党的"主权观",尽管它站不住脚,但也不过是理念性的东西,而如今它已转化为"主权大棒",持之在手,随意挥舞,到处打人和伤害人群。最突出的在两岸签署经济合作框架协议(ECFA)前后,竟肆意地这么做。而其实这个大棒完全是假的、虚拟的,只能吓唬那些胆小、无知、神经衰弱的人,而在台湾这种人应该是越来越少了。

6 月份,又写了一篇《民进党的主权牌是"隐性炸弹"》。它的这个"主权牌"主要是针对马英九的,他们把这个主权牌当做马政府的"牛鼻子"牵在手里,动辄扬鞭大骂,说什么马当局是"倾中卖台",并以"护主权、救台湾"为号召,蛊惑群众,煽动仇恨,他们的背后总是有一只看不见的黑手在推动,既想推动岛内蓝绿对抗,又想推动两岸对抗,还想拉美国人下水。这不是"隐性炸弹"是什么?

7月份，再写了一篇题为《民进党不转型不会有出路》，还回答了一些媒体记者提出的问题。紧接着8月17日台湾"立法院"在民进党拒绝出席的情况下，以68票赞成0票反对通过两岸经贸合作协议（ECFA），民进党中的一些"台独"激进分子气急败坏，大骂什么"国共联手欺负台湾人"，这完全是无中生有，自己脱离台湾人民不顾台湾人利益，却反过来咬人一口，骂别人联手欺负台湾人民。民进党中有人有一种奇怪逻辑，就是总把自己与台湾人民划上等号，好像只有他们这些人才有资格代表台湾人民，真是天大的笑话！

8月份的香港《中国评论》月刊，刊登了我的一篇题为《民进党认识上的"八大盲点"》，也就是八个方面的不正常表现，外界反映良好，中评网也转载了，这几乎是对我所有评论民进党文章的一个小结。由于文章比较长，这里再简要地归结如下：

（一）它看不到或不愿看到台湾人民的真正利益所在。这集中表现在，它一味反对台湾与大陆签订"两岸经济合作框架协议"（ECFA）上。凡事搞政治和意识形态挂帅，只顾打闹，制造冲突，而对台湾人民真正的现实利益和长远利益所在，却根本不放在眼里。

（二）它不了解也不愿了解所谓"主权"的真正内涵。他们天天喊"主权"，要捍卫"台湾主权"，防止"台湾主权流失"。但究竟什么叫"主权"？"主权"与"国家"是什么关系？台湾能不能说是"主权国家"？至今没有看到他们有一个像样的站得住脚的论述。

（三）它不知道也不想知道作为主权国家的法律常识。无论根据国内法和国际法，所谓"主权国家"都是有严格的法律界定的，并且有法理依据。虽然民进党的朋友，有很多都是学法律专业出身的，却似乎连最普通的法律常识都不清楚，经常说些违反一般法律常识的话。

（四）它不知道或故装不知道两岸不可分割的历史关系。两岸人民同祖同宗，血脉相连，山水相连，自古一家。我经常以"三水"关系，即汗水流在一起、泪水流在一起、血水流在一起，来形容两岸人民祸福与共的关系。而民进党的有些朋友们却完全无视这种关系。

（五）它不了解也反对了解全体中国人民的民族感情。中国近代史是一部被侵略、被宰割、被凌辱的历史，也是一部反抗外国侵略、反抗外国压迫和欺凌的壮烈悲情史。多少年来，中国人民一直强烈希望早日实现中华民族的伟大复兴；而民进党中的"主独派"则相反，一直企图借外人之力来分裂中国。

（六）它看不清也不想看清两岸已经变化了的政党关系。在反对国民党专制独裁上，民进党及其前身"党外"势力曾经是共产党的间接同盟军，而如今两岸的矛盾性质已转变为分裂和反分裂的斗争，政党关系也必随而调整。而民进党则看不到这种变化，仍然固步自封，必然会脱离两岸最大多数人民的根本利益。

（七）它看不见也不愿看见自己所谓"爱台"实乃"祸台"。当前台湾的主流民意是什么？是"求和平、求安定、求发展"、"人心思和"、"人心思安"、"人心思治"。而民进党则完全对着干，搞什么造反哲学、斗争哲学、打闹哲学。这自然是不得人心的，也是很让人民反感的。

（八）它不了解也不想了解两岸统一是历史发展的必然。作为中国主体部分的中国大陆已经和平崛起，它的继续发展和壮大，必将彻底斩断一切伸向中国并干涉中国内政的黑手。一切欲图借外国势力来分裂中国的图谋是必定会失败的，中国的完全统一是任何势力都阻挡不了的。

以上说的"八大盲点"，实际上很可能不是八个，而是更多。它的总根子是什么？就是一个"独"字。其集中表现就是"倚外反中"，这里讲的中，指的是中国大陆。台湾本来就是中国的一部分，反中的人也本来就是中国人，因为要反中，就不承认台湾属于中国，也不承认自己是中国人。这同样是由于对历史的误会、偏见，以及不正常的情绪而造成的。历史上《马关条约》对于台湾的出卖，他们看不到根子是日本帝国主义的侵略，而只看到它是位居中国大陆的清朝政府之所为。他们最恨国民党，只看到这个党历史上对台湾人民的屠杀以及所制造的"二二八"事件，这个国民党也是从中国大陆去的，而看不到历史上中国大陆的统治者与广大的被统治者是根本不同的，也正是这些被统治者把原来的统治者赶去了台湾。他们看不到1949年以后两岸形势的根本变化，以及中国共产党为什么会在"一个中国"原则下支持国民党反对外国干涉者和分裂主义者，而误认为中国共产党联合昔日台湾人民的敌人国民党来共同欺侮今日的台湾人民。他们也根本不了解，作为一个真正为广大人民利益服务的政党，不能不从广大人民的长远利益和根本利益考虑，而去计较历史上一时的一党一己之私的恩怨情仇。

使我感到非常痛心的是，民进党中有一些人原来是颇有进步思想的，并且是社会主义理想的追求者，而如今却堕落成外国势力的附属品和御用工具，从事反对祖国和分裂祖国的活动，太可惜了！不过，我个人也坚信，民进党内部绝大多数党员，终有一天会有所省悟，认识到这是不对的，从而改正错误，积极配合和合作，为"岛内和谐、两岸和解、台海和平"、中华民族的伟大复兴而共同奋斗。

2010年9月30日

三、关于国民党的评议
——五年来为香港中评网撰稿小结之三

我从 2005 年 7 月担任中评网的评论员开始，即对这个在台湾第一次丢失政权的国民党进行评议。前一段，主要是分析它失去政权的原因，诸如不重视民意、不注意团结，从来都是"内斗内行，外斗外行"；自称自己是孙中山先生三民主义的信徒，而却并从未认真执行孙中山先生关于三民主义的遗言，特别是几乎丢了孙中山先生的民族主义；在"反共"和"反独"之间搞平衡，重大政策和举措上摇摆不定；与自己的对手民进党一样，一味依美求存，在大陆政策上成为美国对华政策的附属品。其在 2000 年下台一次，对国民党可能是一件好事，关键是能不能接受历史教训，浴火重生，改造自己，使自己成为一个"爱国又爱台"的新兴国民党。否则，即使能重新执政，很难说一定会保住政权。

马英九是国民党内一颗新兴明星，很多人都对他寄予希望。早在 2005 年 8 月中旬，我在中评网发表的一篇题为《但愿"小马哥"勿忘历史教训》文章中，就指出了他的优势和缺点。认为他有三大优势：一是年纪轻，有朝气；二是提倡改革，主打"改革牌"；三是"反黑金"，形象清新，人称"不粘锅"。与此同时，也指出了他的两个突出弱点：一是腰杆子不硬，缺乏冲劲，不像是敢作敢为的人；二是既"恐独"、"惧独"、"反独"，也"恐共"、"惧共"、"反共"（至少思想上），完全继承了老国民党人的政治路线。并且特别指出，他还有可能步入李登辉时期的"台独"或"国独"路线。后来的实践证明，他的软弱性一面似较前有所改进，但走李登辉"台独"路线的危险依然存在。

2008年3月，马英九在台湾新一轮大选中，以高票当选，国民党士气为之一振。我在马当选的3月20日，又同时为中评月刊和中评网写了一篇题为《马英九主政台湾后两岸关系新态势》的评论文章。指出了马当选后的四大变化，即岛内政治板块的变化、岛内民众心态的变化、两岸对垒形势的变化和政党关系的变化。同时，指出了两岸关系发展对他带来的新机遇和新挑战。这个新机遇，就是历史给了马改善两岸关系的大好时机，所谓"历史在呼唤英雄，英雄也应呼应历史"是也；这个新挑战，就是马英九将面对各种新矛盾，内有党内矛盾、政党间矛盾、族群矛盾；外有两岸关系，以及与美国和日本的关系问题等。所谓"水可载舟，亦可覆舟"是也。

马英九上台以后，两岸在恢复"九二共识"、共同反对"台独"的基础上，恢复了台湾"海基会"与大陆"海协会"的功能，经过五次协商签订了包括实现"大三通"在内的十四项协议，以及一项共识。两岸关系取得了六十年来前所未有的重大突破，实在是功不可没。唯自2009年"88风灾"之后，马英九因应对不力，也不及时，民调急剧下降，几乎降到与当年陈水扁低民调时相近。这当然不是一种原因造成的。应对水灾、风灾不力是一个重要原因，但也有其他一些原因，诸如改革方面的问题、蓝营内部团结问题，等等。党内外的反对派，特别是党外的民进党也都趁机发难。有的人甚至对马是否定一切，一棍子打死。就是在这个时候，我曾经在中评网上发表了好几篇文章，如《马英九为何深陷困境？》（包括应如何摆脱困境）、《马英九有无"恐绿症"？》、《评马英九兼任党主席》，等等。既指出了马的弱点，也肯定了他特别在两岸关系上的功绩。基本精神是三个字："批、保、帮"。其中有一篇文章，题为《台当局应面对岛内认识上的十大问题》，目的是"帮"，自觉比较全面，曾受到不少人的好评。

在这篇文章中，我不是只从眼前谈起，而是刨根究底，从台湾回归祖国版图、国民党代表祖国政府接管以后说起。从那时到现在转眼65年了。其中特别是从李登辉主政到陈水扁主政的20年，许多问题都被搅浑了水，思想特别混乱，有些本来不是问题的问题，也都成了问题。大至台湾主权归属、台湾人是否中国人，小至国民党在台湾的功过、本省人与外省人的关系，以及其他许多事情的看法，都存在不同程度的混乱。所有这一切，对马英九政权不能没有影响。马英九就是在李登辉和陈水扁经营 20 年后丢下的烂摊子基础上上台的。要想在这样的所谓"多元化"社会下，很快地理顺关系谈何容易。说实在的，也正是这些因素的存在，而时刻都影响和威胁着台湾社会的稳定和马政权本身。我以为，在目前这种情况下，台湾社会出现这样的那样的问题是一点也不奇怪的。

台湾从过去那种威权社会、专制独裁社会，走向今天的多元社会、民主社会，应该说是一件好事。有些混乱在社会转型中也是难免的，但愿这个转型过程不宜太久，尤其不能借着这个转型走向分裂祖国的道路，那将为台湾人民和两岸关系带来无穷祸害。马英九有错应该批评以至批判，但马英九与中国大陆改善关系、主张和解、和平发展，这是对的，但如因此给他扣上"倾中卖台"的帽子，这就不对了。两岸本来就是一家人，难道不应"倾中"、"亲中"，而应"倾外"、"亲洋"吗？如果说"倾中"、"亲中"就是"卖台"，民进党有些人搞"倾外"、"亲洋"，不就是典型的"叛国"、"卖国"吗？还是不要乱扣帽子的好。还有，一个"民主"、"多元化"的社会，还要不要有相对的"集中"，从而使整个社会思想涣散、各行其是，使无政府主义泛滥，无法凝聚力量？是不是可以加以引导，以至通过辩论、交流、沟通、整合，使之逐步扩大共识，相对地趋于集中和统一，从而形成一股强大的建设社会的精神力量和物质力量？

基于此，笔者在该文中提出以下当前台湾社会思想认识上的十大问题，意在提供国民党执政当局及有关专家学者们研究思考。这十大问题，这里再稍加修改，并简要地归结如下：

（一）关于台湾主权归属问题。这本来不是问题，而如今在一些别有用心者操纵下，却成了台湾社会中一个最大问题，也可以说是一个"最大乱源"。如果不彻底澄清，台湾将永无宁日，还可能成为一颗"定时炸弹"。国民党在台湾问题上是有过历史贡献的，应不应该和怎样才能继续承担起历史责任？

（二）关于国民党在台湾的功过。台湾光复，是国民党负责接收的。60 多年来国民党在台湾有过严重错误，但总的还是功大于过，应该一分为二，有人欲一概否定、一棍子打死是不对的。国民党能不能和敢不敢实事求是，把这些问题向台湾人民说清楚？

（三）关于本省人和外省人矛盾。这自然是特殊的历史情况造成的。如今这个问题已经成了岛内族群矛盾的一个焦点，成为影响内部团结和谐的一大问题。岛内对此已经争吵了几十年了，表面上似已趋于缓和，实际上问题没有解决。国民党可不可以主动地、客观公正地、也有自我批评地，把这个问题说清楚？

（四）关子接收日伪财产问题。当时是国民政权代表中国政府接收日伪财产的，那时的国民党政府是党政不分、党库与国库不分，所谓"党产"就是这段历史遗留下来的。目前国民党虽正积极处理中，但留在人们心目中的"思想疙瘩"远还没有解开。应该如何正确对待和早日解决？要不要也有点自我批评？

（五）关于历史上的"二二八"事件。这个事件，今年就是 63 周年了。每年都有纪念活动。但海峡两岸，国共两党，红、蓝、绿诸方，对这个纪念日的评价是不同的，且有原则分歧。每逢纪念时，都是各持立场、各取所需地表示一番。国民党应不应该拿出一个主流性看法？

（六）关于"台湾民主独立运动"。这是台湾岛内一部分分裂主义者，披着"民主"外衣，在某些外国势力的纵容、鼓励和支持下，进行的所谓"台湾独立"运动，它本质上是为外国势力的战略利益服务的，闹得台湾岛内和两岸之间不得安宁。这个问题究竟应怎样看待和应对？国民党应不应该有一个主导舆论的看法？

（七）关于"台湾民主改革运动"。这是蒋介石去世以后，蒋经国所进行的一种政治改革运动，内容包括"本土化、民主化、年轻化"等一系列举措，有一定的积极意义。但后来却被李登辉和陈水扁所扭曲和利用，走向了分裂祖国的道路。应该如何历史地看待这个运动，并总结其中的经验教训？

（八）关于海峡两岸关系问题。海峡两岸关系与国共内战是分不开的。在新中国成立之前，两岸关系从属于国共内战，是属于未来中国应走什么样的道路之争；

新中国成立之后，两岸关系是属于统独之争、分裂和反分裂之争。应如何看待这种矛盾性质的变化和其解决之道？

（九）关于台湾对外关系问题。中国本来就是一个，其主体部分早已完成统一。中国大陆坚决反对"一中一台"和"两个中国"；而台湾方面则一心追求"国际人格"和"国际生存空间"，两者是相互矛盾的。在两岸统一之前的"过渡"期间，国民党是不是应该有一个既能坚持"一中"原则、又能照顾台湾实际需要的政策和论述？

（十）关于台湾未来走向问题。这当然与两岸关系的走向是分不开的。从目前来看，似存在三种可能：一是两岸统一；二是台湾独立；三是维持现状。可不可以说第一种可能性最大、最合理、最符合大多数人民的愿望？怎样才能实现？国民党方面应不应该有一个代表中心思想的论述？而同时敢于对一些不合理要求和看法做出有力的反驳？

以上这10个问题，我认为是当前国民党面临的主要问题，也是全台湾面临的主要问题。国民党既然是执政党，应有责任就这些问题作出主导性或总结性论述。而且过去60多年来，台湾除了民进党执政8年以外，其余都是国民党执政，即使是民进党执政期间，其政权基础也还是国民党，更应对这些问题负起责任，有所论述，有所总结，有所澄清，以发挥指导政界和社会舆论的作用。不幸的是，国民党并未尽到这种责任。

应该指出，国民党是中国历史上的一个大党，到台湾以后更一直是岛内的最大政党，它在以上问题的论述和舆论的指导上是失职的，其中特别是对一个中国的论述往往更多是含糊其辞。我个人曾在一篇文章中把国民党定性为爱国主义政党，这当然是有根据的。然如国民党今后在台湾问题上不能坚持一个中国原则，或者成了民进党的俘虏，或者在客观上走上"台独"或"国独"的道路，最后必将使这个党发生质变，并成为中华民族的罪人。这是不能不警惕的。

为此，我个人特对现在执政的国民党提出以下建议：组织一个班子，就以上问题专门进行研究，写成一个初稿，经过广泛征求意见，反复修改，大体完善后，再提交国民党中常会讨论通过，形成一个正式决议文，力求在党和社会舆论方面发挥指导性的影响作用。俗云："大乱必有大治。"但这样的"大治"，不是消极被动地等待就能来的，而必须主动积极地采取措施，以迎接它的到来。

我个人清楚地记得，中国大陆在"文革"后期，党内和社会思想同样是混乱的，但在邓小平领导下，完成了一个关于若干历史问题的决议，对统一党内和社会思想，曾经发挥了非常重要的作用。国民党方面是不是也可以借鉴呢？我希望，国民党应从过去的失败和错误中走出来，本着以人为本、以和为贵、实事求是，以及对台湾人民和全体中国人民负责的精神，团结在野党，与中国大陆合作，共同完成两岸和平统一的大责重任，共同担负起实现中华民族伟大复兴的光荣职责。当然，我们也欢迎和希望民进党能走这条路，条件是必须放弃分裂中国的路线，共同走两岸和平发展、和平合作与和平统一的光明大道，否则是不可能的。

四、关于美国两岸政策的评议
—— 五年来为香港中评网撰稿小结之四

邓小平说过："台湾问题说到底是美国问题。"有两个两岸关系，一是"大两岸"关系，即太平洋两岸，亦即中美关系；二是"小两岸"关系，即中国大陆与中国台湾关系。大两岸关系决定小两岸关系，小两岸关系的缓和或紧张完全受制于大两岸关系。当然，小两岸关系的缓和或紧张，也会影响大两岸关系。总体来说，台湾问题是很复杂的，有三个"三角关系"：一是中国、美国、台湾，这是第一个"三角关系"；二是共产党、国民党、民进党，这是第二个"三角关系"；三是美国、国民党、民进党，这是第三个"三角关系"。

我在所发表的评议文章中，没有不牵涉这三个"三角关系"的，而这三个"三角关系"又没有哪一个不涉及美国因素。在第一个"三角关系"中，美国的战略是"以台制中"，美我之间的矛盾是干涉内政和反干涉内政；在第二个"三角关系"中，国共之间的合作基础是"九二共识"，反对台独，矛盾是双方对"九二共识"中的"一中"内涵还存在分歧；在第三个"三角关系"中，美国的两岸政策，总的是不统、不独、不战。对国民党的要求是"和而不统"，对民进党的要求是"分而不离"。这三个"三角关系"，目前处于暂时相对的"平衡"状态，矛盾是经常的，斗争是难免的。

我自担任中评网的评论员以来，这方面的评论稿，自认为较有分量的有十来篇。第一篇是《美国在台湾问题上究拟何时"解套"》。此稿写于 2005 年 11 月 20

日，此时是中评网创办初期。文中所说的这个"套"，就是毛泽东主席曾经解释的"绞索"，这个绞索的一头套在台湾的脖子上，美国拉住它，要它为美国的"以台制中"战略服务；但绞索的另一头，也套住了美国自己，使台湾牵住它，要它为台湾方面的"两个中国"或"一中一台"、"台湾独立"服务。说实在的，美国骨子里是愿意的。这就又使美国自己背负着"干涉别国内政"、"违背国际协议"，以及"日规美随、以华制华"政策的臭名，承受着包括中国十三亿人民在内的全世界正义感的人民的舆论指责和批判。我在这篇文章中，劝导美国当局不要背信弃义，认友为敌，坚持错误，早解套比晚解套好，主动解套比被动解套好。

第二篇是《与美国朋友谈"法理台独"》，该篇写于 2007 年 3 月 9 日，此时正是陈水扁大闹"法理台独"的时候。当年的元宵节，陈水扁抛出"四要一没有"，即"要台独、要正名、要新宪、要发展，只有统独没有左右"，它是对陈水扁上任时提出的，第二年再重新确认的"四不一没有"，即"不宣布台独、不更改国号、不推动'两国论'入宪、不进行改变现状的统独公投与没有废除'国统会'和'国统纲领'"的彻底背离，而对陈水扁这样一个露骨的"法理台独"的诉求，美国方面的重要智库人士如葛来仪，以及常务副国务卿内格罗蓬、美国政府发言人麦克马克等多人，则是轻描淡写、不痛不痒地作了批评，实际上是敷衍应付，明批暗保，说什么陈水扁提出的修宪"有一定合理性"，他"会履行原承诺"，"不致真涉及主权"，人们"不要把问题看得太严重"，也"不要太紧张了"。所以，我的文章正是针对这些而写的。

陈水扁为什么要在此时抛出"四要一没有"呢？这篇评议文章主要指出两条：一是陈水扁已深陷弊案的困扰之中，台湾法院对其夫人吴淑珍已九次开庭，竟八次称病请假，整个民进党全受拖累，欲借"激进"行动，操弄族群斗争，转移斗争目标；二是正是北京"两会"（全国政协和全国人大）开会期间，欲借机丢出"震撼弹"，激怒北京搞"大批判"，炒热统独话题，自己就可趁机绑紧"深绿"，浑水摸鱼，逃之夭夭。未想到北京方面，竟是不理不睬，会议照开，一切如常，反倒在自己这一方引起紧张和混乱，从而使岛内舆论哗然，人心浮动，股票大跌，结果是"搬起石头砸了自己的脚"。

美国方面对于陈水扁的"法理台独",骨子里是支持的,但又担心陈水扁"发飚",口出"狂言",不能自控,拖美国下水。有人说,美国对于民进党,总的原则是:"气而不翻脸,闹而不破裂"。我看是有道理的。我的这篇文章目的,就是要揭穿真相,并劝导美国在对民进党的支持上要有所收敛,不要破坏中美关系的大局。

这以后所写评论美国的文章,自认为比较有分量的,还有2008年10月的《美国重启对台军售为哪般?》,2009年11月的《奥巴马访华与中美互信》、《两岸互信中的美国因素》、《如何看待薄瑞光在台湾的讲话》,以及2010年1月的《从美国军售看台湾问题本质》、《再谈美国军售与两岸关系》,以及同年8月份的《美国本土为何成了"台独"的"大后方"?》(该文标题中评网编者改为《美对台重点已由"防独"转向"防统"》,内容无变动)。

这几篇文章,着重谈了以下几个问题:(一)美国自朝鲜战争爆发开始直至现在,其所作所为完全背弃了美国政府参加的《开罗宣言》和《波茨坦公告》等国际协议,背弃了它自己曾一再承诺的"尊重已有国际协议"和"不干涉中国内政"。(二)美国所谓两岸关系"不统、不独、不战"的"三不政策",实际上就是想把台湾问题的分割现状长期化和固定化;马英九提出的"不统、不独、不武",是怕得罪美国,不敢不作出正面呼应,当然也是想把台湾问题拖下去。(三)1951年9月,美国不顾中国和苏联等主要当事国家的反对,一手策划了所谓"旧金山和约",非法地炮制了"台湾地位未定"论,后来岛内的分裂主义分子就是利用这个"和约"和"地位未定"论,成立了民进党并通过了"台独党纲"。民进党至今仍以此为"台独"的法理依据。(四)美国另一条荒谬之点是,1979年4月,即中美建交后不久,通过了一个所谓《与台湾关系法》,根据这个"法",美国有权向台湾出售"防卫性武器",这是把美国本国的国内法凌驾于中美两国签订的《上海公报》和"建交公报"之上。1982年8月,中美两国因对台军售问题,又签订有《8·17公报》,美国政府承诺将逐渐减少对台军售并最后完全停止军售,不但没有兑现承诺，反而走得更远，实乃地地道道的霸权主义者。（五）强烈谴责美国的背信弃义和两面派行为，它一面承诺遵守一个中国政策，一面又竭力使这个政策虚化；一面表示"乐见两岸关系和解"，一面又暗中支持民进党从中阻挠和破坏。在 2009 年 11 月，在中美两国领导人发表联合声明之后不过五天，即派美国在台协会主席薄瑞光去台湾，发表了许多与联合声明原则相违背的言论。

在 2010 年 8 月发表的《美国本土为何成了"台独"的"大后方"》一文中，更着重地指出和评述了以下三点：（一）美国本土成为"台独"分子的大后方，非自今日始，早在 20 世纪 70 年代和 80 年代，"台独"的活动中心就已从日本转到美国本土了。（二）马英九上台后不久，美国对台政策的重点迅即由"防独"转向"防统"。在两岸签订经济合作协议（ECFA）后，美国更担心两岸的"经济热"转为"政治热"，不惜采取种种防堵措施。最近美国在中国的周边和大门口大搞"军演"，鼓励和支持日本在钓鱼岛问题上向中国挑衅，人们自然会怀疑它与美国对华政策的调整有关。（三）美国本土为什么会成为"台独"分子的"大后方"？一句话，这与美国政府"以台制中、以独制统"的对华政策是分不开的。换句话说，它不过是美国政府长期执行的包括对台政策在内的整个对华政策的产物。

我在回顾自己近几年对美国两岸政策的评论时，总是充满困惑和不解：一是新中国成立以后，美国为什么总是看不顺眼呢？无非是仇视、对立、围堵、封杀，必欲置之死地而后快，明知这是不可能做到的，然却始终不肯放弃这一方面的努力，这究竟是为什么？二是世界上的事物总是千差万别的，国与国之间也是这样，为什么一定要别人也接受美国式的民主和制度？能接受或顺从者，就是朋友，与之友好，甚至结盟；不接受或不顺从者，就视为敌人、潜在敌人、打击对象，这会对世界造成什么样的后果与影响？三是一个国家的对外政策，一般都是国内政策对外的延伸，美国对内自称是民主国家，强调人权和平等，为什么对外却总是搞霸权，不尊重别国的主权，以及国与国之间的平等关系，这种对内和对外不一致或相矛盾的做法，难道最终不会给美国在国际上造成孤立或带来困扰？四是无论从历史、民族、国内法、国际法看，台湾都是中国不可分割的一部分，美国也已在承诺信守一个中国政策的基础上，与中国建立了外交关系，并发表了几个《联合公报》，为什么不能认真执行，至今仍在明里暗里阻挠中国的统一？如果不是只从眼前而是从更长远的前景看，这对美国究竟是利多还是害多？

中国有一句古训："和为贵。"中美两国，一个是世界上最大的发达国家，一个是世界上最大的发展中国家，各有所长，互补性大，和则双赢，斗则双损。在两岸关系上，但愿美方不要太近视、也不要戴着有色眼镜看问题，而应以中美两国关系的大局为重，以两岸最大多数人民的最大利益为重，也以亚洲和世界和平愿景为重，积极促成台湾问题的和平解决，我个人坚信中国的和平统一对中美两国发展和平友好合作关系一定会有百利而无一害。

2010 年 10 月 12 日

五、评论稿的多样性和主要特点
——五年来为中评网撰稿小结之五

前面写的是五年来为中评网撰稿的四篇小结，本篇为最后一篇。如果仅从撰写内容来说，当然不止这四篇所说的四个方面，而至少还有政情、选举、经济、日台、人物、综述、杂评等多个方面。其中有关政情、选举、经济等，虽较少专门论述，但许多文章实际已涉及了。政党方面，国民党和民进党是最主要的，其他未再专门论述。日本方面，其对台政策基本上是跟着美国走的，写的评议文章较少，最近发生的钓鱼岛渔船事件，所写《两岸"联军保钓"最好》一文，重点讲的是日本，实际上把中美日三国围绕钓鱼岛的角逐和斗争都写进去了，中评网在题目上稍有修改，但基本内容未变。专门性的综述稿，过去写的比较少，但上述四个方面的评议文章，实际上也是另一种形式的综合性评议稿。

人物方面评议比较多。少数是历史上的人物，远期的有刘铭传、姚莹等，他们都是外御强敌，战功显赫；内爱人民，建设台湾，是历史上真正称得上"爱台湾"的人。而现台湾政坛上一些自称"爱台湾"的人，外媚洋人，内骗民众，与历史上这些真正"爱台湾"的人相比，能不为之汗颜？我实际上就是本着"古为今用"这个精神，来写这些评论文章的。至于近几十年的政治人物，我评论的国民党方面有蒋介石、宋庆龄、蒋经国、马英九以及后来被开除出党的李登辉等；民进党方面有陈水扁、吕秀莲、谢长廷、游锡堃、辜宽敏、陈明通、梁文杰等；学者型人物有汪道涵、辜振甫、李远哲、方生等；企业家主要有王永庆等。其中有正面人物，也有负面人物，还有既有正面也有负面的人物。我完全从正面肯定并加以表彰的有汪道涵、王永庆、方生等；主要从负面评议的有李登辉、陈水扁、辜宽敏等。其他则是根据历史功过及各人不同情况分别有所评述和褒贬。

杂评方面写的也不少。有歌颂"大三通"及有关人物的散文诗、打油诗，如《"大三通"启动了！》、《赞红衫军》、《赞"新党精神"》、《贺马英九当选》等，有鞭挞李登辉、陈水扁"台独梦"的杂文，如《小议"卖台"与"卖国"》、《台独乃"十恶"之源》、《"贪腐"与"台独"》等；也有类似投枪、匕首式的抨击坏人坏事篇，如《脱去外壳露"独"心》、《扁当局的"入联"和"护贪"》、《政坛选战的"十大怪招"》、《如同妖星笼罩的"台独决议文"》等。

以上说的是评论稿的多样性。至于评论稿的特点，我认为主要是它的新闻性、时效性和快速性，讲求"短、平、快"。其次是要求开门见山，有话则长，无话则短，不要绕弯子、兜圈子说话。它和一般的学术论文有显著不同，只要能把握时机，掌握火候，有思想火花，随时都可以写。过去五年多来，每逢台湾或两岸有什么大事，诸如重要选举、台当局重要讲话、"双英辩"（马英九与蔡英文辩论），或者有关涉台大事，诸如"胡布会"（胡锦涛与小布什会面）、"胡奥会"（胡锦涛与奥巴马会面）等，我都力争抓住重点，有所评议，并争取在第一时间发出稿子。每逢这样的时刻，我作为评论员，几乎成天打开电视新闻，既听也有选择地记录，不肯错过时机，有时似乎有点紧张，也有点辛苦，但被责任感和兴趣感冲淡了，总的仍感心情愉快，乐在其中，乐而忘累。发稿后的第二天，总要打开中评电视网，看稿子有没有采用。开始的两三年，编辑对稿件的处理很快很及时，这对撰稿人自然是一种鼓励，近年可能是撰稿人多了，尤其是台湾岛学者的撰稿更多，就很难像过去那样快地处理了。这实际上也是一种好现象。说明台湾学者朋友们的积极性调动起来了，他们对岛内的事情近身观察，又快又贴近实际，比我们隔着海峡，雾里看花强多了。

总之，我认为中评网办得好，不仅在两岸间架起了一座迅速交流对话的平台，而且传递了大量的很多人都希望知道的信息，它在这方面是报纸、刊物、电视都无法取代的。我身在大陆,不时听到一些涉台人士的赞美声。有些不常见面的朋友偶然会见时第一句话就说:"你这么大岁数了,还在写文章呀!"我问:"你怎么知道的?"他回答说:"中评网上看到的。"有一次忽然遇到一位比我年轻的对台工作负责同志,他说:"我在中评网上时常看到你的文章,有些看法不以为然,但后来想想,还是你说的对啊!"还有,大陆偶然遇见一些来自台湾的朋友,因看到我在中评网发表的文章,也常常对我说些带鼓励的话。一位好朋友,台湾著名学者,原台湾经济研究院院长于宗先先生,就在一封新春贺年片中专门给我写了这样一句话:"很欣赏你对两岸问题的论述。"相信他也一定是从中评网上看到了我写的评论稿,这对我自然也是一种鼓励。

唯一感到美中不足的是,中评网发表了那么多文章,然却没有看到"作者、编者、读者"之间有任何沟通交流的信息。毕竟网络不同于刊物,信息量太大了,作者太多了,有限的编者很难进行这样的工作。而且,编者一旦对来稿有倾向评议,也有点不符"自由谈"的精神。

2010 年 10 月 18 日

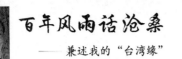
六、新华社记者就为中评网撰稿向作者采访

采访者《参考消息》编辑部徐明

中国社科院台湾研究所资深研究员李家泉，虽已85岁高龄，但依旧思维敏捷、文风犀利、笔耕不辍，奋战在两岸关系评议的"前线"——中国新闻评论网。

笔者很爱看中评网文章，也是从中评网了解李家泉先生的。据他介绍，自2005年下半年担任中评网特约评论员以来，他共为中评网撰写评论稿件330余篇，最开始两年平均每年五六十篇，后来时多时少，但近十年来，台湾政局及两岸关系中的重大新闻事件，他几乎没有"缺席"。

除了具备扎实的学术功底及勤奋严谨的治学精神外，应该如何评议两岸关系、撰写评论文章？11月19日，带着上述问题，笔者走访了李家泉研究员。据他介绍，撰写评论的体会可以概括为23个字："一个主题、一个方向、一条思路像一条小船一样顺流而下"。他并具体说："主题确立后，搜阅资料、消化吸收、布局全篇、一气呵成。"

他说："中评网评论稿讲究'短、平、快'，务必追求新闻性、时效性和快速性。它和一般的学术论文有显著不同，只要能把握时机，掌握火候，有思想火花，随时都可以写。"

确立主题是新闻评论的起点，其实也就是提出问题。据李家泉研究员介绍，确立主题，一般是根据新闻事件的发展、两岸局势的变化自然形成，有时候也会根据政策形势的需要进行阐释、解读。所以在观察两岸局势时，必须培养强烈的问题意识，有嗅觉、有倾向，首先要提出问题，然后再做分析、解答。

他扼要举例，前不久美台军售、南海问题以及宋楚瑜参选等，都是媒体热炒的焦点。美台军售由来已久、短期无解，那么美台可否超脱传统思维，提出对各方、对人民都有好处的新思路呢？越南、菲律宾等国家仗着美国撑腰，耀武扬威、气焰嚣张，那么中国应该怎样应对？两岸是否可以合作捍卫南海呢？宋楚瑜坚持参选2012，明知选不上为何还要选，他意欲何为？正是针对上述焦点问题，他为中评网和有关媒体写了几篇文章。他强调，没有好的主题，没有好的思路，就不容易写出好的新闻评论。

在确立主题后，就开始搜阅资料。在信息爆炸及媒体技术同益发达的今天，各方言论和声音都层出不穷，不太可能将相关资料一网打尽，资料过多往往又容易使评论者淹没在"资料的海洋"中"找不到着力点"，对此，李家泉研究员强调，要坚持3个原则"多读、深读、精读"，从多中挑选。他说，虽然不太可能将资料一网打尽，但可以尽量收集、选择、找到又精准，且有代表性的言论资料。

他指出，收集资料的同时，要分类整理，去粗取精，尤其是要把几种不同的观点梳理清楚。对于两岸较为权威的媒体的重头评论、社论需要着重加以关注，还有一些著名学者的文章、特别是有智库背景的学者的文章更要重点研究。注意研究消化别人的观点，但又不要被别人文章的观点限制，要有自己的独立见解和观点。

此外，他还强调，台湾问题及两岸关系尤其敏感，这就需要多看多想，吃透中央精神，把握了原则后再去发挥。

他认为，写文章，一般要依序回答3个问题："是什么、为什么、怎么办。"一篇好的新闻评论，不论长短，在布局谋篇上必须观点清晰、重点突出、层次分明、逻辑清楚。

李家泉研究员最后特别强调，在初稿写成后，还需要不厌其烦地修改完善。他援引了鲁迅的一句名言："写完后至少看十遍，尽量将可有可无的字、句、段删去，毫不可惜。"他说，像鲁迅这样的大作家都还如此，我们就更不用说了，包括标点符号在内，都应该认真对待。这是最后一关不可轻忽。

最后，李家泉研究员对中评网给予了高度评价，他说："最近几年，中评网发展非常迅速。所用文章很及时，内容丰富，观点多元，不仅有很多大陆学者撰文，台湾学者的积极性现在也调动起来了。中评网架起了一座两岸直接交流、对话的日常沟通平台，在这方面它是报纸、刊物、电视都无法取代的。"

2011 年 11 月 25 日

婚姻、家庭及其他

一、与结发妻婚姻的曲折

结发妻夏秀华（共同生活46年）

我的结发妻名叫夏秀华，我是 19 岁那年春节结婚，那时她 18 岁，我 65 岁时她 64 岁，于当年春节前病逝，共计 46 年夫妻（未含童养媳 8 年）。在这漫长的岁月里，我们俩人经历了"逃婚—结婚"、"离婚—复婚"两个阶段；我们之间的关系，也经历了一个"紧张—融合—再紧张—再融合"的过程。

我们老家，非常盛行"童养媳"制。我的四姑——排行最小的一个姑姑，从小就送人家做"童养媳"了；我的三妹李秀祥，也是小时候送人家当"童养媳"的，我的大妹李秀坤，从小就往来于婆娘两家，有点像"半童养媳"式。儿女亲事从来都是父母做主，我家主要是父亲做主，也往往以儿女联姻，拉近两家的关系。我父亲李昌美（字俊卿）与夏秀华的父亲夏质如，年轻时是朋友，指腹为婚，以这样的儿女亲家，进一步拉近了两人和两家的朋友关系。夏质如的夫人，即夏秀华的母亲，不到 50 岁就去世了，家里四个男孩子、一个女儿，于是两家经过商量，就把这个女儿——原来无名，后来起名夏秀华，送到我家来当"童养媳"了，那时她不过 10 周岁。从此以后，就在我们家度过了 54 个春秋。

在她当"童养媳"的八年间，我们没有说过一句话，也没有过一次互动，并经常出现一些双方都感到很尴尬的场面。

我父亲在白石山镇西街靠近河边一家停办的机米厂，办了一个学生补习社，房子是向大妹婆家租借的，比较宽敞，同时聘请了安徽师范学院毕业的几位老师，父亲教语文，其他如数学、历史、常识、美术等，都由他们这些老师担任，学生最多时七八十人，一时非常火红，也是我父亲办学的鼎盛年代。由于名声大躁，也受到了官方的重视，于是又给挂上了庐江县白石山区滨湖乡国民小学的招牌，我父亲被任命为小学校长。住宿生有十多人，原来的家庭餐桌变成了学校食堂的一个部分，我的母亲、大舅、大表哥，以及作为童养媳来我家的未婚妻夏秀华，都成了这个学校的炊事员和清洁员。

我是这个学校学生中的佼佼者，语文和数学等课都比较好，在几次校内和校外的语文赛、讲演赛中，成绩都是比较好的，有些女同学参与活动的论文稿、讲演稿，都或明或暗地请我帮过忙。而且我已考进了金牛镇的潜川初级中学读书，这在当时我们那个地区也是凤毛麟角的。这个学校的女生们大多对我有好感，尤其是寒暑假期间我从潜川中学放假归来，与其中两位，一位姓刘，比我小一岁，一位姓许，比我小两岁，我和她们在不多的娱乐活动中，也偶有接触和来往，有时也去过她们家，其家长们也对我颇有好感。我与这两位女同学，自然早就有一种学友感情。对那位姓许的女同学，有一种爱慕之心，她父亲在外面做事，回家时给我们讲过课，看过我的作业，对我印象甚好，曾当着我父亲的面夸奖我；那位姓刘的女同学，就住在我家的隔壁，我们接触机会多，而且她非常主动。我并不否认我对她们已经有了一种初始阶段的恋情。就在这个时候，19岁那年春节，父母早就筹划好了，派人去外地把我从正在参加"拜年"活动的同学家中找回，要我参加家里的结婚仪式，但我事先却一点不知道。

记不清是这年农历正月初几，我正在靠近巢湖边齐头嘴的一个同学家，与许多同学一起聚欢吃早餐，我的三舅吴礼种突然出现在我们面前，他向大家宣布，今天是我大喜的日子，要我马上跟他一起回家。这是一个突如其来的消息，我感到非常不自在，毫无思想准备。大家都异口同声，劝我马上回家。正当我三舅与这些同学谈论我的父母为我筹办的这个"大喜日"的经过时，我从后门偷偷地溜走了。

我逃出齐头嘴后，四顾茫茫，也思绪万千。我一面走，一面在想："究竟去哪里？"当时确实是晴空万里、春暖花开、景色宜人，但又哪里有心思去观赏？杨柳树梢，一群群的喜鹊叫个不停，是在"恭喜"我呢，还是在"讽刺"我呢？

走着，走着，我还是在想："究竟去哪里？"看样子舅舅已经被我甩开了，他也不知道我走的是哪条路。已经无法追上我了，他没有能领着我回家，算是没有完成我父母交给他的任务，心中自然不是滋味。

我究竟去哪里？大舅家？他本人就在我父亲办的学校当炊事员；二舅家？他早去世了，我从来没有见过他；三舅家？他正好要找我，那会是自投罗网；老舅家？小时候去过他家，早就不知下落。于是再想四个姑妈家。大姑妈家？离我家太近了，大表哥也在我父亲的学校当炊事员；二姑妈家？这条路我比较熟悉，大概再走七八华里的路就可到达；至于三姑妈家，自三姑父死后就未去过，她家太穷，三姑妈早已改嫁，现在住何处也不知道；小姑妈家，与我老家邓家渡是同一个村子，也是不能考虑的。

最后还是决定去二姑妈家，她家住在金沈二，我家里无人认识这条路，二姑父早去世了，二姑妈带着两个表弟妹过日子，他们也都已经是十好几岁的人了。这个金沈二，大都住的都是金姓，至于为什么叫金沈二就不得而知了。走着，走着，不到一个时辰就到了。

二姑妈见到我，又喜又惊的样子。喜的是，我这个娘家侄子，有几年不见了，突然站在她面前，不知该是多么高兴；惊的是，我全家都在找我，她家也有人来找过，两三天了，都未找着我，如今我却忽然来到她自己的家。二姑妈非常热情地招待我吃了早饭，然后又坐到我身边，慢慢地询问我的一切。她最关心的是，我这几天都在哪里？为什么不回家？我告诉她，现在还不到正月十五日，这几天都在同学家拜年，今天是这一家，明天是那一家，接着顺序往下排，还有几家没有轮着呢！

"侄儿啊，你好糊涂！今天是你好日子，大喜日，"（记不清是正月初十还是十五日）二姑妈开口了："亲戚邻居，都忙着去你家吃喜酒，但就是找不着你，已经有几天了，把你妈急死了，眼睛都哭瞎了！"这最后两句，深深地击痛了我。我最同情妈妈，也最爱妈妈，怎么能让她为我操这样的大"心"？我感到很痛苦，犹如万箭穿心，我的思想斗争更加激烈了。

我想了许多许多。如果不回家，违抗父母命，有两个问题解决不了：（1）去哪里落脚？（2）还要不要读中学？还有，一是母亲的眼泪；二是自己对未来的茫然和恐惧；三是二姑妈不会放过我，一定要陪送我回家。这样，我终于在痛苦的思想斗争中，随着二姑妈走回家了，二姑妈算是为我父母立了一功，为我本人提供了一个"台阶"，也为我们全家以及已经来我们家祝贺新禧的亲戚朋友们摆脱了困境。尽管如此，由于我的逃婚，也毕竟为这次婚事带来了一些不愉快的气氛和阴影。

我就是在这种气氛下回家的，回家后立刻按照老家的传统婚姻礼仪，拜堂成亲了。在举行婚礼的时候，我特别注意刘姓、许姓两位女同学有未参加，我的"逃婚"实际上是在向她们表示：我目前这样的婚姻并不是自愿的。她们并没有参加我的这个婚礼，这就使我逃过了这场非常尴尬的场面。

也许因为我已婚了，这两位女同学已不再对我这方面抱有任何希望和期待。刘姓女同学后来嫁给了国民党军队里一个京剧班子里王姓的武生，1949 年他们夫妇又随着国民党军队一起撤离大陆，去台湾了。这个京剧班里姓王的武生长得很帅，武艺也较高强，靠着自己的武艺，在台湾赚了不少钱，两岸关系紧张时，一家人又在美国买了房子，长期走动于美国与台湾之间。这个许姓的女同学，在女同学中无论品貌还是学识都是佼佼者，后来在本县找了一个男大学生，还未来得及成亲，这位男大学生也随着国民党军队一同逃往台湾了。这里顺便提一下，这两位女同学后来的情况：在我 20 世纪 70 年代从事对台研究，并在两岸关系趋向缓和，台湾允许来大陆探亲访友后，这位刘姓女同学夫妇都曾先后回过安徽老家，大家都见到了，唯我在北京他们没有见到我，但知道了我的工作单位，后来她的一个儿子来北京时，我们还在他的安排下于他住的旅馆与他妈妈通了一次电话。

另一位许姓的女同学，曾向我住在老家白石山镇的大哥打听我的下落，我 68 岁那年，他听说我原老伴夏秀华已去世，又专门跑到我大哥家要他为自己说合，希望嫁给我，因为她后来嫁的老伴也去世了。但这时我已再婚，晚了，说明我和她并没有这种缘分。我后面写的一首"有爱无缘"旧体诗，就是指的这件事。

二、值得怀念的日子

我和结发妻夏秀华，从结婚到后来的闹离婚，大约有 20 年时间。在这以前，我虽然没有当面向对方正式提出过离婚，但不等于我没有这种思想，我对她的一种同情心、怜悯心和道德心，一直压制和约束着我这种离婚思想和要求。秀华本人也是知道这一点的，并很担心这一点。正因为这样，当我从安徽望江县调到上海华东粮食局时，她很快就自筹路费，跟着老家在上海一家纺织厂的女工到上海华东粮食局找到我了。从此她就一直没有也不肯离开我。我曾多次努力想为她找一个职业，但一直无法实现。那时我在待遇上还是供给制，后来改称包干制实际等同供给制，每月发给的折合人民币还不到 10 元，不过公家还补助一点，生活上大体过得去。

我和秀华的关系，就我这一方面来说，是一个很爱面子的人，当时思想上追求进步，靠近党，靠近组织，不愿为了个人的婚姻事闹得满城风雨，让单位和领导印象不好。而就她这一方面来说，也非常注意在生活上体贴和照顾我，简直是到了无微不至的程度。单位对我们还是很照顾的，从华东粮食局到粮食部，机关里的住房都非常紧张，然却给我们安排了住房。那时的住房，当然无法和现在比，能给你一间，即使是面积很小很小，也是很满意的。

在北京，住到粮食部宿舍后，我们在生活上曾遇到以下值得高兴或值得怀念的几件事。

一是她走向街道与社会。时间是 1958 年，她被机关和街道合办的幼儿园吸收，参加幼儿园工作了。这对她和我都是非常高兴的事，当时正是"大跃进"的年代，她被吸收参加街道工作，走出沉闷的成天围绕着厨房转的家庭圈子，吸收一点社会上的新鲜空气，实在是太好了，她参加社会工作的积极性，一下子被完全调动起来，她如痴如狂地投入了社会工作，经过一段工作后，又被街道评为积极分子，还被推选为基层人民代表，出席了街道的许多会议。她最高兴的那一天，是第一次领到街道幼儿园给她发的工资，虽然不过二三十元人民币，但毕竟是自己凭劳动挣来的报酬，高兴得几乎要跳起来，我自然也分享着她这种发自内心的喜悦。

二是我们领养了女儿，时间是 1961 年，我们宿舍隔壁的一个家属，名叫魏凤纯，是北大医院的护士长，有一天忽然告诉秀华一件事：她的医院病房里有一位年纪很轻的街道清洁工人，刚刚生下一个女孩子，长得很秀气，她的那个男人，孩子的父亲跑了，根本不愿与她照面，她躺在床上成天哭泣，怪可怜的，你与老李（指我）商量一下，可不可以把这个孩子收养了？秀华告诉我后，我马上同意了。于是她随着魏凤纯同志一起去北大医院，把这个刚生下不过 12 天的女孩子领回家了，6 月 6 日出生，6 月 18 日领回，这就是我现在的女儿，名叫李文新。其生母名董桂珍，非常年轻，我从未见过面，秀华领养时两人当面办了手续（秀华后来又去派出所办了领养手续）。秀华领养时，两人说好一周内携带 15 元，帮董办理出院手续，可再去时董已出院，不知去向，从此也就没有任何联系了。1991 年，秀华去世后，我曾去北大医院附近的派出所，从网上搜寻董桂珍的下落，一下出现了好几位同名者，但年纪都不对，就没有再找了。

有了女儿，我们全家的气氛就不一样了，尤其是爱人夏秀华成天乐呵呵的，先是寄养在邻居的"杜大嫂"家，接着又送进街道幼儿园婴儿室，她早晨抱去，晚上抱回，也还要做许多家务事，虽然累得很，但成天总是非常高兴的样子。我的工作一直都很忙，但也帮着做一点力所能及的事。这一段时间，可以说是我们这个小家庭的"黄金时代"。

三是我们曾共渡困难。时间是 1959 年至 1961 年，是我们整个国家的三年困难时期。既有天灾又有人祸，许多地方都是人祸大于天灾。这三年我是在中央党校度过的，1960 年的暑假我回安徽老家邓家渡一次。我们那个村，是传统的水稻产区，离巢湖不太远，向称鱼米之乡，但由于干部的主观主义和命令主义，硬把一季稻改成三季稻，人力、肥料资源和种植技术全跟不上，搞的是人海战术、疲劳战术、命令主义、唯心主义。结果是"丰产不丰收"，有的地方几乎毫无收成，于是出现了前所未有的粮荒局面。有名的鱼米之乡，竟成了穷困和饥饿之乡。这是多么深刻的教训啊！民众吃的大食堂每天仅供应两餐"稀如水"的米粥，少数干部则偷着于夜间大吃大喝。当时我们那个邓家渡村实在是惨不忍睹啊！不过邻村即盛安村，夏秀华的最小弟弟夏可玉在当生产队长，比我们村好多了，我跑去他那里饱餐两顿。

那时的北京市，我所在的中央党校，吃饭问题也都是很紧张的，每人的粮食定量普遍受到压缩，秀华的粮食定量比我低很多，只有 22 斤，而且市场上买不到蔬菜，老家父母亲属那里要粮票或要钱的信，一封接一封，不得不忍饥挨饿多少寄一点，父亲就是三年困难时期的第二年病逝的，这是我和秀华有生以来所经历的最艰困的一年。1961 年领养女儿李文新是三年困难时期的最后一年，国家即使在这个时期对婴儿还是有照顾的，我们可以领到或买到一般家庭不易得到的食品，如新鲜牛奶、红糖和白糖等。

三年困难时期，我全在中央党校，并且属于在京学员，党校里面有不少闲置土地，给我们利用业余时间开阔荒废地，种植食用农作物，以改善日常生活提供了非常好的条件。我和秀华都来自农村，尤其是她，对于种植这类食用农作物非常熟练，也非常感兴趣。每逢星期天或节假日，学员们都走了，我们就把很多空隙、荒废的边角土地种植了老玉米、向日葵、蓖麻和少量花生、胡萝卜等，种子有些是她原来就有的，有些是临时买来或向别人索要的。这一下子我们就富裕起来了，尤其是蓖麻籽和向日葵籽等，还可以向公家粮店兑换食用油，再用以制作爱吃的炸糕和其他点心。我们自用有多余的，也支援邻居，省下的一点粮食可以兑换成粮票支援亲属。有一年我们种植的南瓜和北瓜（包饺子用）丰收了，我们就带回粮食部宿舍支援邻居，他们也都十分高兴，并非常感谢我们。

这一段的生活，回忆起来，至今仍感蛮有意思的。

三、婚姻风波的平息

在我和秀华之间，一件不该发生的事终于发生了，也是使我后悔终生的一件事。后来虽然较快地做了纠正，但在相当程度上对我们两人尤其是秀华，已经造成了伤害。

当年的我，虽然在"逃婚"之后又结了婚，但内心的阴影始终无法完全消除，在一定气氛和条件下，又会缠绕心头。19岁那年，父亲逼走哥哥，就是要我们成亲，老人们总想能早一天抱孙子，但是一直没有能如愿，对我们颇有失望之感。我投身参加工作，一颗火热的心，几乎全扑在工作上，真像我后来自写的一首诗中所描述的那样"敬业一生几忘我，儒家'三孝'淡心头"。但后来岁数渐渐大了，两人都希望有一个孩子，有一天我忽然发现家里饭桌的一张白纸上歪歪扭扭地写了八个大字："二十望妻，三十望子"，这显然是留给我看的。她并没有上过学，但父亲是教书的，她成天接触的也都是读书人，经过她自己的刻苦努力，终于也学了一点文化，虽然还不能写，但可以勉强地看一些通俗小说，这已经不容易了。我从这八个字的白纸上，也看到了她已早有"望子"之心，于是我们就开始看"不孕症"了。

我们两人都去医院检查过，并且是查了又查。医生告诉我说，你没有不孕症，应该是可以生孩子的，但你的爱人还应该继续检查，我又陪她去了两三次，医生要她通"输卵管"，这比较难受，她有点不愿意，后来又领养了女儿李文新，家务事增多，就顾不上医院检查了。先是大跃进，大办人民公社，接着又遇上三年困难时期，粮食定量减少，连顾肚子都有点问题，哪里还顾得上或考虑去医院妇科检查呢？这样就拖了下来。

然而，三年困难时期很快过去了。1962年春节，我和秀华带着不过一岁半多一点的文新女儿回到老家邓家渡村，那时的她活泼可爱，乡里邻居的人见到了都想抱抱她。见到水牛时我问她："那是什么呀？"她毫不犹豫地回答说："大兔子！"大家都笑得前仰后倾，这一次，我们看到村里的一切都变了，不仅家家粮食满缸，而且鸡、禽、鸭、鹅、猪肉，样样都有，家家贴对联，爆竹连天响，一片节日气氛。政府对农村的政策对头了，生产的恢复也确是很快了。

日子好过了，我们这个小家庭的问题反而来了。我和秀华竟然多次协商"和平分手"，即离婚问题。我这一方面的想法是，我们兄弟姐妹八人，都是儿女成群，为什么唯独我这个"老二"没有孩子呢？1962年春节回去，看到自己的亲属、邻居，都是携男带女的。就是自己领养一个女儿，心里有点不是滋味，女儿长大了，也要嫁人，老年还是孤独的。平时虽然讲，男女都一样，领养和亲生的也都一样，但内心还是想再有一个男孩子更好，秀华本人有时也流露出这种思想。特别是，我这时仍在中央党校读书，每逢节假日，当我看到同班同学们，都是双双对对的干部，带着儿女外游。因为都是干部，都是文化人，共同语言多，既有天伦之乐，又可相互切磋，这该多好啊！在秀华这一方面，也似时常感觉到，自己生理上有缺陷，不能生儿育女；而且文化低，工作上不能帮助我，不能与我共同讨论问题，老是这样拖着我，有点内疚和对不起我的样子。于是两人终于讨论起"和平分手"的问题了。我开始是试探性的，似真似假，半真半假，时谈时停。这时我差不多都住在中央党校，她则一直住在粮食部宿舍，她仍在街道幼儿园工作，又有一个天真活泼的女儿陪着她，思想比以前开朗多了。这样也减少了我在分手后对她这方面的顾虑。

大约1963年，我们终于以这种方式达成以下和平分手的协议：

（一）孩子归女方抚养；

（二）男方负责对方母女抚养费。

　　我那时工资每月只有 98 元，承诺每月给秀华母女 60 元，我自己拿 38 元。在我们一起去区政府主办单位办理手续时，工作人员说，这样的条件对男方太苛刻了。他们说，我拿得太少了。我说，不少了，这比我原来的供给制、包干制强多了。而且，这时街道幼儿园忽然又临时停办，女方没有任何收入，我多给点钱，心里反而更踏实些。这样我们就分手了。

　　两相情愿，和平分手，这似乎很理想，但实践证明仍然是行不通的。离婚对双方是一种"决裂"，是不可能真正和平解决的，况且女方又忽然没有工作，经济上不能独立，分手以后拖着一个不过两岁多一点的孩子，无论经济上、精神上、心理上的压力都是很大的。果然，才不过一个半月事情就发生了。

　　一天中午，我所在班的一个学员告诉我：有一个妇女，抱着一个小女孩，放在东教室就匆匆走了。我马上就想到可能是她，火速赶到东教室，一看就是女儿李文新，一个人躺在教室的座椅上，悄悄地睁开小眼睛，还没有来得及哭泣，我就抱起了她，还留有一个小书包。这时正是午饭后，我唯恐闹得全校都知晓不好，马上检起这个小书包，抱着孩子离开学校了。

　　我上了公共汽车，打开书包，里面有一张显然是写给我的纸条："小新这个孩子，不能没有父亲，靠我怎么能养活她？还是交给你吧！"下面还有两行字："我太痛苦了，你是我唯一的心上人，根子扎得太深了！离开你以后我怎么活？"这字字句句就像针一样刺痛着我的心。她是一个没有文化的人，竟然写出这样一些掏自心窝、让人刻骨铭心的话，使我一时也不禁难过不已，眼泪直往肚里流。她同意分手，显然是感到压力、感到无奈、迫不得已才做出来的，并不是真心愿意。想着想着，又从颐和园倒了一次车，再改乘另一路车，先后一个多小时，才到达粮食部的一个宿舍——南菜园。幸好，文新女儿躺在我怀里，一路都没有哭。

　　李文新，原名李文心，是我在中央党校学习《文心雕龙》时起的名字，说明我当初也有心培养她成为一个"女秀才"或文化人。李文新这个名字是她自己在"文化大革命"中改的。

　　当我走进秀华宿舍时，她正躺在床上睡着，我相信她是不可能真的睡得着。

在她接过孩子以后，我又说了一些安抚的话。并且告诉她：这是你自己同意的，如果真的想不通，我们还可以再商量，但希望你不要再闹，这对双方都不好。

当天晚上我回到党校，许多人并不知道我的小家庭已经发生了这样的风波，班上有些同学还在忙着为我介绍对象，我也已约见过一些人了，其中有的我颇有好感，但这一切都顾不上了，我已开始认真考虑是否复婚问题，思想斗争十分激烈，好几晚睡不好觉，成天头脑晕晕乎乎的。

经过几天的思考、思想斗争，我终于想了一个非常有"倾向性"的意见——"复婚"。主要有以下几点：

（一）作为一个共产党员，难道追求爱情是唯一的吗？世界上难道没有比爱情更高尚、比个人婚姻更重要的东西吗？

（二）设若自己找了一个更理想的爱人，有一个更幸福的小家庭，而你原来的结发妻竟然感到十分痛苦，甚至还可能走上绝路，这时候自己心里能平静？能不自责？能够安心？

（三）而且，她自幼就是受苦的人，所有的希望全寄托在我身上，而我如今却因她不生孩子而抛弃了她，把自己的幸福建立在她的痛苦之上，这像一个追求进步的共产党员吗？

（四）而且，这样做的结果，受害的将不只是秀华一个人，还有领养的女儿李文新，她天真、聪明、活泼可爱，应该培养她，她也不能没有父爱。

（五）而且，我在事业上的进步、成就，在粮食系统从县区到上海的大区、从粮食部的"小秀才"到选送中共中央高级党校的"秀才班"学习，其背后都有她的全力支持，她事实上是我事业上最有力的支持者。

以后又经过多天的反复考虑，终于决定恢复关系。心里想她从小到我家，她对我们全家，全家对于她，都是有感情的。我们双方原同意"和平"分手，也是出于感情的考虑。因为我是"老二"，家里人就都叫她"二姐"，她对我们家的感情也胜于她原来的家。就我个人来说，虽然不是"恋爱夫妻"，但她对我倾心的照顾和爱护，显然胜过一般的"恋爱夫妻"。有人说，我身边有她，是有得有失，得大于失，我自己是"身在福中不知福"，前后不过两个多月，我终于决定恢复夫妻关系，并在三个月后又一同去区政府补办了复婚手续。

从此以后，我们之间不再谈离婚的事。既然决心下了，思想想通了，日子就过得比较和谐。我全心地投入了工作，她对我的照顾也更加精心。为了完全消除她的顾虑，于是干脆让她从原粮食部宿舍迁到我已分配的研究所的宿舍。这时文新女儿也渐渐大了，能走能跑，我就经常骑着自行车带她到处玩。我们复婚以后，又整整度过了 26 个春秋。

她是 26 年后的 1991 年元月 3 日去世的。不知是什么原因，她去世时我非常难过，感到很愧疚，觉得不应该一度发生那样大的姻婚风波。此后也长期怀念她，总是梦见她与我生活在一起。她去世时我在一时难过时，曾为她写了以下一副挽联：

> 四十年形影相随，患难与共，方期告老归田，同度晚景，岂料宿愿未尝，卿已离去，无尽忧思伤既往；[①]
>
> 三千里故地待游，梦魂向往，如今身单影只，空对江河，深感韶华不再，我非当年，几多怅惘向未来。

秀华的病经历了很长一段时间。从高血压引起的脑出血、半瘫痪，后来又发现有肝癌，总共有两年多时间，她承受了很多痛苦，但她毕竟是一个很坚强的女性，从未叫过一声苦，叹过一口气。

为了照顾她，我先是从老家把她最喜欢的侄女夏春梅找来专门照顾她，不久夏春梅的父亲也来了，他是复员军人，也是在我曾经工作的地方——望江县参军

---

①实际是46年，未含童养媳8年。

的，后来学会开汽车和火车，不时以自己曾在三线迎送邓小平视察工作并为他开过车而感到光荣和骄傲，再往后，我又找来我在天津的两个侄女，轮流看护她。在这以前，有一段时间，我所在任职的台湾研究所，在靠近西郊机场的空军干休所租了一套房子办公，我让她住进了这个干休所的医务所治病及疗养，这个干休所的医务所医疗条件很不错，她住在这里有好长一段时间，我们全家节假日都聚会在这里，我和秀华日食三餐都在一起。后来秀华病情有发展，但仍不知已患有肝癌，及转至附近民办医院及公营中医西苑医院后，才发现并确诊的。从这以后，自然又加强了对她的护理，她的两个侄女——夏春梅和夏文明，我在天津的两个侄女——张道卜人和张道兰，以及我和女儿李文新，都是轮流守护的，我因年岁大，为照顾我，值的白天班多一点。我非常佩服秀华与疾病斗争的精神，面对死亡毫无惧色，在她病危的时候，我又把她最亲近的另一个弟弟——夏可沛及夫人欧阳，都找来见了面。

然而，自然规律是不可抗拒的，病魔终于夺去了她的生命。

四、富有传奇式的老年婚姻

我这个人毕竟是事业狂，我对于台湾问题的研究，已经如醉如痴，不可撼动，这也几乎成了我最重要的一种精神力量，有了这方面的目标和追求，我很快就又不顾创伤地投入研究工作了。

（一）妹妹和女儿对我生活的照顾

为了不影响我的研究工作，我早把妹妹李秀明找来帮忙了。她是我最小的一个妹妹，年龄比我小 14 岁，生有三女一男，都已婚嫁，他们各自的小家庭都还可以过，只是妹妹与我妹夫的关系不好，两人长期分居，仅仅是没有办离婚手续而已。她愿意住到我这里，对我生活上的照顾几乎是无微不至，当然我也在经济上给予她一定支持和照顾。

女儿李文新也自愿回来与小姑作伴。应该说，她的个人也多有不幸。我本来是想培养她成才，可开始上小学时就遇到"文化大革命"，大家都罢课闹革命，老师是挨斗对象，几乎无法学习。加上我受到"文化大革命"的冲击，一是有历史疑点，二是"反左冒尖"，一度曾成为单位内的"群众专政对象"，她是学校里少数不能带"红领巾"的孩子之一，这对她幼小的心灵自然是很大的伤害。1969 年秋，我是第一批下放山东"五七干校"的，她与母亲夏秀华留在北京，她母亲这时自然心情不好，自己文化也低，谈不上辅导她，她这个人并不太笨，只是从小就没有打好文化底子。单位第二批下放干部时，把她们这第一批下放干部的家属也都同时下放了，到了山东以后，她的学习环境和条件仍然不好，有一段时间我帮她辅导了英文，后来回京返校读书时，她在所有各科中只有英文比较好些，其他科都跟不上，说明孩子读书有人督促和辅导还是很重要的。

女儿文新是1973年随着我应调动一同返京的。她母亲夏秀华后来进了街道皮鞋厂，她中学毕业后没有考上大学就随母亲也到街道皮鞋厂上班了。随后经邻居介绍，与海淀区医务系统一个复员军人名叫任进平的干部结了婚，并生了一个儿子名叫任旭，小时候也是文新的母亲带大的，她非常疼爱小外孙。当时我们住的五层楼是最高层，冬天储存大白菜，一共好几百斤，要一棵棵地从一层搬到五层，我那时不在家，小外孙离不开她，她就带着小外孙一次次一棵棵地把白菜搬上楼，多么辛苦啊！新儿母亲和丈夫相继去世后，又过了好几年的艰苦日子。如今母子都找到工作了，我有感地写了以下七言诗：

> 临盘旬日进吾家，养母胜亲夏秀华；
> 辛苦一生疼爱女，操心两代累苦她。
> 新儿命舛多不幸，丧母丧夫丢饭卡；
> 幸喜母子今自立，旭日东升迎朝霞。

如上所说，文新女儿有多个不幸，一是前面讲到的，她上小学第一年就受到"文革"的冲击，停课闹革命，小学功课的底子没有打好；二是她那个胜于亲生母亲的养母夏秀华，不幸因肝癌而去世，年轻时就失去母爱；三是更没有想到的是她的爱人任进平也同样得了肝癌而于英年辞世，并正因为他的去世而又影响了她的工作问题的解决。任进平在世时，两人已在海淀区医务系统联系好，将李文新由街道皮鞋厂调进这个系统工作。而就在这个时候，任进平因病住院了，且一直卧床不起。海淀区卫生局的领导（区医院院长同时是区卫生局局长）告诉她：你暂时不要找工作了，就照顾你爱人任进平吧，工资由我们单位付给。就这样，她就未再联系工作的事，一心照顾任进平。未想到，这一照顾就是八年，作为肝癌病，竟然能延续八年生命，这实在是罕见的。任进平终于去世了，原都认为她的工作一定能解决，然正像俗话说："人一走茶就凉"，卫生局借口工人不能转干，最终没有能给解决工作问题。李文新终于失业了，即上诗所说的"丢饭卡"，也没有再婚，后来区卫生局只给她安排了一两年的临时工，最后还是让她回家，于是就回到我这里来了。

新儿自己也有一个家，丈夫任进平在世时，是搞计算机的，工作表现不错，人缘也还好，单位给他们安排了一个新房子，质量还不错，在海淀区上地路段，但离我这里较远。他们这一套房子是公家分配的，任进平父母和我这里各出一半钱。任进平去世后孩子的上学和生活费，也是我们两家共同负担的。女儿没有了工作，年岁也四十好几了，很难再找工作，住在我这里，实际是两头跑，家里还要照顾孩子。在我这里时主要是帮助我打字，我自称是台湾研究的"个体户"，一切都是手工操作，既写学术论文，也写评论稿，有一部分是靠她打字。后来公家又给我分配了一套新房，交出旧房，策划搬家和装修，也主要靠的秀明妹和文新儿。女儿后来的情况上文已说，这里不再重复了。

2004年初秋，我因讲学路过河南郑州，经朋友介绍认识了现在的夫人申秀玲，经过一段时间的交往，这才又结束了单身生活。

（二）我和申秀玲的巧遇和交往

说来也巧，我长期住北京，怎么会认识一个远在河南郑州的申秀玲？就是2004年的初秋，我应山西省晋城市人民政协的邀请，去这个地区讲学，这一次我是在侄子李正飞的陪同下去的，任务完成后想去郑州看望老朋友马肇嵘同志。他是眼科专家，郑州第五人民医院院长，他的老伴左家璇是我潜川初中读书时的老师左师荣的女儿。

我家和马家是三代世交，我父亲曾长期在白石山镇教书，肇嵘和我同在我父亲这里读书，他比我大五岁左右，是学长。肇嵘父亲马老先生和他的母亲都是回族，在白石山镇东面开中药铺，两家时常有来往。我和肇嵘同窗读书时，都参加过我父亲举办的"写字比赛",赛时点燃一根香,香燃完马上交卷,看谁写的字最多,我曾两三次拿到冠军。肇嵘与我的大哥李家庚(又名文明)也是好友,是拜把兄弟。新中国成立后,肇嵘在郑州工作,我们兄弟与他仍有来往。他每次到北京都要来看望我。

20世纪50年代,我在粮食部工作时,曾来郑州开过会,但不知道他在这里任职,他也不知道我在北京,后来是双方都回家探亲时才知道的。这一次我从晋城来到郑州,是专门来找他的,终于找到了,我和侄子李正飞都住到他的儿子马志雄、儿媳李景玉家里。原来我们并不认识,这一回不仅认识了,而且开始了对我后来小家庭生活有重要影响的交往。就是通过他们小两口,特别是李景玉,我才认识了申秀玲的。

也许是志雄的爸爸同他们小两口说过了,志雄夫妇对我和我们家的情况都很了解。志雄也是眼科大夫,子承父业,这方面是很精通的,曾在父亲帮助下开了一个私人眼科医院,但觉得这件事太累,干了一段时间就停业了。李景玉在河南科学院同位素研究所搞行政工作,是一个非常能干的女性,人际关系特好,在我和她稍做沟通后,她就非常热情地答应帮助我。让我很惊讶的是,李景玉的妈妈王秀荣竟也非常了解我,并亲自来看我,说早在电视上认识我了。就这样在她们母女的安排下,我先后见过几位女同志,其中有一个就是申秀玲,从见面和了解到的情况看,她是最合适的,唯一的问题就是她很年轻,而我竟比她大30多岁,不敢抱任何希望。

而出我意料之外的是,申竟也同意与我建立交往关系,我也说不清这是为什么。后来她自己说,一个重要原因是因为我没有孩子,虽有一个女儿,但是领养的,相处上会好些;其次是李景玉的妈妈王秀荣,为打消她可能存在的顾虑,一再告诉她说,我这个人是好人,有德心,与一个农村结发妻相处那么多年,一直到她死,没有分手,这是很难得的。她说她自己,之所以这么大岁数仍未出嫁,主要是长期与父母住一起,父母岁数大了,只有我有条件照顾他们,我离开了父母怎么办?看来她是一个很孝顺的女儿。还有,自己年轻时不太着急结婚,大一点时没有遇上一个自己看得上的男人，再大一点时，对方几乎都是有孩子的，我不愿意。这样就拖下来了。

人们都知道杨振宁和翁帆的婚事，这对我们是一个很大的鼓励。杨是安徽合肥县三河镇人，与我家相距只有15公里，他们俩年龄相差50多岁，尚然能够结合一起，我们俩才相差30多岁一点，又怕什么？正因为有杨振宁、翁凡夫妇的事例在，所以我们也就不大在乎什么社会舆论压力了。

第二年，即2005年7月下旬，我又在郑州出席了全国台湾研究会、社科院台湾研究所、全国台胞联谊会三家联合举办的两岸关系学术研讨会，会后我继续留在郑州，通过申秀玲本人及相关部门和熟识的学者，进一步了解了有关情况：(1)申秀玲兄弟姐妹共9人，哥哥4人，姐妹5人，她是最小的一个；(2)始终与父母住一起，非常孝顺，父亲93岁病故，母亲83岁，卧病在床，主要靠秀玲照顾；(3)秀玲出身贫苦，父亲是搬运工人，母亲是家庭妇女，父亲的工资无法维持家庭生活，母亲靠"卖血"补贴家用；(4)秀玲高中毕业后，即参加当地幼儿园工作，后来这个幼儿园倒闭了，就转入她二姐夫有股份的贸易公司打工，每月收入四五百元；(5)秀玲和父母没有自己的住房，住的是二姐夫家大约一间半大小的房子。

在我和申秀玲的多次面谈和接触中，我感到她有很多优点和使我信赖的地方：(1)出身清苦，能干，能吃苦，所谓"穷人的孩子早当家"，在她身上有很多体现；(2)性情直爽，办事果断，说了的就算数，绝不拖泥带水，开始我还顾虑自己的年龄大，后来是她以自己的实际行动打消了我的顾虑；(3)没有结过婚，没有孩子，没有房屋住处，除了母亲久病不愈外，没有其他任何牵挂和拖累；(4)在兄弟姐妹中，一般年龄最小的孩子，无论男孩女孩，都有矫娇二气，我担心申秀玲也会这样，但在交往中没有发现这种状况。

这样，在李景玉母女的一手推动和说合下，我和申秀玲的关系就最终定下来了，并选择8月8日这一天在郑州合影了一张象征订婚的照片。而且，李景玉的父亲李永和是一个中医，在治疗妇女不孕症方面向有"妙手回春"的美誉，家里这方面的赞誉锦旗挂了好几面。我们在这方面也有着一种美好的期待。

这一次见面，我们还办了三桌饭，把马志雄父母、李景玉父母，以及秀玲的主要亲属，如三姨妈、二哥二嫂、小嫂、二姐二姐夫、三姐三姐夫、四姐四姐夫（出差在外）以及其他能请到的都请了，还有秀玲的几个好朋友也请了。

紧接着郑州这次会议不久，我又应邀参加了在合肥举办的"海峡两岸纪念刘铭传首任台湾巡抚120周年学术研讨会"。这次会议是由安徽省社会科学界联合会、安徽省人民政府台湾事务办公室、安徽省社会科学院、安徽省政协文史资料委员会等8个单位联合召开的，来自海峡两岸三地的学者专家、社会知名人士共130余人出席。申秀玲从郑州赶来，经会议主办单位同意，陪我一道出席了这次会议。讨论会结束后，我又通过会议主持者，找来三弟李稼蓬（家鹏），我们三人与出席会议代表一起游览了黄山、太平湖和九华山。

这次会议结束后，申秀玲又在合肥旅舍多住了两天，会见了我的二妹李秀英、小妹李秀明、四弟李家农，以及其他晚辈亲属。大家对她的印象都很好。

她因不放心自己的母亲，很快就从合肥回郑州了。待母亲病情稍稳定并有所安排后就到北京了。我们是2005年11月8日上午在北京市海淀区办理了结婚登记手续的。

（三）我和申结婚后的新家庭

我们结婚以后，她仍时常牵挂着母亲，曾数次返回郑州。她母亲实际早就成植物人了，即便如此，只要有一口气她仍要姐姐和亲属们努力维护她的生命，即使能多活一天也要争取。然而，生命的规律终非人力所能抚拒，2006年4月8日，她母亲终于与世长辞。除母亲外，最疼爱她的二姐申爱云也于次年12月被病魔夺去生命。她母亲和二姐生前都为她的未来操了不少心，如今她庆幸自己已经在北京有了一个归宿。

我们俩都希望能有一个孩子。但我当时已近八旬，而她自己也已经40好几了，能否实现这样一个梦想，实在没有把握。李景玉两口，以及他们的父母，认为是完全可能的，要我们一定检查，也要服药，李景玉的父亲主动给申开过几回中药，要她按时服。

秀玲是一个虔诚的佛教徒，我们家里除了供奉有秀玲父母和她二姐的照片，并按时敬香外，还专门设有一个菩萨的灵位，每天烧香祭食。在我们这个小家庭，也有一个执行宗教政策的问题，我是无神论者，不相信鬼神，而她却是笃信无疑的，我反对不仅无用，也会增加矛盾，所以我在这一方面的态度是："心里不赞成，行动不反对。"彼此相安无事。

秀玲坚信自己一定会有一个孩子。曾不止一次告诉我：自己做了一个梦，梦见二姐手里抱着一个孩子。别人问她二姐："这个孩子是谁的？"二姐答："是我妹妹小玲（指秀玲）的。"我自然也是希望这个梦想成真。但我是相信科学的，生孩子是两个人的事，一定要做生理检查，我做了好几次，医生都认为我体质很不错，年岁虽大点，但仍有生育能力，建议我坚持服用所指定的一些男性药。秀玲也检查了，认为她的身体也很好，有生育能力，但也要坚持服用几种女性药。我们两人的用药和检查都是在专家医生指导下进行的。秀玲还根据医生意见作了一次妇科小手术。不久，我们又申请办理了计划生育手续。我们特别感谢李景玉夫妇和他们的父亲，正是在他们的热情帮助、尤其是得到了他们推荐的著名专家医生肖红梅的亲自指导和帮助，这才终于使得我们的美梦成真。2010年元月12日，申秀玲终于在北医院生下了一个活泼可爱的男宝宝。起名李申阳，小名阳阳，李是我的姓，申是秀玲的姓，阳是喻义：我们全家对于阳阳，就像地球围绕太阳那样转。

阳阳是早产儿，比预期早产一个半月，为保证大人和小孩都安全，是根据医生建议剖腹生产的，母子都很安全，生下时小孩体重五斤半，当孩子呱呱坠地时，我和两家亲属

作者老年得子的喜悦（2011年6月拍摄）

229

都在医院，大家高兴极了。秀玲是幼儿园出身的，在她精心抚养下，孩子长得越来越可爱。

自阳阳出世以后，我先后围绕这件事，写了不少五言顺口溜或打油诗。

（一）阳阳来世上

元月十二日，阳阳来世上；
张口哇哇叫，全家喜洋洋。

今年过春节，我家不同往；
多了人一个，名叫小阳阳。

早上太阳出，阳光照阳阳；
阳阳眯眼笑，满脸是红光。
邻居来道贺，喜见李阳阳；
小眼频闪动，爱作怪模样。

（二）颂阳阳妈妈

哭闹如炸雷，一夜四五回；
妈妈最辛苦，成夜不能睡。

昼夜钩着腰，喂奶又喂水；
刚刚把完尿，马上要大便。

阳阳真奇怪，不抱他不睡，
妈年不算大，早已累驼背。

（三）颂阳阳"四妈"

阳阳来世上，"四妈"都在场；

　亲妈月子里，凡事要人帮。

　姑姨舅三妈，成天不胜忙；

　事情争着做，地球绕太阳。

（注：指大家都围绕着阳阳转）

（四）曹之藩同学送打油诗

春回大地万象新，北京传来大喜讯；

老来得子自欢喜，同学知晓也开心。

牛年生辰虎年长，全家从此喜洋洋；

教授专家基因好，未来想必是栋梁。

　　阳阳出世以后，我和小申两家的亲属闻听后都很高兴，纷纷打电话来祝贺。就我这边亲属来说，大哥一家，三弟一家，四弟一家，还有大妹一家，二妹一家，秀明妹一家，还有在京做生意的大哥、二妹女儿都来了祝贺电话。我兄弟姊妹八人，都是早已儿孙满堂，唯我这个老二没有生过孩子，大家都认为我可能有男性不孕症，这一下子可"平反"了，摘帽子了。小申家这边亲属，更是不在话下，加上小申自己，五个姊妹，就她一个有了男孩，自然有点另眼相看。如今的社会，生男生女，大体已一视同仁了，但在风俗上似乎还是有点"重男轻女"，偏重男孩的。小申的外甥女（大姐家孩子）红妹，连阳阳的小推车、衣服、小玩具等早就送来家了，她的其他亲属如二哥二嫂、小哥小嫂、三姐三姐夫、四姐四姐夫，既送"红包"，又送衣物，一时非常热闹。

　　老来得子是一个喜讯。为让单位的同志们、大院内的友好邻居，分享喜气和快乐，根据秀玲的建议，也都部分地送了喜蛋和喜糖。

　　阳阳这个孩子，给我老年带来许多乐趣。这个孩子也怪，生下来就喜欢笑。开始我说他有两个特点，一是迷人的微笑，二是火爆的脾气。渐渐长大一些了，秀玲又因事带他回郑州住两个月，大部分时间住在三姐家，亲属和邻居们都很喜欢他。回京以后似乎有不少改变，不仅个子长高了些，身体重了些，性格上也有一点变化。因大家都喜欢他，爱抱他，他的火爆脾气似乎改了不少，但看不到妈妈时还是要哭的，遍寻不着时就会大哭。还有原来的"一笑"成了"三笑"，一是迷人的微笑，二是甜蜜的微笑，三是灿烂的微笑。平时，我的乐趣也增加了，一是继续搞研究，二是锻炼身体，三是逗孩子玩。我不是一天三笑，而是一天无数个笑，真是其乐融融啊！

　　新的小家庭，使我感到非常幸福，我和秀玲两人，都下决心要养好、培养好这个孩子。有了这样一个小家庭，相信也是推动我更好地工作，更好地从事对台研究的一种力量。

五、学诗、吟诗、写诗

生平爱写顺口溜、打油诗，随心所欲，不受限制，自得其乐。但究竟写过多少，除了有关著作记录的几首外，其余没有留存，无法统计了。与此同时，我也喜欢吟诵古体诗词，特别是离退后常在工余饭后，或清晨、或晚间，随口吟诵起来，能够背诵的，包括毛主席诗词、唐诗宋词等，共百余首。慢慢地，也想学着写一点，但这方面没有专门学过，对所谓格律诗的三大格律，一为"声律"，即平仄声；二为"联律"，即对仗；三为"韵律"，即韵脚，要一韵到底，不能中途换韵等，我对此简直一窍不通。所谓"熟读唐诗三百首，不会吟来也会吟"，而我远没有达到这个要求，只有一点皮毛的体会而已。在行家朋友们的帮助和指点下，这两年我也学着写了以下几首：

（一）往事回眸

（1）投奔解放区

咱家世居邓渡村，弱冠年华离家门。

志在延安进大学，情势发展不由人。

皖西公学把书念，喜在吃饭不要钱。

正当专心攻马列，一声令下奔支前。

（2）支援前线

随军来到大江边，奋战百日为支前。

柴米油盐样样管，算盘磅秤伴我眼。

随军来到大江边，亲睹雄师拼前线。

四月二十一日夜，万千火龙遮云天。

随军来到大江边，青春时际受磨炼。

堪嗟岁月如流水，望九之年未下鞍。

（3）假"老虎"①

三反运动热火天，我乃打虎一队员。

忽然也成被打虎，挨批挨斗整四月。

烈火真金不怕烧，傲然面对问和铐。②

政策透明真理在，还我清白心自豪。③

注：①老虎指贪污犯，我是当年安徽望江县的最大冤案。因系当地解放初期的兵站站长、粮库主任，认为在当时财经制度混乱的情况下不可能不贪污。那时，我已调华东粮食局工作，在似是而非的证据下，曾被从上海武装押送至该县。

②指当地不顾政策的上手铐。

③指自己经受了一场严峻考验。

（4）老当益壮

碧天招手问西山，记否当年"五九班"。①

234

青山绿水春长在，人老志坚心长丹。

注：① "五九班"是1959年中共中央高级党校（后改为中央党校）举办的理论班，又名"五九班"，靠近西山。

（5）有情无缘

一石投水本随意，难得深情滚滚来。

有爱无缘终分手，人生憾事得想开。

（二）涉台诗草

（1）"台湾缘"

人过中年嫌岁短，此生有幸探台湾。

揭妖不懈四十载，怒火犹燃方寸间。

（2）研探台湾

呕心沥血探台湾，半生心血铸其间。

横眉怒斥主独者，分裂金瓯罪滔天。

（3）赠台湾某学者

人生七十古来稀，如今八十不算奇。

九十高龄不是梦，期颐再晤岂为迟。

（4）赞红衫军

日出江花红胜火，春来江水绿如蓝。

台湾今日红一片，再现当年《忆江南》。

注：第三句指2006年台湾9月至10月的百万倒扁红衫军。《忆江南》乃唐代诗人白居易所作词，本文前两句为词中原话。

（5）喜迎两岸"首航"

雨后晨操户外行，阳光灿烂气清新。

点点亮珠闪绿叶，喜将两岸首航迎。

（6）"台式民主"

"民意代表"枉自多，多数无奈少数何。

肢体冲突寻常事，"台式民主"丑态多。

（7）北高选举

北高两市拚竞选，喊喊杀杀声震天。

卡奴百万无人问，政客心中只有权。

注：卡奴指台湾还不起债的信用卡奴隶。

（8）"红帽子"

拙劣扁营气势狂，错将省籍作文章。

动辄红帽头上戴，不顾是非看立场。

注：民进党和绿营，一直把抗日战争后从大陆去台湾的人称作"外省人"，动辄扣以"红帽子"。

（9）纪念"二二八"

一年一度二二八，匆匆已过六十年。

如今深恨分裂者，不该伤处频撒盐。

注："二二八"系指1947年2月28日台湾人民起义，受到国民党当局的残酷镇压。民进党往往借此渲染"分裂有理"、"台独有理"。

（10）盼族群和解

恶斗连年煞费神，不如抛却去寻春。

春翁一旦翩翩至，橘绿红蓝呈彩云。

注：此处前两句是套用朱熹的"终日埋头何时了，不如抛却去寻春"；第四句橘绿红蓝是指台湾政坛以颜色为标志的几大派别。

（11）和某君七言诗

（原韵系："衣、归、晖、飞"四字）

年逾古稀仍奋蹄，八旬未解战时衣。

批独四次打头阵，热战几番竟忘归。

昔日李陈喷臭雾，如今两岸映朝晖。①

春风终解千层雪，双凤振翮齐跃飞。

注：①李陈系指李登辉、陈水扁。

（12）两岸交流热

人在异乡心在台，担心妖雾又重来。

幸喜双方交流热，你来我往笑颜开。

（13）祝马英九连任

风弥海峡六十年，国共携手散云烟。

且喜今朝马连任，和平海峡仍蓝天。

（14）两岸一家

春风杨柳万千条，两岸人民齐欢笑。

血肉相连本一家，同奔发展最重要。

（15）期盼统一

清明时节雨纷纷，蓝绿两派欲断魂。

借问台湾路何在，牧童遥指统一村。

（三）游张家界

（1）

我伴老妻张界游，天高气爽正初秋。

飚轮似箭凭空御，无限风光眼底收。

（2）

宝湖如镜波光闪，悬瀑溅珠挂眼帘，

"飞流直下三千尺，疑是银河落九天"。①

注：①系李白诗句。

（3）

天下奇山张家界，万千游客纷涌来。

三百七十平方里，无处不是好风采。

（4）

张家界套袁家界，突兀奇峰出世间。

矗立云霄三界外，更高还有大罗天。

（四）老年得子

八旬已过复何求，惟盼余年更久留。

敬业一生几忘我，儒家三孝淡心头。

天公有意慰迟暮，后继人来解凤愁。

幼鹏展翅报国日，老朽九泉志满酬。

（五）悼念赵蔚文

好友赵蔚文，东风一亮星。①

为人温良让，事业力争精。

许久未见面，误认去东京。

忽闻已住院，未知病重轻。

方拟去探望，已登黄泉程。

两眼凝视天，半晌难发声。

相处四十载，深深战友情。

今日来送别，难抑心悲疼。

注：①东风指本单位的宿舍大院。

（六）杂感 10 首

（1）赞孙林英反手字

林英老弟不一般，左手反书瞬眼间。

双臂随心挥彩笔，龙飞凤舞上毫端。

（2）炎天独步

六月炎天路少人，老夫不惧日加身。

清风阵阵送凉爽，有乐人间苦里寻。

239

（3）学以致用

平生爱向书堆行，书内有天迥不同。

最忌痴学违致用，虽读万卷亦书虫。

（4）忆社教运动

京城西向望长安，不见秦川不见关。

数十春秋转眼逝，几回梦里聚龙山。①

飘飘瑞雪望龙山，不见龙山梦寐牵。

昔岁西乡走透遍，友情无限刻心间。②

注：①②龙山、西乡均为当年社教地。

（5）右肾手术①

心静如常上术台，吾生有难想得开。

历时有五逛天国，②小平催我又回来。③

注：①指右肾摘除一半手术。

②指全身麻醉五小时。

③作者曾专门研究邓小平"一国两制"。

（6）术后调养

出了医院门，居家静养身。

健康四基石，时刻记在心。

心态要正常，情稳最要紧。

饮食必合理，营养配得匀。

运动应合适，尤重持久均。

烟酒伤躯体，避之不沾唇。

四条全做到，病魔必远遁。

如今仅四月，康神助回春。

（7）2010年春节

火树银花亮万家，欢声笑语荡天涯。

牛年去也虎年至，百万玉龙舞彩霞。

（8）2011年春节

声声炮仗响连天，迎我春翁带醉颜。

万户千家相祝贺，神州处处乐翩翩。

（9）初学写诗

老来闲暇学吟诗，摘句寻章表我思。

慢步亭园哼几句，悠然心旷又神怡。

（10）家有贤妻

家有贤妻无事忧，相依相伴度春秋。

人生难得一良伴，和谐共处到白头。

　　两年来的实践证明，从打油诗到旧体格律诗，从口头吟诵到实际书写，实在是一个质的飞跃，正如前面所说，目前的我在这方面不过是懂得一点皮毛，距离书写和熟练还远得很。说实在的我没有这方面的学养，也并不想成为旧体格律诗的一个诗人，喜欢吟诵，只是想作为茶余饭后的一种乐趣和欣赏品而已。有了这一方面的爱好和兴趣，对于其他方面的写作包括研究论文在内，也是一种调剂并有促进作用。

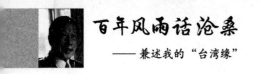
散文诗三组

一、"春雷"惊"独梦"

——有感于台湾 2008 年 3 月大选

（1）"爽"和"不爽"

（台湾民间口头语）

大选落幕了：

国民党大胜，

民进党大败。

记者和我有一段对话：

"你的感受如何？"

"爽啊，很爽，

台湾人民爽，

大陆人民爽，

我也爽。"

"为什么？"

"民进党执政八年，

骂了我们八年，

恶作剧八年，

它实际上'爽'了八年，

它'爽'人民'不爽'。"

242

"如今呢？"

"它的候选人落选了，

要交权了，

民进党不爽，

人民却很爽。"

"借用马英九一句话：

爽一个晚上就够了，

还有好多事要做呢！"

（2）"笑"和"哭"

大选揭晓了：

一边相拥而泣，

泪汪汪；

一边欢声雷动，

笑嘻嘻。

绿营执政期间：

多少次"奥步"，

多少次得逞，

多少次欢腾！

而蓝营呢？

一次次失败，

一次次挫败，

一次次流泪。

新的大选揭晓了：

蓝营笑，

绿营哭，

笑和哭互换位置了！

我们要问绿营：

您们的教训在哪里？

（3）"爱台"和"卖台"

什么是"爱台"？

什么是"卖台"？

有人认为：

拥"独"为"爱台"，

反"独"为"卖台"，

何其荒唐也！

大选揭晓了，奇怪的是：

"爱台"者被淘汰，

"卖台"者竟当选。

这说明了什么？

是人民对是非的校正，

是人民对黑对白的校正，

要还事情以本来面貌。

其中包含着：

人民的裁决，

人民的选择，

人民的期待！

（4）"春雷"惊"独梦"

民主啊，

无价之宝。

有人外穿金光闪闪的"民主衣"，

内藏怕见阳光的"台独梦"。

春雷啊

——"1·12"的选举，

——"3·22"的大选。

两声巨响，

惊破好梦，

人民欢呼。

"台独"违人心，

"台独"逆潮流，

"台独"不可行。

"九二共识"，

"一个中国"，

和平、合作、发展，

这才是光明大道啊！

见中评网 2008 年 3 月 24 日

二、祝"两岸首航"

——有感于两岸首次通航

作者自按：本文写于 2008 年 7 月 4 日，这是两岸实现首航的日子，是一个历史性的纪念日。两岸分割对峙，已经 60 年了，如今能够迈出这个第一步，是多么不容易啊！心有所感，特试以四首"散文诗"形式记下这一刻，以资纪念。

（1）

> 六十年了，
> 长夜慢慢。
> 翘首引领，
> 思通心切，
> 望眼欲穿。
> 想啊，
> 等啊，
> 盼啊，
> 雄鸡一唱天下白，
> 这一天终于来到了。

（2）

> 六十年了，
> 来之不易，
> 喜见两岸首航实现。
> 欢声，
> 笑声，
> 祝贺声，
> 声声压过"独"声，
> 声声压过"猿"声，
> 声声传遍两岸，
> 声声传遍全世界华人。

（3）

六十年了，

不知是什么原因，

两岸竟长期僵持对立。

不过是一海之隔，

然却咫尺如天涯啊！

而今数月之间，

天堑崩塌，

相互通航，

亲切握手，

这才发现：原来是"一家人"！

（4）

六十年了，

实际何止六十年。

千层雪，

万丈冰，

又岂是一朝一夕所能完全"融化"？

首航不过是起步，

要做的事情知多少？

但愿借用孙中山先生两句话：

"革命尚未成功，

同志仍须努力！"

2008 年 7 月 4 日

见于次日中评网

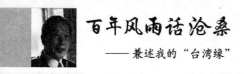

三、"大三通"启动了！

（1）

2008 年 12 月 15 日，

这是一个不平常的日子；

两岸"大三通"的启动典礼，

分别在两岸数地举行；

三艘"巨轮"——"海、空、邮"同时扬帆。

炮竹连天响，

欢声如雷动。

啊，"大三通"实现了！

（2）

六十年了，

两岸隔海对峙，

长期僵持共处。

第一个"三十年"：

一曰不接触，

二曰不谈判，

三曰不妥协。

真是"长夜漫漫人难熬"啊！

（3）

第二个"三十年"：

曲线通商，

曲线通航，

曲线通邮，

"单向、民间、间接"。

直路不直走，

直飞绕三弯。

两岸竟是"咫尺如天涯"啊！

（4）

第三个"三十年"，

——开始了：

截弯取直，

直线海运，

直线空运，

直线通邮。

两岸上空——一架架银燕对飞，

两岸海峡——一艘艘铁船对驶，

相互间的距离啊

——忽然竟又"天涯如咫尺"了！

07 第七篇

全书补遗——最新几篇评论文章

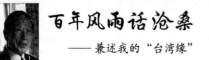

一、辛亥百年与国共关系

今年 10 月 10 日是辛亥革命 100 周年纪念。前不久，我曾在一些刊物上和网络上发表了一些有关辛亥百年与国共关系的文章，深感比较松散，也犹言未尽。如今辛亥百年即至，愿从国共关系角度，专门探讨一下国共合作历史及有关经验教训。

（一）历史上的两次"国共合作"

1911 年的辛亥革命，是近代中国一次伟大的民主主义革命。辛亥革命的领导者和先行者孙中山先生，毕生都把"民族复兴"和"中国统一"列为革命的两大任务。而近百年来的历史实践证明，这只能在中国共产党成立之后真正实现"国共合作"的历史条件下才有可能促使达成。

第一次国共合作，是在孙中山先生主持下，中国国民党于广州举行有共产党人参加的第一次全国代表大会后实行的。大会通过了共产党起草的以反帝反封建为主要内容的共同宣言，确定了联俄、联共、扶助工农的三大政策，孙中山先生的旧三民主义发展为新三民主义。这一切，就是国共两党合作的政治基础和共同纲领。大会选举有李大钊、谭平山、毛泽东、林伯渠、瞿秋白等十个共产党员参加的国民党中央执行委员会。合作时间是 1924 年 1 月至 1927 年 7 月。这一次合作的特点是，共产党还没有自己的军队和政权；共产党员是以个人身份参加国民党的，许多优秀的共产党员都在改组后的国民党中央党部和各级组织中出任要职。在国共合作和共产党的积极推动和参加下，创立了黄埔军校和广东革命根据地，人民群众的革命热情如火如荼，从而在他们的支持和配合下，夺取了北伐战争的重大胜利，为中国南北的统一奠定了重要基础。

这一大好形势最终是被国民党当局葬送的。先是蒋介石 1927 年于上海发动"4·12"反革命政变，后是同年汪精卫于武汉发动"7·15"反革命政变，公开背叛了孙中山所决定的国共合作政策和反帝反封建的共同纲领。蒋、汪走向合流，使这次大革命遭到严重失败。

第二次国共合作，是在日本帝国主义不断侵华，特别是 1937 年 7 月 7 日日军侵略军发动卢沟桥事变、中华民族面临生死存亡关头、全国人民抗日烈火熊熊燃烧的形势下进行的。在这以前的 1936 年 12 月，由于共产党的积极推动，使"西安事变"得以和平解决，这也是为这次国共两党再次合作、团结抗日创造了重要有利条件。

1937 年 2 月，中国共产党向国民党提出"五项主张"：（一）停止内战，一致对外；（二）保障言论、集会、结社之自由，释放一切政治犯；（三）召开各党各派各界各军的代表会议，集中全国人才，共同救国；（四）迅速完成对日作战之一切准备工作；（五）改善人民生活。同时提出自己的"四项保证"：（一）停止武力推翻国民党政府的方针；（二）工农政府改名为中华民国特区政府，红军改名为国民革命军；（三）特区实行彻底民主制度；（四）停止没收地主土地的政策。后来经过共产党代表周恩来、叶剑英同国民党代表蒋介石进行了多次合作抗日的谈判，并就共产党提出的两党合作抗日的共同纲领进行了对话，最后终于在原则上达成了联合抗日的共识。这一次合作的特点，是共产党已经有了自己的军队和政权，虽然统一在"中华民国政府"的框架之下，但两党仍各自保持独立的党对党关系。合作时间主要是 1937 年至 1945 年。在两党合作以及各盟国大力协作下，最终取得了抗日战争全面的伟大胜利。

抗日战争胜利后，本来也是一片大好形势。国共两党代表，在重庆经过四十多天的谈判，终于签订了旨在实行和平建国的《双十协议》。而国民党在美国支持下，公然一次又一次地违背这个协议；1946 年 6 月，国民党再一次断然撕毁与各民主党派于当年 1 月达成的《停战协定》和《政协决议》，发动了全国规模的内战，从而激怒了全国爱国民主力量和全国人民大众，促使各方联合一致，奋起反击，终于夺取了全国自卫解放战争的伟大胜利，国民党政府最后被迫撤至台湾。

两次国共合作都证明，两党合作则双赢，双方都有很大发展，国民党也为之兴旺；两党分裂对双方都有伤害，对人民不利，对国民党更不利。

为什么说只有在中国共产党成立后实现"国共合作"的历史条件下才有可能促使达成孙中山先生关于"民族复兴"和"中国统一"的两大任务呢？因为历史实践证明，只有中国共产党才是真正全心全意为人民利益服务的，是真正贯彻孙中山先生关于联俄、联共、扶植工农三大政策的。它最爱国、反帝反封建，也是最坚决的。

目前国民党人中，不少人仍对历史上两次国共合作存在着严重误解，好像这两次都是国民党吃了大亏，这是不符合历史事实的。第一次国共合作，在取得北伐战争胜利之后，蒋介石背叛革命，使共产党付出了惨重代价；第二次国共合作，在取得抗日战争胜利之后，蒋介石竟撕毁了两党在重庆达成的"双十协议"，后来又撕毁了各党派通过政治协商会议达成的《停战协定》和《政治协议》，发动了全面内战，这才激起了全国各阶层人民的大反抗，最终导致自己的彻底失败。

（二）第三次"国共合作"的提出

最早提出第三次"国共合作"的是毛泽东主席。1956 年 1 月，他在最高国务会上说：要"准备进行第三次国共合作"。在此前后，他又提出"和为贵"、"爱国一家"、"爱国不分先后"。毛泽东还通过章士钊先生转达对蒋介石的问候，并风趣地描绘国共两党的关系说：我们同你们谁也离不开谁，就像白居易《长恨歌》中所说"在天愿为比翼鸟，在地愿为连理枝"。当时，国共两党领导人一直保持有私下的联系管道，后来，蒋先生也心有所动，态度上较前有变化，但在"文化大革命"爆发后，这种联系就中断了。

"文化大革命"结束后，中国大陆进行了全面的拨乱反正，对台政策亦恢复至常规，并不断有重要发展。1979 年 1 月 1 日，全国人大常委发表《告台湾同胞书》；1982 年 2 月，邓小平提出"和平统一、一国两制"的科学构想；1995 年 1 月 30 日，江泽民提出"八项看法和主张"；2005 年 3 月 4 日，胡锦涛提出了包括"和平统一"、决不放弃的"四个决不"，又在 2008 年 12 月 31 日纪念《告台湾同胞书》发表 30 周年座谈会上提出"六点意见"，还制定了《反分裂国家法》。他们虽都未正式提出第三次"国共合作"，但我个人理解，实际却都在行动上朝着这个方向努力。

第一次"国共合作"是反对北洋军阀并取得了重大胜利；第二次"国共合作"是反对日本侵略者，也取得了最后胜利；第三次"国共合作"自然是反对"台独"和分裂。如果能接受前两次合作的经验教训，也一定会获得成功和胜利。

有人公开表示反对再提"国共合作"，并认为第三次"国共合作"是不可能的。说什么，因为台湾已经有了民进党，它是绝对不会容忍国共合作的。我则大不以为然，正是因为台湾有了主张独立、反对统一的势力，这才更加需要"国共合作"，并需要在这个基础上实现全岛爱国民主力量的大团结。我曾在不久前已发表的一篇文章中，明确地指出，景阳冈山上的老虎，你刺激它也是那样，不刺激它也是那样，反正它也是要吃人的。对民进党中极少数"主独"的骨干分子来说，他们也会是这样，你对他让步也好，不让步也好，反正他们是要搞"台独"的。要他们来容忍"国共合作"，以实现祖国的完全统一，简直是天方夜谭。国民党越是向他们讨好和让步，越是有可能招致严重后果。

对于新形势下的国共合作，我看不是要不要、可不可的问题，而实际上已经开始了。这个开始的时间，就是 2005 年 4 月中共中央总书记胡锦涛与时任中国国民党主席连战的会谈，并达成"两岸和平发展共同愿景"，设立了党对党定期沟通平台。实践证明其非常好的，今后应该继续坚持下去。

对于国共第三次合作，我看有其客观必然性和必要性。

就国民党方面说，有一个很严肃的问题，就是要不要继承孙中山先生的遗志，要不要真正实现他的三民主义尤其是"复兴中华"（就是现今我们说的"振兴中华")和"中国统一"的两大任务？如果答复是肯定的话，那么除了与共产党合作以外，还能有其他什么办法呢？现在的国民党只有两条路子可走：一条是与共产党合作，即"国共合作"；另一条是与民进党合作，即"国民合作"。但在民进党不放弃"台独党纲"的条件下，国民党与之合作，那就不再是中国国民党，而将蜕变为台湾国民党，不再是认同祖国、爱祖国，而是认同民进党式的"爱台湾"，实际是"爱台独"、"害台湾"。如果是这样，国民党的性质就完全变了，更谈不上继承孙中山先生的遗志了。相信国民党中的绝大多数党员是不会选择这条道路的。

就共产党方面说，相信它是完全愿意与国民党继续保持合作关系的，这是历史发展的需要，是两岸和平发展、和平合作与和平统一的需要，是彻底完成孙中山先生遗志的需要。当年的国民党，在自己力量占优势时，总是想吃掉共产党，不惜多次发动内战，而终于招致人民反感，并被人民所唾弃。今天的共产党，决不会走这一条路，不会凭借手中权力去吃掉国民党，而是主张"国共合作、求同存异、和平发展、共创双赢"。当年毛泽东在国共隔海对峙后，为表示愿意进行新的"国共合作"，除了上面谈到的曾引用《长恨歌》中的两句外，后来还曾在一次谈话中引用《滕王阁序》中两句话："落霞与孤鹜齐飞，秋水共长天一色。"1996年8月底，江泽民在接见台湾42人工商界代表团时，也引用了古诗中两句话："但愿人长久，千里共婵娟。"

再就国内外形势看，也有利于国共两党进行新的合作。例如，新中国已和平崛起，中国的国际地位空前提高，中美关系明显改善，国际上普遍认同一个中国原则，也认同中国和平解决台湾问题的方针。国共两党合作，完全有能力抗击外国势力干涉中国内政。还有，中国大陆和平发展与和平统一的大政方针已深入人心，两岸交流交往空前热络。两岸都是中国人，中国人不打中国人。目前两党、两岸人民的共同任务是团结合作和振兴中华，而决不可再闹对立和内斗了。近三年来两岸关系的大幅改善，说明两岸中国人完全有能力通过和平方式来解决自己的问题。

（三）国民党面临合作中两大问题

当前国民党面临以下两个必须解决的问题：

一是岛内爱国民主力量的团结和整合问题。现在台湾岛内大小政党190个左右，其中90%以上都是蓝营，是主张民主的、爱国的。国民党是其中最大的，其次是亲民党和新党，但却没有整合为一个统一的爱国主义力量。各拥山头，各吹各号，相互掣肘，内耗不断，这是在国民党和蓝营内部反对"戚权统治"以后走向了另一个极端。国民党荣誉主席吴伯雄，最近在国民党一次代表大会上有感而发地说："在大是大非面前，任何不爽都要搁在一边。"说得好啊！相信他讲的大是大非，指的就是统独之争，他这不仅是针对国民党内部说的，也是针对整个蓝营内部说的，应该引起足够重视。不解决这个问题就不可能在岛内形成一股强大的反对分裂的爱国民主力量。

亲民党主席宋楚瑜不久前也说了两句很好的话："要做大事，不要做大官。"就目前来说，台湾岛内什么是"大事"？我看，谁能把台湾众多的爱国、民主的小党小派整合成一个统一的爱国民主力量，并在两岸关系上发挥重要作用，这就是大事，并有可能彪炳史册，名垂千古。什么是"大官"？表面看，似乎是"总统"，但实际上这是虚拟的，台湾不是主权国家，它不过是美国一些学者眼中所谓中国一个暂时处于分离状态的"边陲小省"的领导人。但愿蓝营中，不要再忙着去争夺这个虚拟的"总统大位"，而是应该去做大事。相信宋楚瑜先生在做大事和做大官之间最终会有一个正确的选择。

二是如何处理好与民进党和绿营关系问题。国民党与民进党的关系来自两个方面：一方面，来自民进党，它的本性，它的"台独党纲"。民进党的草根性、排他性、好斗性，也是它的本性决定的。国民党的讨好牵就政策不能解决任何问题。现今岛内"台独"气焰之所以如此嚣张，与国民党的一味讨好牵就政策是分不开的，连一些"显性统派"也被迫转为"隐性统派"。另一方面，来自国民党本身，它对共产党的误解、顾忌和防范。它与民进党虽有矛盾和对立一面，但也有妥协和相互利用的一面。国民党欲图以民进党来牵制共产党，并借以增加与共产党讨价还价的筹码。这就决定，国民党必然会对民进党不时出现无原则迁就的情况。国民党与民进党处不好关系，不能完全责怪民进党，也有它自己应负的责任。

目前台湾的所谓民主进步党，其实是名实不符。它所谓"民主"，不过是欲借民主之名行"台独"之实；所谓"进步"，其实也正好相反，它是在拉台湾社会后退。我这样说，绝不是想责备民进党内广大无辜的群众，他们一样是我们的骨肉同胞，不过是在不幸的中国历史条件下，各种交错复杂的原因，使他们被少数人所误导、所欺骗、所利用。今日民进党的"台独"主张，不仅是岛内的乱源，也是两岸关系的乱源，使我们在前进的道路上充满"隐忧"。前民进党领导人陈水扁，口头上经常挂着一句话："有梦最美，希望相随。"他的这个梦就是"台独"，不知迷惑了多少人，害苦了多少人，尤其是民进党中对共产党有误解、有偏见的一些人。新上台的民进党主席蔡英文，既然已沿着陈水扁的路走进了"台独"的死胡同，就很难指望她能走出来。现在是民进党人自己应该反思的时候了。不过，无论如何，我们还是应该诚心诚意地做好对这一部分人的沟通、争取和团结工作。

（四）第三次"国共合作"前景展望

笔者之所以主张国共两党实行第三次合作，并不是为了谋求某一个政党的政治利益，而是鉴于目前复杂的海峡形势，为了实现孙中山先生的遗志，为了两岸关系的和平发展，以及两岸未来的和平统一和中华民族的伟大复兴，认为除了再一次实现国共合作之外，实在别无更好的办法。

目前海峡两岸的三个主要政党，即共产党（红）、国民党（蓝）、民进党（绿），其中国民党有可能作为共产党和民进党的联系纽带，在海峡两岸关系的进一步发展中发挥重要以至关键性作用。自2008年马英九执政以来，国民党虽然已经在两岸关系的改善和发展中起到了非常重要的作用，但也存在着不少问题。这些问题只有在国共两党进一步深化合作的条件下，才有可能获得较好解决。

国共深化合作才有可能推动两岸"三和"局面的实现。所谓"三和"，一是"岛内和谐"，二是"两岸和解"，三是"台海和平"。有一位非常亲绿的朋友，曾经与我探讨过"民共合作"的可能性。他说，只要共产党能赞成排除国民党，民进党就一定会与共产党合作，两岸统一就可以"一步走"，而不需要像现在国民党那样扭扭捏捏，顾忌那么多，那么不干脆。我相信他说的话是有几分真情的，并且还想争取我认可他的想法。但这是不可行的。这样做会有什么后果呢？我看，岛内将不得安宁，族群斗争一定会加剧。如果岛内不能实现"和谐"，那么，两岸"和解"、台海"和平"，就都不会有保证。

还有，国民党及其政府在台湾问题上的贡献是不可磨灭的，也是民进党所无法替代的。国民党在台湾问题上有四大功绩：（一）国民党政府参与的《开罗宣言》和《波茨坦公告》，对第二次世界大战后台湾主权的归属做了明确界定；（二）国民党政府长期坚持"一个中国"，反对"台独"；（三）反对美国政府"划峡而治"政策，粉碎了他们制造"两个中国"的阴谋；（四）全力发展台湾经济，使台湾跻身于"亚洲四小龙"之首。

国共深化合作才可以有效防止"台独"分裂势力。我个人坚信，中国共产党是历史上最爱国的政党，国民党也应是属于爱国主义政党，它特别是在台湾问题上多有贡献。两岸两个最大的爱国主义政党，如能在排除不应有的障碍后，加在一起，将会形成一股不可战胜的力量，会筑成一条不可逾越的"防独反独"的万里长城。俗话说："苍蝇不叮无缝的鸡蛋"，有了防独反独的万里长城，外国干预势力也就没有缝隙可钻。多少年来，从日本帝国主义的"以华制华"，到美国的"以台制中"（实即"以华制华"），不都是因为中国"兄弟阋墙"，内斗不已，才使外国人有隙可乘吗？中国人民为此蒙受了多少苦难！

国共深化合作也便于采取历史上传统的合作模式。现在，各方提出的关于解决两岸关系的模式，多得让人眼花缭乱，然我个人认为，千模式、万模式，最重要的一个模式，就是国共两党在第二次"国共合作"时曾经有过的合作模式。当年共产党为了联合抗日，其所领导的"陕甘宁边区政府"，就是在整个"中华民国政府"，也就是一个统一的中国政府的框架下实现与国民党合作的。共产党所领导的边区，虽有独立自主权，但并不涉及国家主权。在今天的历史条件下，为反对分裂国家，如果中国大陆同意台湾执政政党领导的台湾地区在一个统一的中国政府框架下享有独立自主权，为什么就不行呢？而且根据邓小平"一国两制"构想，台湾执政党还可以参加全国政权的领导管理，应该说条件比过去宽厚多了。邓小平"一国两制"的本质，其实就是两条：一是要和平不要战争；二是两制并存，谁也不吃掉谁。

国共两党合作，并不排除其他政党参加，更不会排除实行民主专治。

我想，如果能真正实现第三次"国共合作"，其前途一定是光明的，但道路会是曲折的。清朝学人王国维，曾以三句古诗比喻写文章的三个阶段：第一阶段是"昨夜西风凋碧树，独上高楼，望尽天涯路"；第二阶段是"衣带渐宽终不悔，为伊消得人憔悴"；第三阶段是"众里寻他千百度，蓦然回首，那人却在灯火阑珊处"。王国维所讲的写文章三阶段，也会是今后"国共合作"的三阶段。他在第三阶段所讲的"众里寻他千百度"，也有点像我们今天探寻"统一模式"一样，千探索、万搜寻，所见到的都觉得不太理想，而"蓦然回首，那人却在灯火阑珊处"，这就是上面提到的当年第二次"国共合作"时曾经有过的合作模式。

结束语

总之，国共两党的合作，是两岸各政党合作的基础，是两岸共谋和平发展的基础，也是两岸人民携手合作、继承孙中山先生遗志、共谋祖国和平统一和中华民族伟大复兴的希望所在。如今辛亥革命百年纪念日马上就到了，我们面对海峡两岸分裂的现状，面对台湾岛内政党连年恶斗的现实，能不慨然系之！我个人深盼国共两党当局，特别是台湾的国民党当局，彻底捐弃前嫌，以两岸人民的利益为重，以中华民族的整体利益为重，认真地对待国共两党的第三次合作，绝不要顾忌民进党说三道四，更不要害怕他们反对。当然也不要害怕美日等外国势力反对，他们总是要反对的，他们害怕国共实现第三次合作，进而实现两岸爱国民主力量的大团结后，将使他们永远失去亚洲东方这块长期被掠夺的宝地。但愿国共两党能在新的合作的基础上，团结好两岸各党各派，各阶层人民，创建好一个"岛内和谐、两岸和解、台海和平"的"三好"局面，并为祖国的和平统一和中华民族的伟大复兴而再创辉煌。

参考文献：

[1] 王功安、毛磊主编.《国共两党关系通史》.武汉大学出版社，1991。

[2] 蔡翔、孔一龙主编.《20世纪中国通鉴》.改革出版社，1994。

[3] 中共中央党史研究室编.《中共党史大事年表》.人民出版社，1981。

[4] 李家泉著.《台海风云六十年》，上下两册.九州出版社，2009。

2011 年 9 月 4 日

二、国民党当局不可迷失两岸关系大方向

——写在辛亥革命一百周年纪念前夕

2008 年 5 月，我在马英九代表国民党宣布在台湾实现第二次政权轮替时，曾在香港《中国评论》月刊 6 月号发表一篇题为《马英九主政台湾后两岸关系新态势》的文章，其中有这样一段话：

"中国大陆有'十年文革'之乱，邓小平应时而出，没有辜负大陆人民的期待。台湾岛内也至少有'八年台独'之乱，马英九能否成为台湾的邓小平？""历史在呼唤英雄，英雄也应该呼应历史。然而马英九先生会是怎样的呢？我看他现在面对的是一个历史性机遇，也是一项重大的历史性挑战。"

自那时以来，已经两年又九个月了。马英九这个任期只剩一年零三个月了，做得怎么样呢？总的说，做得还是不错的，其中特别是 2008 年 12 月 15 日两岸实现直接通航和常态包机、海运直航以及直接通邮，两岸正式进入"通商、通航、通邮"的"大三通"时代；2010 年 6 月 29 日，两岸两会签署了《海峡两岸经济合作框架协议》（ECFA），其中早收清单大陆对台湾开放 539 项，金额为 138.4 亿美元，台湾对大陆开放 267 项，金额为 28.6 亿美元。不仅结束了两岸关系 60 多年来的对立和对抗，而且开创了两岸关系未来长期合作与和平发展的新时代。

然而，我们不能因此就说，马英九已经做得很好了，如果作为一种历史使命，马英九还远未完成任务。唐诗中有这样两句："露重飞难进，风多响易沉。"马英九身处台湾目前这样特殊的历史环境，作为中国国民党主席，确实是困难重重，"任

重而道远"。尤其是本任期只剩一年多了，下一个任期他还能不能连任，现在还不好说。应该怎么办呢？我个人作为一位抱着某种期待的爱国主义学者，特在此辛亥革命一百周年纪念前夕，提出以下几个问题，以供马英九和国民党诸公参考。

（一）**方向问题**。这是最重要的，也是不能不提出的问题。目前的中国，其领土主体部分的 99％以上是统一的，这在历史上也是空前的。台湾在全国领土中只占 0.37％，人口在全国只占 1.7％。海峡两岸，即台湾和大陆要不要统一？国民党要不要对中国历史有所交代？难道就像现在这样，不统不独不武，长期偏安台湾保持分裂状态？民进党执政 8 年，坚持"台独党纲"，所谓"台湾前途决议文"，本质相同，实际是"换汤不换药"而已。民进党还废除了国民党的"国统纲领"、"国统委员会"，马英九上台后并没有恢复，甚至连曾经提出的"终极统一"，在民进党提出反对后马上收回，还一度抛出所谓"国民党并不排除'台独'选项"。何乃胆小至此？台湾岛内有人把民进党内的"主独"派比作"臭石头"，而把国民党中一部分没有骨气的人比作"软脚虾"，真是一点也不为过。

作为一个政党决不能没有政治方向。只有方向明确，旗帜鲜明，坚忍不拔，才有可能号召和带领广大群众共同前进。方向是目标，是指针，是灵魂，是动力源泉，没有了目标和方向盘，就像一艘漂流在汪洋大海中的渔船，随时都会有被风浪吞没的危险。大方向和大目标是不可以轻易变动的，可以随时调整变动的是政策和策略，而不是方向和目标，国民党中有些人似乎把此两者完全颠倒或混淆了。

从长远大势来看，两岸的未来非统即独，永远保持现状是不可能的。作为在台湾执政的国民党，决不可以在统独之间跳"摇摆舞"或打"太极拳"，忽此忽彼，模棱两可，摇摆不定。目前台湾最大的危险是：方向错误的民进党，理直气壮，敢打敢冲，无所顾忌；而方向本来正确的国民党，则反而觉得理不直气不壮，前怕狼后怕虎，畏首畏尾，不敢有所作为。国民党虽然在两岸经贸关系上作出了贡献，但在下一步的政治或统独问题上就难保不出现问题。

（二）**大局问题**。今年 2 月 16 日，台湾《工商时报》发表的一篇社论，引用了远东集团董事长徐旭东先生讲的一段话："不论是企业或政府，现在都必须以 13

亿加 2300 万人口的宏观脑袋与领导能力来思考与判断。"这话说得好啊！

相信徐董事长是有感而发的，也主要是就经济角度来说的。然我认为不应只限于经济，政治或其他方面亦应如此。现在台湾，有些人动辄说，应该"以台湾为主体"、"以台湾利益为优先"、"以台湾价值为核心"，其心里只有 2300 万，而没有 13 亿，这是不好的，是缺乏大局观念。比如，在谈到台湾前途时，有人就说"只有台湾 2300 万人说了算"，实际上是指 2300 万人中的他们那一部分人说了算。这就忽视了台湾的绝大多数人，更忽视了中国大陆的 13 亿人，无形中也就剥夺了他们应有的发言权。这能行得通吗？当然行不通。

所谓大局问题，按照我的理解，就是要有整体观念，也就是徐董事长说的要"以 13 亿加 2300 万人口"的宏观脑袋来考虑问题。无论是整体或局部、现在或未来、经济或政治，不能只考虑台湾而不考虑大陆，当然也不能只考虑大陆而忽略台湾。两岸本来就是一家，这是任何人都否认不了的，是外国侵略者把两岸分开的，是不幸的中国历史把两岸分开的，也是历史上腐败无能的中国统治者造成的。现在，又有人欲挟美日以自重，把两岸分割现状长期化、持久化，这是不可能得逞的。我们，两岸的中国人，决不会长期接受目前这种分割现状。国民党在这方面也负有历史责任，作为台湾一个最大的政党，将来无论是在朝还是在野，都有责任推动这个问题的合理解决。

（三）**前途问题**。自 1921 年中国共产党成立以来，国共两党几乎主导了中国近百年的历史。实践证明，两党合则中国兴，国民党也兴旺，否则就相反。第一次国共合作，有北伐的成功和胜利；第二次国共合作，有抗日战争的成功和胜利。目前海峡的国共两党有无可能实现第三次国共合作，从而取得反独与和平统一的成功和胜利？有人认为这是不可能的，因为台湾已经有了一个民进党，它对国共合作、"一个中国"是坚决反对的，最好不要去"刺激"它。我个人则不大以为然。正因为有了一个主张"台独"、反对"一个中国"的政党，使得中国有被长期分裂的危险，这个第三次国共合作才显得更为重要。景阳冈山上的老虎，你刺激它也是那样，不刺激它也是那样，反正它也是要吃人的。事实上，民进党哪一天不在反对国民党"倾中卖台"、反对"国共合作"？如果你国民党认为，自己放弃国共合作、放弃国家统一，民进党就会不反对你，就会与你和好，就会不搞"台独"，那未免太天真了！当然，我们也希望与民进党合作，但只要它不放弃"台独党纲"，就是不可能的，两岸人民也不会同意。

其实国共第三次合作，不是要不要进行，而是怎么进行。这个合作，主要是靠行动而不是喊口号，第一次和第二次国共合作当时也主要是靠行动而不是口号。至于所说第一次或第二次合作的提法，那是后来的人加上的，当时并没有什么"第一次"、"第二次"的说法。现在所说的"第三次"合作，也是学者们在研究它的可能性，不是让你去喊口号，双方当事者应该重视行动而不是口号。从这个意义上说，我个人完全同意人们反对那种只喊口号不做实事的倡导者。

（四）**国号问题**。新中国成立时，曾经出现过"国号"之争，当时毛泽东主席曾主张延用"中华民国"国号，足见他对国号问题并非十分介意，而民主党派则不以为然，赞成用"中华人民共和国"国号，认为应该把两个时代加以区分，最后还是采用了民主党派的建议。如今的海峡两岸，在议论未来统一时，却也出现了"国号"之争。在国民党内部或蓝营内部，有些人力主保存"中华民国"称号，认为不能让这个称号被"中华人民共和国"吞并了。民进党人对此却反而不是太积极，原因是这个所谓国号，他们可以利用，可以作为"过渡"，可以"借壳上市"。在一次凤凰电视辩论会上，有一位倾向蓝营观点的加拿大籍华人学者竟冲着我说："你们今天如果不重视这个问题，到以后有一天想承认都来不及了。"很显然，他是被一时的"台独"气焰吓坏了，认为一旦分裂主义者宣布成立"台湾共和国"，再回头欲承认"中华民国"就来不及了。这位学者看来是反对"台独"的，但却过高估计了"台独"势力，看不出他们的脆弱性和虚假性，也未看出自己这样做的危险性。

解决方案，无非三者择其一：一是延用"中华民国"称号；二是维持"中华人民共和国"称号；三是以上两者都不用，直接用"中国"两字。大陆当然愿意采用第二个方案，但为照顾台湾方面一些人的感情，我看可以采用第三方案。其实，国名也好，党名也好，都不过是一个政治符号，不必过于计较，凡是历史上产生的，也一定会在历史发展过程中消失。中华民族有几千年的历史，出现过多少国名、党名，哪一个不是过眼云烟？中国共产党毛泽东主席在新中国成立后不久，就曾在公开发表的一篇文章中，谈论共产党和国家的消亡问题。问题的关键是要看实质上是否对人民有利，能否推动历史的进步，不必过于计较或介意那些表象的东西，那些形式或名义的东西。

（五）**政党问题**。我这里主要是从国民党的角度，来看两岸三个主要政党的关系问题。一是国、共关系，相信国民党也一定会看到，中国共产党是一个非常爱国的政党，是中国历史上几乎无与伦比的爱国政党。中国共产党也是一个最讲原则的政党，尽管国共两党历史上的恩怨情仇比谁都深，但为了整个国家民族的最高利益，竟毫不犹豫地捐弃前嫌，真正做到"相逢一笑泯恩仇"。二是国、民关系。其渊源远不如国、共两党。从今天的现实看，民进党最恨国民党，历史上国民党政权曾代表祖国政府接管台湾，但却做了许多对不起台湾人民的事，不知是否是这个原因，使成了国民党的一个软肋，从而也最怕民进党，对民进党主权上的谬论不敢碰撞，甚至在一些事情上不时被"绑架"。一个恨对方，一个怕对方，从而成了两党解不开的历史疙瘩。这个问题总是要解决的，在条件成熟时，一定会解决。不过这个条件要靠大家共同创造。三是共、民关系。两党在国、共内战和"两蒋"高压统治时期，曾经是反蒋的间接同盟军。然而如前所说，中国共产党是一个既爱国又讲原则的政党，今天的民进党既然走上了分裂国家、反对统一的道路，这对两党关系不可能不产生重大影响。中国共产党是不可能向任何分裂国家民族的政党做原则性的妥协和让步的。设如民进党有一天转型成功了，成为一个拥护统一、热爱国家的政党，相信共、民两党关系一定会发生质的变化。

今天摆在国民党面前的一个重要任务，就是如何面对现实、面对历史，与各方共同努力，做好两岸红、蓝、绿三个主要政党的和解与团结工作。然而和解和团结也是有原则的。现在绿营内部有一种说法：经济上民进党不能不向国民党靠拢，而政治上国民党将不得不向民进党靠拢。也就是说，国民党政治上最后也会走向分裂国家的道路。这虽然只是一种说法，但国民党不能不视为警讯，不能不引为警惕。

国民党当局还应该有一种信心，目前民进党的反中反统，不过是不幸的中国历史的一种反弹，它是不可避免的，也是不可能持久的。也要相信民进党中早晚会有人出来自我纠正。

（六）**民意问题**。古云"民为邦本，本固邦宁"。重视民意，跟着民意走，这是对的。问题是，现在台湾媒体公布的"民调"，大部分都是为眼前选举服务的民调，是很肤浅的，并不能代表真正的民意，不能反映出台湾人民真正长远的根本的利益所在。如果以此为准，来作为一个政党的长远的大针方针，是一定会误事的。

从近年台湾媒体公布的一些民调来看，认为近十年来，台湾民众对于统、独的态度有明显转变：有的公布，主张"急独"者已由过去的12％上升至16％，主张早统者则由9％降至5％，主张永远维持现状者已由32％升至51％，其他为态度尚不十分确定者。有的公布，现在各种各样的主张维持现状者占86.2％，而主张尽快实现统一者仅占1.7％，其他为态度尚不确定者。有的公布，目前赞成统一者已由28.7％降至15.6％，不赞成统一者则由54.5％升至69.9％；赞成独立者由44.3％升至49.1％，不赞成独立者则由40.3％降至34.4％；其他大部分为态度不确定者。

台湾各式各样的民调实在太多了。我这里仅举出统独方面具有代表性的三家民调作为例子，但不想说出这些民调单位的名字。我相信马英九当局在两岸关系上所提出的"不统、不独、不武"的大政方针，就是参考或主要参考此类民调作为依据的。然而我必须指出，这是很不准确的，也很可能是一种民意误导。

孙中山先生说过，民众有三种情况：一是先知先觉，二是后知后觉，三是不知不觉。作为一个社会精英凝聚起来的政党，是站在民众前头领导民众前进呢，还是站在民众后头作为民众的尾巴或民粹主义者跟着慢步移动呢？如果是后者，那要你这个政党又有什么用呢？因此，我认为作为国民党应该是孙中山先生所说的先知先觉者，而不是后知后觉者或不知不觉者。

今年是辛亥革命一百周年纪念，海峡两岸和全世界的中华儿女都在纪念历史上这个伟大的节日。辛亥革命的领航者孙中山先生，一生追求两大目标：一是"统一中国"，二是"复兴中华"，如今我们又处在目前这样一个关键的历史时刻，当然应该继承孙先生的遗志，体念时艰，携手合作，为完成统一中国和振兴中华这一伟大的历史任务而共同奋斗！

以上只是就国民党的几个大的方面谈一点个人看法。其他如国民党本身的内部建设，以及如何应对台湾的各式选举问题，这里就不谈了。只是希望，今日的国民党能够以肩负历史使命来要求自己和完善自己，争取和团结好包括民进党在内的岛内各党派和各阶层人民，并在此基础上正确处理好两岸三个主要政党的关系，以开创两岸关系的新局，为两岸关系的和平发展和最终实现和平统一，为中华民族的伟大复兴作出新的更大的贡献。

2011 年 2 月 28 日

三、蔡英文"十年政纲"面临六大难题

台湾民进党主席蔡英文，自提出"十年政纲"后，已经有一段时间了。有人曾估计"五都"选举之前会出台，后来又说"五都"选举之后会出台，然而都过去了，却总是"只听楼梯声，不见人下楼"，也可以说是"千呼万唤难出来"啊！

蔡英文这个"十年政纲"最终怎么确定，应该说是很艰难的。不仅是海峡两岸看法不同，台湾岛内蓝绿看法也不同，就是岛内绿营内部同样是"众口难调"啊！绿营内部派系那么多，有民进党、台联党，有"激进"、"缓进"，有"深绿"、"中绿"、"浅绿"，有旧"四大天王"（苏贞昌、谢长廷、游锡堃、吕秀莲），也有新"四大天王"（蔡英文、苏嘉全、陈菊、赖清德）。这个山头，那个山头，这个派，那个系，也实在太多了，"顺了姑心逆嫂意"，要想一一摆平，也实在不容易。

笔者认为，蔡英文的"十年政纲"至少面临以下六大难题：

一是台湾未来究竟向何处去。台湾如果不愿与中国大陆统一，有人希望成为美国的"第51州"，美国能够同意吗？有人希望作为日本的"附庸国"，日本敢接受吗？更有不少人希望成为所谓独立的"台湾国"，然而他们有能力打一场独立战争吗？我看口头说说，逞一时口舌之快可以，真要做起来那真是"难于上青天"。而其实今天要"上青天"并不难，而要真的搞成什么"台湾国"那就难了。老实说，这不过是"一枕黄粱美梦"而已。

道理很简单。因为台湾问题的产生，是与外国帝国主义的侵略政策分不开的，这在历史上是中国的一个"国耻"。今天要搞"台独"，同样不可能没有外国帝国主义的怂恿和支持，然而新崛起的强大的新中国和人民能容忍吗？当然不可能，他们决不可能容许这样的历史重演或变相重演。

二是台湾人究竟是不是中国人。台湾土地乃中国土地的一部分，台湾人民乃中国人民的一部分，这是铁一般的事实，无论从历史、地理、民族、文化、血缘、法缘等各方面看都是无可辩驳的。而从李登辉开始、民进党人紧跟，即根据西方资产阶级思想家卢梭关于"主权在民"的理念，主观主义地炒作这方面的意识形态，并一相情愿地据此类推，要把所有这一切都翻过来，说台湾土地、主权、人民都是独立的，不是中国的一部分，这实在是一种荒唐绝顶的说法。

从历史上看，中国政府和中国人民曾经从荷兰、日本侵略者手中收复台湾，如果今天仍有人欲据此以尝试，再来一次搞什么"台湾独立"，那么中国政府和中国人民完全有理由再一次从自称所谓"非中国人"手里收复"失土"。

三是"台独党纲"应不应该废除。像民进党这样的"台独党纲"，如果是建立在日本殖民统治时期，会是一种进步纲领；如果建立在国共内战时期，也还是可以原谅的。问题是它是建立在"两蒋"统治末期，新中国政权已逐渐巩固，特别是后来两岸关系已趋向和解，中华民族已走向全面复兴与和平发展的新时代，再保留这样的"台独党纲"就与时代不相称了。民进党内的有识之士，也可能已经感到这个"台独党纲"不合时宜，而于后来改为《台湾前途决议文》，然这不过是"犹抱琵琶半遮面"，实际则是"换汤不换药"。

作为一个政党，尤其是政党领袖，应该站得高，看得远，带着群众前进，维护最大多数民众的最大利益，而今天的民进党和它的领袖能做得到这一点吗？看来不仅不能，而且正好相反。在民进党内，影响最大的应是党内基本教义派，而这个基本教义派究竟是代表谁的利益？值得民进党的朋友们深思。

四是民进党的真正敌人是谁。这是一个非常重要的问题。你们的真正敌人是国民党？我看不是；是中国大陆和共产党？更不是。郭沫若先生曾经写过两句诗："人妖颠倒是非淆，对敌慈悲对友刁。"我看这两句很适用于民进党。国共两党，信守"九二共识"，坚持"一中"，反对"台独"，这有什么错？两党的这个矛头，是针对外国侵略势力、针对它们"以华制华、分而制之"的侵略、干涉中国内政的政策的。民进党"逢国必反"、"逢马必反"、"逢中必反",难道不是站在外国侵略、干涉势力一边来反对自己的国家民族吗?

两岸自日本侵占台湾至今,有100多年的分割;在日据时期,台湾经历了50年"皇民化",台湾光复以后,在李登辉与陈水扁统治期间,又有两次时达20年的"去中国化",从而把在台湾的中国人的思想都搞乱了,有些人直至如今仍是敌我不分,是非不分,实在让人感到痛心!

敬告民进党的朋友们,你们的大方向确实错了。在当前台湾舆论界还没有完全驳乱反正的情势下,不能排除你们还可能取得某些成功,也不排除台湾问题还可能要走一段弯路,但我个人坚信未来的历史终究必定会拨乱反正的。

五是民进党的终极目标是什么。两者必居其一,或者是"为人民"或者是"为执政"。为人民必然想执政,而执政者却不一定能为人民。民进党在陈水扁时期的两次连任,就是一个典型的事例,陈水扁是打着"为人民"的旗号取得两次执政权的。民进党执政后,不知有多少人被封官进爵,什么院长、副院长、部长、副部长、秘书长、副秘书长、董事长、总经理,一个个披红戴绿,鸡犬升天,受惠者至多。而陈水扁及其亲属亲信呢,一个个趁机大捞经济实惠,贪污腐败,广掠财源,中饱私囊。人民得到的好处在哪里?经济下滑、股票惨跌、失业剧增、生活下降、社会失序。

如今他们似又打着"为人民"的旗号,卷土重来了,不能不警惕啊!人们批评民进党只会选举,不会做事,其实所谓"会选举",就是"会骗人";不会做事,是指不会做好事,而是会做坏事。人民何辜,不能一次又一次被骗,一次又一次被受害啊!

六是民进党为何拒绝"九二共识"。两岸的"九二共识"当然是存在的,当年虽然没有留下共同签署的文字记载,但在双方相互往来的文书中,都有明白无误地承认"一个中国"文字记录,这就是问题的核心,即"九二共识"的基本点。正是因为有了这个基本点,所以第二年的"江辜会谈"才得以实现,至于这个"一中"的具体内涵，国民党方面一直主张"各自表述"，中国大陆本着求同存异的精神，既不认可，也未反对，这就是把原则的坚定性和政策的灵活性紧密地结合了起来。

民进党抓着这个问题的次要方向，否定了主要方面，否定了整个"九二共识"的存在，这就如同"倒脏水时连同孩子都一起倒掉了"一样，是非常荒唐的。民进党的反对是一种政治需要，因为这个"九二共识"与民进党的"台独党纲"是不能并立的，如果承认这个"九二共识"，就必须废弃"台独党纲"，这就捅到了民进党的要害和它的"神主牌"。

现在的问题是，蔡英文这个"十年政纲"，必须在这两者之间即"台独党纲"和"九二共识"之间做一个选择，只要她仍坚持"台独党纲"就不可能承认"九二共识"。而如果仍坚持"台独党纲"，拒绝"九二共识"，即使在新的政纲中再对原党纲做一点修饰和包装，其所谓"十年政纲"就肯定仍是一种骗术。

2011 年元月 8 日

四、蔡英文的悲哀在哪里？

　　我曾著文谈过李登辉的悲哀。他在与日本作家司马辽太郎对话时，竟大谈台湾人的悲哀，表示要像《旧约》圣经里《出埃及记》中的摩西那样，率领犹太人穿越红海，返故土重建家园，实即暗示要建立"台湾独立国"，这几乎引发全世界华人一片申讨声。这就是李登辉的悲哀。后来我又著文谈过陈水扁的悲哀。李登辉曾被吹捧为"台湾民主之父"，而陈水扁则自诩为"台湾之子"，子承父业，在所谓"民主"、"爱乡土"、"法理台独"外衣掩护下，大行贪污枉法之术，囊括了千万、亿万，以至无数亿台币，后来身陷囹圄，仍拒不认罪，这就是陈水扁的悲哀。如今蔡英文接班了，会不会又是一个悲哀？我看是可以肯定的。问题是她的悲哀的形式和内涵并不一定完全一样。然则蔡英文的悲哀又在哪里？

　　有一种传说，即蔡英文出任民进党主席，是美籍华人李远哲先生劝进的，讲得有鼻子有眼睛，我是有些相信的。我个人的印象，李远哲先生还是爱国的，他在自然科学上有贡献，得过诺贝尔奖金，名望颇高。他曾多次来过大陆，并受到中共领导人的礼遇，而正因为这样，人们曾对他有过良好期待。然而，政治与自然科学是不同的，在自然科学上有贡献甚至重大贡献的人，不一定能在政治上也能如此。这方面的事例很多，这里就不想赘言了。据说，李先生有一种看法，两岸统一不能只统一半，就是说不能只统国民党而不统民进党，这话是非常正确的。李先生正是据此而支持民进党，在选举中先是支持陈水扁，后来支持谢长廷，现在又支持蔡英文。支持的前两人都失败了，现在支持的蔡英文能成功吗？实践是检验真理的最后标准。最近台湾媒体上竟多次出现这样的字句:"李远哲先生的形象已破产了!"

我看这是必然的。动机必须接受效果的检验,良好的动机不一定能有良好的效果。问题是,陈水扁和谢长廷都是主张"台独"、主张分裂祖国的,这怎么可能会有好的效果呢?他们既然在政治上爱憎如此分明,你李远哲公开站出来"挺"他们,这在台湾民众中会产生什么样的印象和影响?这又怎么可能收到"统一"的效果呢?如今蔡英文虽是一表人才、形象清新的样子,但既已被刻上"台独"印章,就不可能收到李远哲先生所期望的效果。而且,在台湾,"台独"是一个群体,是被"基本教义派"牢牢控制和捆绑的群体,是不可能允许你染指统一的。"入鲍鱼之肆,久而不闻其臭",况且蔡本来就与之有"臭味相投"的一面,她既然入伙,就一起成了"利益共同体",只能进一步被同化和融合。在利益相连、互有需求、相互依靠之下,又怎么能指望蔡英文能在两岸统一上起好的作用?

再进一步从蔡英文的言行来看,也找不出一点她主张统一的影子。她本来就是李登辉"两国论"的炮制者,反对两岸走向统一的。前不久抛出的"和统论"即"和而不同、和而求同",且不谈这在台湾已被讽为"空心菜",而根据蔡本人对此所作解释,竟将此定位为"国际多边体系"、"多边架构"下的两岸关系,是"从世界走向中国",而不是"从中国走向世界",并十分强调"台湾认同"、"台湾主体"、"台湾主权"。新近抛出的"十年政纲"中的"两岸篇",包括对"九二共识"、"台湾前途决议文"的态度在内,完全与过去讲的一样,没有任何新东西。这不仍是"台独"分裂主义是什么?

根据我的了解,凡参加民进党者几乎都有一个共同的背景,就是反对国民党。而我认为,当国民党在台湾实行专制独裁、坚持打内战、镇压台湾人民、侵害台湾人民权益的时候,这种反对无疑是正确的,也是共产党所坚决支持的。但共产党对国民党在台湾之所作所为,从来都是一分为二的,对于他们坚持收复国土、坚持一个中国、坚持土地改革和发展经济、坚持改善和发展两岸关系,也都一向是十分重视和支持的。这是从整体的国家民族利益,也包括台湾人民的根本利益出发的，是前瞻性的、大公无私的，决不计较一党一己之私和历史上的恩怨关系。而民进党在这方面显然是不足的。

还有，也是根据我个人的观察，在民进党主张"台独"或倾向"台独"的一些人中，总有这样一些特点：老一辈的亲日多，中青年的亲美多，属于上层的富家子弟多，与国民党有个人恩怨关系的多，精于自然科学而昧于社会科学的多，对中国大陆和共产党不了解或具有偏见的多。这可能是在特殊的历史条件下造成或形成的。其中不少人在政治上如同色盲，非常短视和无知，甚至想拔着一根头发就上天，也像当年毛泽东主席所曾指出的那样一些人："蚂蚁缘槐夸大国，蚍蜉撼树谈何易。"从这里难道还看不出包括蔡英文在内一类主张"台独"的分裂主义者的悲哀吗？

够了，蔡英文的悲哀在哪里？以上已经讲得很清楚了。可以肯定地说，凡是坚持"台独"、坚持分裂的人，即使你表面堆满笑容，巧于口水，说尽好话，绝大多数人都是不会受骗的。但愿蔡英文好自为之！

2011 年 8 月 24 日

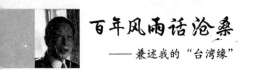
五、台湾的"民调"与"民意"

　　台湾是一个选举挂帅的社会，每年这样那样的选举一个接一个；为掌握民意动向，于是这样那样的民调也同样一个接一个。然而，这样的民调究竟能不能反映民意，其作用和效果究竟如何，各参选政党应如何对待这样的民调，等等，都是值得探讨的。

　　台湾的民调究竟能不能反映民意？我看"也能也不能"。之所以说"能"，是因为它反映在选民投票意向上，大多是相对准确的。从过去历次的"立委"选举、县市长选举，以至地区领导人选举，当选者大部分都与预测的相差无几。马英九能在 2008 年上台，也是当时的民意所归，那时的民调与民意是一致的。

　　之所以说"不能"，是因为民意和民调也常有不一致的时候。民调只是为一时的某种选举服务的，人为操作的因素大，注重表面现象多，注重眼前利益多，尤其是注重蓝绿立场而不顾事物本质是非的多，因而很多场合都不能反映或至少不能完全反映民众真正的利益，特别是不能反映民众的长远利益或根本利益。例如在一些选举中，许多选民不仅只注意候选人的表面形象，注意他的言辞表达能力，而且特别注意他是本土还是非本土，却并不在乎本人的道德品质，不注意他能不能真正为民众服务，特别是不能注意他能不能真正为民众的长远利益和根本利益服务，因而像陈水扁这样的人竟被选上台连续执政达八年之久。其次，民调的作用和效果到底会如何？很多时候民调是反映了民意的，在民调和民意大体上一致的时候，它会构建社会和谐局面，促进和推动社会向前发展。这是好的和积极的。

但当民调不能正确反映民意的时候，就会出现相反的现象。例如，未来蔡英文参加 2012 年的大选就可能如此。在陈水扁发生贪污坐牢事件之后，蔡英文出任民进党主席，由于党内和整个绿营求变心切，加上蔡的柔软身段、温和形象，使很多人充满幻想，也寄予殷切期待，故而民调反映的民意一般都很高，在绿营众星拱月之下，蔡英文一路过关斩将，连续取得了四五次"立委"补选胜利；在"五都选举"中，虽只取得两都选举的席位，但整个五都选举却赢得国民党四十多万张选票。

蔡现在 2012 年台湾地区领导人选举中，已夺得党内候选人资格，刻正气势如虹，连李登辉和正在监狱里服刑的陈水扁都站出来捧蔡，大有战胜国民党候选人马英九，一举夺回执政权之势。然而让很多人为之担心的是，蔡英文给予人们的全是表象，骨子里仍是地地道道的"台独"，一旦真的夺回执政权，两岸关系可能大受影响，小则运转停滞，大则会出现倒退。这种可能性虽非绝对但还是存在的。

还有，面对台湾这种各式各样的民调，台湾两大政党——国民党和民进党又将如何面对？我们知道，任何地方的群众都是由先进、中间、落后三部分人组成的，"民调"所反映的"民意"，实际就是这三部分人。一般说，民调所反映的民意，中间部分群众所占比重最大，落后部分群众次之，先进部分群众所占比重最小。

孙中山先生所说的三部分群众，即先知先觉、后知后觉和不知不觉，与上面所讲的先进、中间、落后，大体上是相当的。

近年台湾各界人士关于两岸关系、台湾前途的民调，虽然五花八门，但所反映的民意，大体上一是维持现状，包括永久维持现状；二是反对统一，尤其是反对"急统"。以最近十年，即 2010 年 9 月与 2000 年 7 月做一比较：台湾《联合报》的调查是，主张"独立"的受访民众的比率，已从 26％上升至 31％，上升 5 个百分点；而主张统一的比率，则从 29％降为 14％，下降 15 个百分点。主张维持现状、包括永远维持现状的比率，已由 46％上升至 66％，上升 20 个百分点；而主张尽快统一和先维持现状再实行统一的，则从 29％降至 14％，下降 15 个百分点。其他如台湾《远见》杂志、台湾《陆委会》等有关单位的民调，也都大同小异，大体上都是"统消独涨"。这与目前岛内的"蓝消绿涨"趋势是一致的，特别是与岛内国民党主张统一的有气无力，以及民进党主独的气焰嚣张也是分不开的。

这些"民调"说明了什么呢？似是说明民进党"主独有理"，国民党也是"三不有理"（不统不独不武），并且这也成了台当局应对中国大陆统派的民意依据。危险啊！根据孙中山先生所说的群众中有先知先觉、后知后觉、不知不觉三种情况，以及他所主张的"国家统一"和"复兴中华"两大任务，我深感台湾岛内所缺少的就是一个有孙中山先生抱负的先知先觉的政党，缺少一个能够站在历史高度、站在国家民族利益高度，正确地处理各种历史问题，带领台湾各阶层群众奋勇前进的政党。

目前国民党呢，我认为早就不是孙中山先生所处辛亥革命时代的那种充满朝气的政党。台湾著名政论家宋东伦先生最近在一篇文章中说："两岸可以有政治制度与意识形态的争辩，但不能失去对中华这个大家庭的爱。"说得好啊！现在的国民党当局，慑于政治历史包袱，慑于意识形态包袱，在两岸关系中不敢碰政治问题，不敢坚持国家统一理念，不敢鲜明地与民进党中的分裂主义者作斗争，更谈不上对台湾民众中大量存在糊涂思想，以及在两岸关系上存在的一些模糊观念和暧昧态度做正确引导。有些人甚至甘当奉迎附和的"民粹主义"和"尾巴主义"。睹之，使人痛心！

至于民进党呢，那就更不用说了。不仅有"引导"，而且"很积极"，但它是"反向误导"。民进党的"台独党纲"是一个方向错误的党纲；后来改成"台湾前途决议文"，也是"换汤不换药"。至于蔡英文新近提出的"两岸新论述"，表面上讲"和而不同，和而求同"，似有"存异求同"之意，十分诱人，其实其"台独"本质根本未变。她把两岸关系放在国际关系中，主张"从国际关系看两岸"，反对"从两岸关系看世界"。一句话，两岸关系也是国际关系，这不是地道的"台独"是什么？而且是用伪善包装了的更狡猾、更危险的"台独"。按照他们的做法，这就必然会引发族群对立，引发政局动荡，引发外国干涉与中国反干涉斗争。这与岛内真正的主流民意——求和平、求安定、求发展，完全是背道而驰的。

　　总之，我的结论是，民调不但不能完全反映民意，有时还会误导民意、扭曲民意，走向真正的主流民意的反面，后果不堪设想。台湾各政党诸公，执政当局，人民大众，不可不察也！

2011 年 5 月 16 日

六、两岸正架设另一座新桥——"文化桥"

今年9月2日，中国大陆文化部部长蔡武，以中华文化联谊会名誉会长名义应邀赴台访问，并于9月6日出席了在台北举行的"2010年两岸文化论坛"。这次会议，由中华文化联谊会和台湾沈春池文教基金会联合主办，来自两岸150余位文化界人士参加，真是群贤毕至，盛况空前，从而把近年来的两岸文化交流进一步推向高潮。两岸的"经济热"方兴未艾，现又出现新的"文化热"。也就是说，在两岸之间继已架设的"经济桥"之外，现又正在架设另一座新桥——"文化桥"。好啊，实在太好了！

大陆方面参加这次会议的代表团团长蔡武，在致辞中说："两岸的和平稳定与共同繁荣，不能仅仅依赖物质的互利，经济合作与贸易往来不能够替代文化交流与思想沟通。"我认为这话说得很好。如果说，经济是一个社会的物质基础，而文化就是这个社会的精神和思想基础。2008年12月，胡总书记在纪念《告台湾同胞书》30年座谈会上提出的"六条"，就不仅强调了两岸经济合作的重要性，也同时特别强调了"弘扬中华文化"的重要性。在两岸关系中，"经济"和"文化"是两座最重要的"桥梁"。如果仅就文化来说，中华文化乃中国人的"根"、整个中华民族的共同基因，这个基因也就是"根"，根深则叶茂，根衰则叶枯。

这次会议是成功的。据报道，已达成"八大共识"，包括：尽快商签两岸文化协议，互设民间文化办事机构，扩大文化产业合作，共同打造优秀剧目，实现汉字推广，对有形与无形文化资产的传承与利用，建立资源共享平台，加强博物馆与美术馆等交流。这"八大共识"，有些也是中国大陆文化代表团提出的，并在会上引起了强烈共鸣。

对于这次两岸文化论坛，台湾各界总体反映是好的。台湾"文建会"主委盛治仁认为，"两岸的确应该更加重视文化交流"，"两岸最大的合作基础在于文化"，并表示台湾应"以中华文化为底蕴"，"发展出一个独特的具有台湾特色的中华文化"。台湾文化总会会长刘兆玄认为，"文化论坛是两岸互动发展中的里程碑"，这一次的许多做法，实是"前所未有的"，它代表了"两岸关系顺利发展很重要的一步"。台《中国时报》发表文章，更称赞这次会议是"两岸最高层级的文化峰会"，其权威性和专业代表性等，"都是历年所仅见"，高层文化首长同台献策更是创"两岸交流史上的新页"。

文化创意产业，是这次论坛会议上的热点话题。在这方面两岸各具优势，正像有的专家指出的，大陆有资金、土地、市场等"硬实力"；台湾有创意、人才、技术等"软实力"，如能携手合作，必能创造出丰富多彩的艺术精品。

这一次中国大陆以蔡武为首的文化代表团的台湾之行，影响特别巨大。不仅推动了这次论坛会议的顺利召开，而且还与多位专家学者进行了私下沟通和交流，也探访了胡适、钱穆等学术大师的故居，而且逛夜市、制漆盘、访寺庙，体验台湾夜市文化，了解台湾庶民生活。正像媒体所评论的那样，蔡武的台湾之行，正在掀起一股"超强的文化旋风"。

蔡武在台湾答复记者采访时表示，台湾之行感受最深刻的，是两岸一脉相承的中华文化在台湾得到很好的保护、传承和弘扬。他认为，台湾十分注重文化与广大民众实际生活的联系和渗透，通过文化的力量来提升民众的素质，形成广泛分享文化成果的氛围。

蔡武建议，两岸应在这次会议取得共识的基础上，尽快由两岸行政主管部门协商，形成政策，推动两岸文化交流机制化、制度化和常态化。我想，就像签订两岸经济合作协议（ECFA）那样，也签订一个两岸文化合作协议，亦即文化方面

的 ECFA。这两个合作协议（ECFA），一定会把两岸关系、两岸和平、两岸和平发展，推向一个人们所期望的新阶段。

2010 年 9 月 9 日

七、台湾岛内分离意识产生的文化历史根源

2008 年 12 月 31 日，国家主席胡锦涛在纪念《告台湾同胞书》发表 30 周年座谈会上的讲话时特别指出："中华文化在台湾根深叶茂，台湾文化丰富了中华文化内涵。"马英九先生在 2011 年元旦文告中也特别强调说，"两岸同属中华文化"，"台湾不仅是中华文化的一部分，而且保存得最好"。足见两岸领导人对于中华文化在台湾保存的现状以及在沟通两岸交流中的作用的估计都是一致的。

就中国大陆来说，曾经历了"十年文革"的浩劫，在保存中华文化的优秀传统上，很多方面确实一度不如台湾，所幸二三十年来恢复得也很快，其成果卓著，也人所共见。

在台湾方面，虽然躲过了"十年文革"的浩劫，但由于特殊的历史遭遇，其在文化方面给台湾所造成的伤害也是至深且大的。具体地说，就是自 1895 年台湾被日本抢占以后迄今，两岸有一百多年处于分割状态，其中台湾经历了五十年的"皇民化"、两蒋四十年的"高压统治"、李扁二十年的"去中国化"，使许多生活在台湾的中国人的感情受到了冲击，受到了伤害，受到了污染，从而使许多人的分离意识有所发展。胡锦涛同志曾经十分明确地指出："台湾同胞爱乡爱土的台湾意识不等于'台独'意识。"然而不可否认的是，有些别有用心者就是利用台湾同胞爱乡爱土的台湾意识，把它错误地引导到分离意识。他们强调"本土"意识，强调"主体"意识，进而引向"台独"意识。民进党中一些"主独"派，就是利用台湾同胞中的"本土"和"非本土"意识，造成"中华文化"和"非中华文化"

的分割。

在目前的台湾社会，我们仍然可以看到以下一些不正常现象：

明明是中国人，自己却偏偏不承认。民进党内有一位"天王级"人物，母亲说自己是中国人，而他自己却只承认是"华人"；

明明是中国人，自己也曾经承认是中国人，历史上还曾一度参加过中共地下党，而现在却忽然只承认自己是台湾人，再不提是中国人；

明明台湾是中国领土不可分割的一部分，自己过去从来没有否认过，而如今却忽然说"台湾本来就是主权独立国家"；

明明台湾文化就是中国文化的一部分、中华文化的一部分，而如今却偏偏说台湾文化是独立于中国文化之外的文化。

当前的台湾政坛和社会，一方面作为台湾文化主流面的中华文化，正愈益喷放出灿烂的光辉，在两岸关系中发挥着建设性作用；另一方面作为台湾文化非主流面的分裂文化，也在部分人中蔓延，对两岸关系起着阻碍甚至破坏性作用。

为什么会产生这种现象呢？这就不能不追溯到历史。其中影响最大的自然是日本统治期间五十年的"皇民化"教育。它对在台湾的中国人，不仅是改名换姓，而且是灭祖忘宗的"拔根"教育，一些有觉悟的台湾中国人，曾以"台湾意识"抗衡"日本意识"，以"中华文化"抗衡"皇民文化"，留下了许多可歌可泣的动人篇章。但与此同时，"日本意识"、"皇民文化"，也在台湾社会潜移默化，毒害了许多人的身心。像当时的李登辉家庭，就是被日本殖民者蓄意培养出来的具有代表性的"皇民化"家庭。

李登辉自称，他22岁前是"日本人"，即当时的"小皇民"，其日本名字叫野里政男。问题是，李登辉本人始终不以为耻，反以为荣。自称自己有一个"幸福的童年"，从小学到大学享受着日本人"完整的教育"，其皇民家庭也享受着非当时一般台湾民众所能享受的特殊待遇，例如"允许私卖鸦片"、"允许私开肉铺"等。李氏至今仍对殖民时期的日本怀有深厚的感情，为了讨好日本，他甚至一再声称历史上早就是中国领土的钓鱼岛为"日本固有领土"。太荒唐了！

　　笔者今天提到的这些，都是李登辉曾公开述及或公开承认的。我这里之所以要重述这些，绝不是为了要翻历史旧账，而是因为日本"皇民化"的遗毒实在为害太深，至今没有得到应有的清洗或消毒。尤其是从李登辉到陈水扁二十年在台湾的执政，其所推行的"去中国化"，不过是在新的历史条件下所推行的"皇民化"的再版，其对"台湾意识"和"中华文化"的侵蚀和为害，决不可小视。民进党的"主独"派，至今仍在抵制中华文化，鼓吹"反中"言行，坚持"台独党纲"，拒不接受"九二共识"，说穿了无非都是从以上"皇民化"开始的分离文化所造成的恶果。归根结底也还是中国不幸的历史所造成的。

　　日本"皇民化"教育所培养的当然不只是李登辉一人，也包括像辜宽敏这样一类的基本教义派，他们与美国一些对华不友好者结合在一起，与美国一些人的对华战略理念结合在一起，虽然能形成一定势力，但毕竟已在走下坡路。尤其是像李登辉、辜宽敏这一类人，实际上都老了、过气了，尽管他们不服老，不甘寂寞，不肯退出历史舞台，但所起作用仍然有限。

　　尽管如此，但我认为仍不可掉以轻心，就是说，目前台湾岛内存在的非主流文化的流毒和危害仍然是不可忽视的。它鼓励族群分裂，蓝绿分裂，两岸分裂。两岸本来就是一个中国、一个主权，它偏偏要搞什么主权再造，一边一国；我们要的是和谐、和解、和平，他们偏偏要强调斗争，各种各样的斗争，内斗、外斗、文斗、武斗；从而搞得岛内社会不宁，政争不已，人心惶恐，两岸关系也因而长期对立，乌云压顶，甚至剑拔弩张。民进党八年执政虽然失败了，但他们并不死心，他们的理念、他们的"台独"意识，却仍扎根在一部分社会人士中，不仅没有消失，且有重新包装、卷土重来，重新为害人民之势。

　　对于这一切，我们必须有清醒的头脑。有人说，民进党的"台独"，其实不过是"假议题"，不要太看重。这是从民进党的最终目标来说的，认为它不可能成气候，这是对的，我个人是同意的。但我这里讲的是指它的危害性。且不管他们的议题是真是假，但所造成的危害和影响实在是太大了。况且他们中许多人是在搞"假戏真唱"，又有外国势力助阵，其一心"弄假成真"的幻想并未破灭，这就更加不能放松警惕。

应该指出，中华文化源远流长，瑰丽灿烂，是两岸同胞共同的宝贵财富，是维系两岸同胞民族感情的重要纽带。两岸同胞，两岸中国人，应该共同继承和弘扬我们中华文化固有的优秀传统，以增强民族意识，凝聚共同意志，努力克服以往因不幸历史通过非主流文化给予台湾所带来的不良影响和危害，从而形成共谋中华民族伟大复兴的精神力量。

2011 年 5 月 16 日

八、美台在军售问题上都应有新思维

2011 年 8 月 3 日，在香港凤凰台的邀请下，我与美国的包道格先生、台湾的丁树范先生三人就美国对台军售问题进行了对话。既畅所欲言，又互有争议。在这次对话中，我建议美方和台湾对此都应该有"新思维"。但因时间短促，发言也比较零星，没有能条理化，现特就此整理并补充如下：

我在发言中指出，自 2008 年以来，海峡两岸关系的交流交往就十分热络，两岸关系有明显改善，美国政府也一直重申它十分乐见台湾与大陆关系的和平发展趋势，然而就在这个时候美国政府竟忽然宣布近期准备对台军售，美国 181 名众议员还借机联名向白宫施加压力，这不禁引起各方人士的关注。我个人坚决反对美国对台军售。

我认为，对于美国的军售，不能就事论事，一定要透过现象看本质。表面上看，美国对台军售，是因为台湾"军备老旧"、"两岸军力失衡"、卖的仅是"防御性武器"，等等，似乎是合情合理、无可非议式的。但深层次看，就知道其背后却隐藏着不可告人的动机。

这里有三个问题：一是美国为什么要卖？二是台湾为什么要买？三是大陆为什么会反对？我想分别谈点看法。美国为什么要对台"军售"？无非一是美国军火集团的"超额利润"；二是美国当局的"战略利益"——"以台制中"，这和日本帝国主义当年的"以华制华"攻略没有什么两样。台湾为什么要向美国"军购"？无非一是拉拢和讨好美国；二是企图在美国保护下"偏安求存"。中国大陆为什么要反对？一是台湾问题乃中国内政，自然会坚决反对美国长期插手；二是美国的插手，一定会影响两岸关系和平发展的势头，以及台湾问题最终的和平统一。

台湾方面对此应该有"新思维"。"台湾的'安全'应靠什么？"究竟是靠美国的"军售"还是两岸的"和解"？当年在大陆，美国的先进武器没有救得了国民党；在朝鲜战场上，武器落后的中国人民志愿军一样能打败武器先进的美国军队。近三年来，两岸关系不断改善，台湾海峡已出现了前所未有的和平气氛，难道还要将此拉着后退吗？有人拿中国大陆国防现代化和境内导弹部署大做文章，这是不对的。中国是一个大国，加速国防现代化，加强东南沿海防务，这完全是国家整体发展和防务布局的需要。中国人不打中国人，不可能是针对台湾同胞的。

美国对此也应有"新思维"。美国"以台制中"的战略要不要调整？中关关系与两岸关系熟重？我认为，台湾问题关系到我们国家的核心利益，美国政府继续这样做，实际上是把美国置于全体中国人民的对立面，这对美国绝对没有好处。从整个国际形势发展趋势看，中美关系越来越重要，双方都希望加强两国的战略合作关系，而美国方面设若继续抓着中国的台湾不放，长期军售台湾，这不是完全不顾中美合作关系的大局吗？美国一面要卡住中国人民的脖子，一面又想与中国政府握手，鱼与熊掌兼得，这怎么可能？中美建交以后不久，1979 年 4 月，美国竟违背国际法，制定了一个所谓《与台湾关系法》，向台湾出售武器，以国内立法的形式来干涉中国内政，到现在已 31 年零 4 个月了，至今拖着不肯解决。1982 年 8 月，中美两国就美国对台售武器问题，签订了《8·17 公报》，美国政府承诺将逐步减少对台军售，约束其规模和质量，并最后停止军售，然至今也已 29 年了，同样拖着不肯解决，甚至想提高军售数量和质量，这是完全不顾中美两国协议的失信行为，也未免太霸道、太欺侮人了。

对美国来说，目前最重的是如何处理好两个"两岸关系"。一是"大两岸"关系，就是太平洋两岸，中美关系问题；二是"小两岸"关系，就是海峡两岸，台湾和大陆的关系问题。大两岸关系决定小两岸关系，大两岸关系处理好了，也就是中美两国关系的大局处理好了，小两岸关系就不会有什么大问题，台海和平就会有保障。

　　无论是大两岸关系或小两岸关系，都是"和则双利、斗则双伤"。这两个"两岸关系"是辩证的，大两岸关系正常友好的发展有利于推动小两岸关系的和平发展；同样，小两岸关系健康和平发展，以至最终实现和平统一，也有利于促进和推动中美两国大两岸关系和平友好的发展。是美国和台湾都应及早提出新思维的时候了，切不可再走早就僵化的老路了。

2011 年 8 月 9 日

九、美国本土为何是"台独"的"大后方"

前不久，接到一位美籍台湾朋友的来信，其中有这样一句话："我们生活在'台独'分子的'大后方'。"他讲的"我们"，不是指他一个人，而是指的一大群人。短短一句话，使得我心潮起伏，久久不能平静。其实，美国是"台独"分子的根子，是他们的总后台，这一点是我们本来就有的看法，那又为什么会如此不平静？一是感到这句话很新鲜、很形象、很概括，说到点子上了；二是联系到当前的中美关系和"台独"分子的表现，使我感慨良多。

早在马英九上台后不久，我就曾不止一次地著文说，今后美国对台政策的重点，将由"防独"转向"防统"。事实证明，我这样估计一点也不错。在陈水扁主政台湾期间，开始是"渐独"、"柔性台独"、"笑脸台独"，美国还比较放心，然而好景不常，陈水扁又忽然搞起"急独"来了，又是要"修宪、正名、公投"，又是频出"狂言"，要使台湾尽快成为"正常国家"，搞得两岸关系十分紧张。美国担心被陈水扁"拖下水"，这才开始对这个"麻烦制造者"采取了"灭火"和"降温"措施。如今情况不同了，马英九上台，美国总体上是满意的、支持的，两岸关系有明显好转。问题是，事物本身总有自己固有的发展规律，两岸关系自然会继续向前发展。于是美国又感到不对头，两岸关系有点"过热"了。美国是十分支持两岸签署经济合作协议的，认为这对发展两岸经济关系和中美经济关系都有好处。然而"先经济、后政治"，这个"先经济"已经差不多了，未来也问题不大，而"后政治"就要提上日程了，下一步怎么走？民进党认为经济是为政治铺路的，下一步的政治必然会涉及"统"，涉及"主权"，因而对马政权"横挑鼻子竖挑眼"，不断去美国"告洋状"。美国自然也担心，两岸走得太近，热得过头，对美国也不利，不符合美国政策。目前种种迹象显示，美国已准备在政治上拍点凉水，降点气温。正好朝韩关系紧张，南中国海也有主权纠纷，于是找机会介入，在中国的周边、中国的大门口，包括靠近中国的东海、黄海、南海等，参与了有关国家的"军演"，矛头直接指向中国。与此同时，又重弹所谓"中国军事威胁"论、"台海军事失衡"论了，继续加强对台军售。所有这一切，自然都是为"防统"服务。一个时期来，民进党的"台独"气焰也比较嚣张，相信也与此有关。

美国本土成为"台独"的"大后方"，是其来有自的。第二次世界大战后的日本，直至20世纪五六十年代，一直是"台独"分子的温床和"大后方"，但日本当局总感腰杆不硬，顾虑也较多，尤其在日本的"台独"分子廖文毅集团被蒋介石政权瓦解后，其他在日本的"台独"分子就感到危如累卵、有所顾忌了，于是逐渐向美国转移，到了七八十年代，美国本土就完全成为"台独"分子的天堂，成为他们的"大后方"了。李登辉在台湾主政后，大批在美的"台独"分子纷纷进入岛内，形成了"洋独"和"土独"的大结合。迄今为止，美国本土一直是"台独"分裂主义者活动的重要基地。这与美国政府的对华政策或两岸政策自然是分不开的。

"台独"分子一向是美国政府手中操弄的重要对华工具。美国的战略是，"以台制中，以中制苏"。苏联解体以后，美国的"以台制中"政策一直未变，它的这个"以台制中"政策，本质上延续了日本帝国主义的"以华制华"政策。早期有杜勒斯的"两个中国"政策，妄图"划峡而治"。失败以后，又加紧利用"台独"，并或明或暗地鼓励和支持国民党内某些人的"台独"或"国独"政策。中美建交以后，美国一方面承诺"一个中国"政策，并一再声称美国的这个政策不会变化；另一方面又力图使这个政策虚化，不肯认真落实兑现。美国现行两岸政策是"和而不统、分而不离"。"和而不统"是牵制国民党的，"分而不离"是牵制民进党的，总的也就是现在的所谓"不统、不独、不战"政策，亦即所谓"维持现状"政策。就目前来说，这种维持现状政策，有关各方还是能够接受的。问题是，美国的真正意图，是欲使这种维持现状政策长期化和固定化，使服务于美国的亚太战略。而对中国来说，这就是变相"台独"，变相分裂中国的政策。美国这样的手段，未免"太高明"了！

这里还有一点是必须指出的，就是 1951 年 9 月，美国政府不顾中国和苏联等主要当事国家的反对，一手策划和主导了所谓"旧金山和约"，非法地炮制了"台湾地位未定"论。后来台湾岛内的分裂主义分子就是利用这个"和约"和"地位未定"论，成立了民进党并通过了"台独党纲"。据今年 7 月 16 日香港《文汇报》、《文汇网讯》，以及今年 8 月台湾出版的《海峡评论》报道，美国在台协会（AIT）台北办事处处长杨苏棣直至 2007 年 6 月 26 日还在台公开宣称："对美国而言，台湾地位问题仍然是悬而未决的。"难怪民进党人至今还在打什么"主权牌"，强调"台湾地位未定"。原来根子也一直在美国。中美自 1979 年建交，到现在已经 30 多年了，中美之间三个《联合公报》和一个《联合声明》，实际上早就否定了这个"旧金山和约"，而美国至今却仍用以指导对台政策，并被民进党人奉为圭臬，岂非咄咄怪事？美国的国际信誉究竟何在？

最后，归根结底是一个问题：美国本土为什么会成为"台独"分裂主义者的"大后方"？很显然，是美国对华政策的产物，是美国欲图牵制中国发展的政策需要。如今两岸关系缓和，"和解、和谐、和平"已成为不可逆转的大势所趋，美国在这个时候炒作"台海军事失衡"，拟大搞对台军售，究竟居心何在？中国搞"国防现代化"，完全是为了自卫需要，不会威胁任何人，更不会去威胁美国，永远也不会威胁美国，如今美国把"军演"已经搞到中国大门口来了，是中国在威胁美国，还是美国在威胁中国？但愿美国当局以中美友谊为重，以两国关系、台湾海峡和世界和平大局为重，积极调整现行对华政策，不要到处树敌，或者去助长那些分裂主义者危害和平的气焰，如是则中美两国人民友好关系幸甚，台湾海峡和平以至亚太地区与世界和平幸甚！

2010 年 8 月 24 日

十、关于"一国两称号"的整合问题

最近接到远方一位朋友，即厦门市同安区一家公司一位名叫沈海林先生的来信，谈到未来中国的"国号"问题，他说，自中华人民共和国成立后，海峡对岸的台湾至今也仍自称"中华民国"，这是违背一个中国原则的，也是两岸未来统一的一大障碍，他认为这个问题必须解决。

这里顺便提一下，这位朋友年岁不太大，虽然不是专门研究台湾的，但对台湾和两岸关系问题颇有兴趣，也颇有研究，在这方面还写有一本厚厚的但无人给出版的专著草稿。主要是谈辛亥革命以来的一百年，一个中国所经历的风风雨雨。他寄给我看了，材料丰富，也很系统，有一些参考价值，但不一定有市场价值，而且还需要进一步完善。他要求我协助出版，但我限于个人经济和精力，实在感到爱莫能助。

我这里把他提出的一个问题，概括为关于"一国两称号"的整合问题，想借此引申，发表个人一点想法和看法。

这位朋友就此提出了两个方案：

一个是台湾执政当局（随政党轮替而变动，目前执政的是国民党）和台湾人民对于"国号"问题"作出重大让步"，不再坚持"中华民国"称号，"正确选择中华人民共和国这个国号，全面理解和接受中共邓小平先生提出的关于'一国两制'解决台湾问题的伟大构想"。他说，可以把孙中山先生原来创建的"中华民国"看成是中国国民党领导的"资产阶级性质的中华人民共和国的缩写或简称"。

另一个是大陆执政当局和大陆人民"作出重大让步"，"承认孙中山先生创建之中华民国"国号亦适用于新中国，不过仍应"采用邓小平的'一国两制'方式来解决台湾问题"，包括设置"台湾特别行政区在内"。现在的"中华人民共和国"国号简称"中华民国"，可以视作孙中山先生创建的"中华民国"的延伸，但不再是中国国民党领导的资产阶级性质的中华民国，而是中国共产党领导的无产阶级性质的中华民国。

在这位朋友看来，这两种方案只要有一种能行通，一个中国问题就解决了。他似乎更寄希望于后一种方案，但愿中国大陆方面能有一种"博大、宽容、宽厚、博爱的胸怀及精神"来处理这件事。

这位朋友的提法很新颖，我也很有兴趣，至少有两点是可以肯定的：（一）这位朋友是爱国的，关心祖国统一大业，在这方面动了不少脑筋；（二）他提出的这个方案颇有积极意义，如能成功当然很好。只是也存在一些值得研究和探讨的问题。对于"国号"问题，我个人一直是有兴趣的，先后写过不少文章，最新的一次是今年5月香港《中国评论》月刊发表的，题为《国民党当局应面对的几个现实问题——写在辛亥革命百年纪念之际》，其中就专门有一段谈到"国号"问题。

"国号"问题是老问题，从新中国诞生那天起就存在这个问题。2009年6月18日，《人民日报》海外版登过一篇《司徒美堂关于国号的真知灼见》。其中谈到，他是在1949年9月21日，应毛泽东主席和周恩来总理之邀，代表国外华侨民主人士参加第一届全国政治协商会议的，当时会上提出的"共同纲领"草案中的国号"中华人民共和国"之下，有个"简称中华民国"的括弧。对这个问题，众议纷纭，其中不少德高望重的民主革命前辈，出于与这位朋友所主张的大体相同的理由，认为应该保存这个简称，但在以司徒美堂这位参加过辛亥革命的老前辈等一批民主人士的坚决反对下，会议主席团终于作出决定，把括弧内的"简称中华民国"删去了。如果现在又重提"中华民国"是"中华人民共和国"的简称，是不是把历史又拉回到60多年以前了呢？这自然是一个现实问题。

更重要的是，这样做能不能行得通，以及能不能解决问题？我看是存在相当困难的。

第一，就台湾方面说，即使中国国民党同意，民进党愿不愿意？台湾人民愿不愿意？第二，就大陆方面说，即使中国共产党同意，民主党派愿不愿意？大陆人民愿不愿意？第三，后者无论在国际法上、在国际媒体上、在国际往来上，也都是合法的、习惯了、成为常态了。所有这些，一旦忽然改变，可以想象，一定会存在很多问题的。

其实，我个人一直认为，"国号"问题不过是技术问题，真正的问题是国家认同问题。由于不幸的中国历史，外国帝国主义的入侵，以及中国内部的战乱频仍，造成台湾与中国大陆的长期分离或分割。例如，荷兰殖民主义者入侵30年，日本军国主义割据50年，国共隔海对峙60余年，从而长期造成台湾同胞的不幸和苦难。中国大陆从孙中山到毛泽东，把这一切都归咎于外国帝国主义的入侵，以及中国的积贫和积弱，从而把矛头对准外国侵略者和本国的贫穷和落后；而台湾一些人，包括后来的李登辉和陈水扁在内，把这一切都归罪于中国大陆出身的人的统治，台湾人不能当家做主，从而把矛头对准中国大陆，要把台湾从整个中国分裂出去。他们根本不了解，也不想去了解，历史上的中国统治者与广大的中国人民是不同的，今天的中国共产党与历史上包括中国国民党在内的历代统治者也是不同的。加上李登辉和陈水扁在台湾先后执政20年，大肆宣扬分裂主义，传播"台独意识"，从而就造成了国家的认同危机，越来越多的台湾同胞只认同台湾，而不认同中国，只承认自己是台湾人而不承认自己是中国人。台湾一些人在国家认同上存在的问题，也给外国侵华反华势力以可乘之机，它们从来没有放过任何一个可以从中推波助澜的机会。所以，国家认同问题不解决，"国号"问题将很难解决，但我个人坚信，随着形势的变化，以及两岸关系的不断改善，这个问题终有一天会解决的。

所以，归根结底，我认为两岸问题的解决最重要的不是"国号"问题，不是迫在眼前的"一国两称号"问题。国家认同解决了，这一切就一定会是迎刃而解、水到渠成。

2011年6月26日

十一、马英九莫忘两位老人晚年留下的"遗憾"

最近马英九在一次会议上表示：今后四年执政，虽然没有竞选连任的压力，但却仍有历史评价的压力。这或许是指他的历史责任感。这就使我联想到国共两位老人晚年留下的"遗憾"。

一位是共产党的毛泽东。自国民党从大陆撤至台湾，两党的矛盾性质已从制度和意识形态之争转化为分裂和反分裂之争。虽然在长期的国共对立和战争中，使得毛泽东家破人亡、情况惨烈，但鉴于国民党当局在维护国家主权、坚持一个中国和反对"台独"中还是坚决的，因而迅速调整了对国民党的政策。早在1956年元月，他在最高国务会议上就提出"第三次国共合作"。1972年2月21日，毛泽东在会见美国总统尼克松时称蒋介石先生为"我们共同的老朋友"，还说"实际上我们同他的交情比你们长得多"。毛泽东还两次使用古文中的诗词来表达对新的"国共合作"的期待：一次是引用白居易《长恨歌》中的两句话："在天愿为比翼鸟，在地愿为连理枝"；另一次是引用王勃《滕王阁序》中的两句话："落霞与孤鹜齐飞，秋水共长天一色"。足见毛泽东还是诚恳地希望新的国共合作的。

一位是国民党的蒋介石。国民党自1949年退踞台湾后，蒋介石矢志要"光复大陆"。他对败在毛泽东手下，始终不服，也想不开。内战中，曾数度派人去掘毛泽东的祖坟；而相对于毛泽东，对于落在自己手中的蒋家祖墓祖坟，却护之一草一木、一砖一石。虽然如此，但毛泽东对蒋在维护国家领土主权、坚持一个中国和反对"台独"的坚决性方面，还是十分肯定和欣赏的。1974年在中国大陆与南越为西沙开战中，蒋介石是明显地站在中国大陆这边，不仅允许解放军"直接通过"台湾海峡，使不再与以前一样绕道公海，而且还让"国军打开探照灯"，以便于解放军顺利通过。港台间还有一种传言：蒋介石逝世前曾通过国民党元老陈立夫，经过秘密渠道邀请毛泽东访问台湾，毛泽东批示邓小平代表他成行。陈立夫未等到回答，竟提前在香港媒体就此公开发表《假如我是毛泽东》一文，意在敦促毛泽东。这篇文章，我和很多人都看到了。

这两位老人，毛泽东和蒋介石，虽有两次合作，但总的还是长期对立，厮杀一生，只有到了晚年，双方出于维护国家民族利益的考虑，出于坚持一个中国、反对"台独"的考虑，彼此的思维和立场又逐渐有了一点点接近。中国大陆从毛泽东、周恩来到邓小平，台湾从蒋介石到蒋经国，双方都曾有过或明或暗的联系和互动，都想在有生之年摸索或解决两岸中国人的关系问题。可惜都晚了，两位老人先后于 1975 年和 1976 年相继去世。实际上他们都是各自带着某种"遗憾"辞世的。

我个人之所以提到以上这一段，也是希望马英九先生利用在职的有利时机，把两岸关系再推进一步，不要给自己下台后留下"遗憾"。

2008 年 6 月，我曾在香港《中国评论》上发表过一篇文章，即《马英九主政台湾后两岸关系新态势》一文。其中谈到，中国大陆有"十年文革"之乱，邓小平应时而出，没有辜负大陆人民的期待；台湾有"八年台独"之乱，马英九能否成为台湾的邓小平？仅就台湾政局和两岸关系现状来说，还非常需要邓小平式的人物。历史在呼唤英雄，英雄也当呼应历史。回顾马英九第一任的四年，虽然还存在不少缺失，但基本上如他自己所说，已大体完成了"拨乱反正"。其功不可没，颇值得称赞。但他连任后的第二个四年，尤其在两岸关系上应该怎么办？这是很多人所关心的。

两岸关系是国共两位老人、两位领导人所遗留下来、有待解决的问题。历史发展到今天，这个问题的合情合理解决是至关重要的，它不仅关系到台湾未来的走向，关系到台湾人民的切身利益，更关系到两岸的和平发展和终极统一，关系到中华民族的伟大复兴和亚太地区的持久和平。马英九先生既已考虑到自己的历史定位，就不可能不考虑到这个问题。当然，我们并不奢望马英九的第二任能够完全解决这个问题，这是很困难的，但希望能面对挑战，乘风破浪，阔步前进，从而在这个方面作出新的更大的贡献，为历史留下美名！

2012 年 2 月 19 日

十二、台湾大选（2012）态势和发展趋向的初估

2012 年 1 月 14 日的台湾大选早就揭开序幕了。这次大选，是在内外斗争空前激烈、形势十分复杂的情况下展开的。各种外在因素也都渗入岛内各派政治势力内部中，使得蓝绿内部各派的斗争亦随而更加激烈，这是前所未有的。唯绿营内部前半期虽然斗争激烈，但出于大局考虑，最后趋向妥协和缓和，而蓝营内部则走向分裂，一分为二，使整个大选由蓝绿两派的对阵走向蓝绿橘三派，即马英九为首的蓝营、蔡英文为首的绿营和宋楚瑜为首的橘营三股政治势力的对阵。而岛内这三股政治势力，说到底又是从属于海峡两岸三大政治势力的，即一是以共产党（红）为代表的左翼反独主统势力；二是以国民党（蓝）为代表的中翼不统不独势力；三是以民进党（绿）为代表的右翼主独反统势力。简述如下。

（一）岛内三股政治势力斗争的基本态势

根据各有关方面的民调，岛内这三股政治势力的选情，较早时马英九曾一度高于蔡英文 10% 左右，而两个多月来，则一直处于胶着状态。马蔡双方的民调，一般都在 40% 上下摆动，多数时间是马略高于蔡 4% 至 7%，有时蔡也超过马 1% 至 3%，大都属于误差范围之内。

在各方主办的民调中，以蓝营居多，其比例大多蓝高于绿；绿营较少，其比例则绿高于蓝。绿营透露的内部民调一般都是绿高于蓝，差距的幅度也较大，有达 6% 至 10% 上者。

宋楚瑜的民调一般在 10% 左右，最近已降至 7% 左右。据报道，宋的民调时常有水分，其中有些实际是临时从绿营转移过来的，很不稳定。

鉴于各自所处地位和情势的不同，马、蔡、宋三方在选举中所采取的战略和策略亦各自有别：马英九主打的是"政绩"牌和"两岸"派。其策略是"稳宋打蔡"；蔡英文主打的是"阶级"牌和"主权"牌，其策略是"尊宋打马"；宋楚瑜主打的是"民生"牌和"治理"牌，其策略是"两边都打"，一面批马"自我感觉良好，看不到自己的缺陷"，一面批蔡"经济上无能，更缺乏实践"。

马英九选情几度告急，原因是：一是民进党一向善于选举，攻势凌厉；二是宋楚瑜出自蓝营，且称"正蓝"，使马营选票流失不少；三是国民党内部及整个蓝营对马不满者不少，尤其不满他的"讨好绿营"政策；四是美国对蓝绿态度摇摆，时有变化，一度曾表现出"疏马亲蔡"的迹象。于是马紧急动员，四方呼救，蓝营大老如连战、吴伯雄、王金平、郝柏村，亦全力出而营救，加上美国因蔡坚拒"九二共识"而担心台海形势不稳，在态度上亦有微妙变化，遂使蓝营局面稍趋稳定。

这次大选，对蓝、绿、橘各方都是至关重要的。就国民党方面而言，马英九上台三年多来，虽在岛内经济和两岸关系上有诸多贡献，但民进党以至整个绿营，出于本土排外和派性考虑就是不肯承认，并结合各方对马不满人士加以扭曲、抹黑、毁谤，使许多问题黑白难辨，是非不分。国民党担心，如再失去政权，那将不堪设想。就民进党来说，陈水扁执政八年贪污腐败，使整个党深陷泥坑，如今在蔡英文领导下，已呈现起色，"立委"补选连获小胜，"五都"选举也表现不错。众多党员是多么渴望乘胜追击，夺回政权，打一个"翻身仗"啊！就亲民党来说，本属"深蓝"，亦称"正蓝"，如今国民党夺回政权，双方同属蓝营，本可一显身手，而实际上却未获重用，已日趋"边缘化"，也多么想在宋楚瑜领导下，再显身手，夺回一块"用武之地"啊！否则就快成泡沫党了。

故这次大选，对三党来说都是一场存亡绝续之战。加上历史、现实、内外等各种因素的交互作用，使得这一次台湾大选不仅是历年来最紧张、最激烈的一次，也是最复杂的一次。所谓"鸟贼战"、"抹黑战"和"泥巴战",或交互使用,或同时使用,短兵相接,刀刀入骨,决不手软,远非过去一般所谓"叫骂战"、"口水战"和"扣帽战"可比。

(二)应从一个中国全局看待两股三大政治势力

早在"两蒋"时期,海峡两岸主要是国共两党的政治对峙和军事对峙。自1986年9月民进党成立以来,两岸即逐渐转为共产党(红)、国民党(蓝)和民进党(绿)三大政治势力的政治对峙。

对于这三大政治势力,如果从各自对两岸关系的态度和立场来观察,我看可以划分为左翼、中翼和右翼三种力量。共产党可以视为左翼力量,是最坚定的爱国政党;国民党可以视为中翼力量,虽属于爱国主义政党,但还不是最坚定的;民进党可以视为右翼力量,是反对祖国统一的,其中极少数核心人物实际上不过是外国反华势力的御用工具。由于特殊的历史条件,台湾至少到目前为止,并未出现过左翼政党,虽然国民党中可能存在个别或少数左翼人士,但从整体上看它还是中翼力量或中翼政党,故只能作为团结对象,还不是依靠对象。

我个人有一个不成熟的想法,即认为以宋楚瑜为代表的亲民党,似乎很想在两岸关系上作为岛内的左翼政党。我这样想法的主要根据是:(一)他们已被台湾社会公认为"深蓝"或"正蓝";(二)坚决反对"台独",宋楚瑜提出的"两岸一中",比马英九说得更清楚、旗帜更鲜明;(三)在历次与民进党"台独"言行做斗争中,都比马英九团队表现得更积极、更坚决。他们目前似乎很想在岛内打造一个既不同于右翼的民进党,也不同于中翼的左翼政党。不过,从这次台湾大选中的表现来看,他们似乎还很不成熟,最重要的是还不能作为带动众多"车厢"的火车头,也没有完全摆脱"急统派"的某些缺陷。

如果宋楚瑜先生以及他周围的一些朋友,都希望他能成为台湾岛内两岸关系上的左翼力量,这是好的进步的想法,就必须至少解决好两个问题:一是如何团结好国民党,不应与之搞对立。国民党中广大党员是好的、爱国的,但由于存在这样那样的历史情结，其中包含着许多误解，至今还存在着某种不同程度的恨共与惧共思想，不能以大局为重，相互配合，共同对敌。二是如何正确对待民进党。民进党中的许多党员，由于不幸的中国历史，其中特别是日本统治时期50年的"皇民化"运动、李登辉和陈水扁主政时期20年的"去中国化"运动，使他们许多人在思想上深受毒害，至今仍不能认同祖国，不承认自己是中国人，这将是彻底解决两岸关系的重大障碍。思想文化上的彻底扰乱反正仍然是台湾未来的一项重要任务。

宋楚瑜先生似乎也还有一个不好的做法，他本来属于深蓝、正蓝，是在李登辉窃掘国民党主席时离开国民党的，是无可非议的。问题是后来一直没有回到国民党，即没有通过留在国民党内的斗争，逐步形成和壮大为一个以左翼为核心的坚定的爱国政党，从而使蓝营长期保持分裂局面，半在客观上为绿营所利用。这应该是宋最大的历史教训，也是整个蓝营最大的一个遗憾。

（三）关于台湾本次大选和未来政治发展趋向的几点估计

有以下四点基本看法和估计：

1. 台湾最大的问题是政治方向。蔡英文的政治路线就是"一边一国"，实际上她就是李登辉"两国论"和陈水扁"一边一国"论的忠实继承者。她不仅是李登辉"两国论"的执笔者，也是陈水扁曾一度欲承认"九二共识"的实际阻止者。人们决不可为她表面上的魅力、"柔性台独"或"笑脸台独"所迷惑，本次大选中马、蔡、宋大辩论的最大败笔就是没有在这个最根本的问题上进步揭开盖子。蔡英文之所以至今仍如此顽强地否定、抵制和反对"九二共识"绝不是偶然的。

马英九的政治路从来就是不坚定、不明确的。难道这是他策略上的考虑？所谓"不统不独"，实际早被一些人解释为"可统可独"。他提出的"中华民国是主权独立国家"与民进党的"台湾是主权独立国家"，也根本无法划清界限，致使蔡英文提出的"中华民国就是台湾"、"台湾就是中华民国"存在着"浑水摸鱼"的空间。

宋楚瑜既反对蔡英文的"一边一国"论，也不满意马英九的"不统不独"论。我认为他提出的"两岸一中"，是最鲜明、最准确的政治口号。在台湾现有三大政治势力中，我把他视为两岸关系上具有某种左翼思想的政治人士。非常可惜的是，由于宋个人思想和性格上的某些缺陷，影响到这一股势力的正常发展。

2. 马英九胜出的可能性仍大。首先，马本人主政以来在经济发展和两岸关系上的政绩很大，终归是抹杀不了的，尤其是在两岸关系上通过两岸两会签订了十六项协议，达成了两项共识，实现了"大三通"，签订了 ECFA，给两岸尤其是台湾人民带来了许多实实在在的利益，使两岸关系实现了前所未有的突破，创建了两岸人民数十年所热切期盼的和平发展局面。马英九这方面是功不可没的。

其次，由于选情告急，蓝营出现了除宋楚瑜以外的空前大团结，如连战、吴伯雄、王金平、郝柏村等大老，都齐出"挺马"，相信会发挥重要作用的。

最后，国民党内外深蓝所出现的反马、倒马人士、声势虽大，但人数并不多，其理由也并不全面，只见树木而不见森林。总的是情绪至上，不顾大局，脱离实际。看来最终很难获广大基本群众的认同。

3. 蔡英文旋风决不可以小视。蔡自出任民进党主席以来，使该党声势大振，这主要是时势造成的。民进党经过多年与国民党抗争，好不容易于 2000 年夺得政权，但不幸陈水扁执政后贪污腐败，大失民心，因而又在 2008 年丢了政权。党内广大绿营民众对此是很不服气的，一心夺回政权。蔡英文年轻、女性、本土、有知识、有魅力，这五条对她都是非常有利的条件（当然也有利于其欺骗的一面），尤其是在出任党主席后，一路过关斩将，气势如虹，绝不可小视。加上不久前的三次"立委"选择中，又连获大胜，使党内和整个绿营内部人心大振。少数知识界和亲绿媒体又大加吹捧和渲染，使得蔡英文人气越来越旺，大有 2012 年台湾地区领导人非蔡英文莫属之势。值得注意的是，马英九对蔡英文的"民调"，马本来是比较领先的，而近一个时期来，蔡一直逼近马英九，最近更有少数民调，说蔡已远超马。民进党素以"善选"著称，身边又已聚集一些诸如吴乃仁、邱义仁等善玩阴谋欺诈之术的人士，其对马英九选情的威胁依然是严重存在的。

不过，也要看到，蔡英文仍然有一些致命弱点，尤其是她的"台独"本质，她的"一边一国"狂想，她的坚拒"一中"和"九二共识"的态度，会受到工商界、知识界、以至全体中国人民和全体爱国华侨的强烈反对的，这也是美国和周边国家人士所普遍担心的。而且蔡英文本人并无太多政治历练，其在人品和能力上也有一些重大疑点和瑕疵，不过又正为一些本土人士的派性所掩护，但这是不可能持久的，最近多家媒体关于"宇昌案"真相的揭批就是一个证明。

人们还应看到，蔡英文这一次即使上台，也没有什么了不起。我个人坚信，她上台后如果仍拒不承认"九二共识"，一定会出现"两岸紧张，岛内动荡"，是很难有好的结果的，会受到普遍反对。

4. 两岸发展大趋势决不会逆转。两岸关系已有一个"九二共识"，这是维系两岸关系的重要支柱和基础。而蔡英文所抛出的"台湾共识"，说到底不过是"台独"，是彭明敏和李登辉所提出的"台湾命运共同体"或"台湾生命共同体"的翻版。所谓"台湾共识"，本质就是"台独共识"，就是要在两岸关系上搞"主权再造"。目前蔡即使换上新衣裳，也是无法掩盖其"台独"本质的。

李登辉家族和蔡英文家族，都与日本有很深的历史文化渊源。在日本殖民统治下，不仅李登辉已改用日本姓名，连蔡英文尚在父母怀抱中，即已启用日本乳名。这在当时历史条件下本是无可非议的，问题是台湾回归祖国后他们的日本情怀仍深，李登辉主政台湾后仍步随着日本"皇民化"的足迹在台湾搞"去中国化"，陈水扁继位后，也是这样做的。如今蔡英文提出的"台湾共识"，亦可从中嗅到日本"皇民化"和李扁"去中国化"的一些影子。从李登辉到陈水扁到蔡英文，他们对日本殖民主义者的感情，对欲图把台湾从中国分裂出去的图谋，都是昭然若揭、一脉相承的。于此我们也感受到一部分在民进党控制和影响下的台湾同胞，他们之所以至今仍不承认是中国人，不肯认同祖国，与这样不幸的中国历史是炎炎相关的。从日本"皇民化"到李扁两次"去中国化"，时间长达 70 年，其对生活在台湾的一部分中国人的毒害和影响之深，至今仍可略见一般。由此可见，台湾在思想和文化历史上的拨乱反正是如何重要！

我个人认为，在两岸人民中，如何普及"统一祖国、振兴中华、和平发展"这12个字是相当重要的。这就是包括台湾在内的全体中国人和爱国华侨的最大共识和最大公约数。对此，我们绝不可以有任何忽视。

2011 年 12 月 31 日

十三、台湾大选（2012）的最新特点及两岸关系展望

新年前夕，即 2011 年 12 月 30 日，我在香港中评网发表了一篇题为《台湾大选态势与发展趋向初估》，后来有的报刊也刊用了。如今大选已落幕，从公布的结果看，这个"初估"已大体兑现，但毕竟是初估，我想在这个基础上做进一步的补充。内容如下：

（一）本次台湾大选的新特点

今年 1 月 14 日的大选，国民党的马英九终于以 689.1 万张票（占 51.6%），战胜了民进党蔡英文的 609.3 万张票（占 45.6%）而取得连任。这次台湾大选是在蓝、绿、橘三种势力，特别是蓝、绿两大势力空前激烈的斗争形势下进行的。其斗争的激烈和复杂程度，使我一时产生许多联想。

1. 它像是一二百年来中国历史的现实的各种矛盾通过台湾这次大选集中地喷放出来，从而使这次大选成为各种矛盾的聚焦点；

2. 它像是 2000 年台湾大选时所呈现的各种矛盾在一种更激烈的程度上的重演，各方精锐尽出，全力以赴，似乎是一次存亡绝续的生死战；

3. 它像是对 2008 年马英九主政台湾以来，在两岸关系上所获得的各种进展和实破的大反攻和大反扑，似乎是绿营非把马英九国民党拉下台不可；

4. 它像是蓝营内部深蓝和泛蓝长期围绕两岸关系进行的内斗在这次大选中突然爆发出来，从而使台湾终于从蓝、绿两大派的斗争转为蓝、绿、橘三大派的斗争。

虽然如此，然而这次台湾大选，总的说还是平和的、说理的，较之过去的历次大选，没有出现那种粗暴的人身攻击、辱骂叫喊、肢体冲突等现象，更没有出现"3·19枪击案"和"连胜文被枪击"等那种恶性伤人事件。往昔一些政党那种草根性、鲁莽性，甚至是蛮横不讲理的好斗性，少见以至不见了。应该说，这是"台式民主"道路上的一种进步，作为长期观察和研究台湾的一位大陆学者、一位中国人，我甚为之高兴。

选举，特别是民主选举，本身就是比政绩、比政策、比为选民服务的各种措施，而不是比嗓门、比口水、比怪招，甚至比动粗、比武行，动辄"拔剑而起，挺身而斗"，给人们带来一种恐怖感。而本次选举的进步则给人们带来某种希望。

（二）马英九连任成功是"九二共识"的胜利

这次大选对于马英九，形势是十分严峻的。一方面，作为对手的蔡英文，自出任民进党主席以来，一路过关斩将，声势夺人，蔡英文旋风几乎是横扫台湾；另一方面，蓝营本身分裂，以宋楚瑜为首的亲民党，突然另树旗帜，也要参选，使原本国民党和民进党两党竞选变成国民党、民进党和亲民党三股政治势力的对阵和竞选。因亲民党是从原来的国民党分裂出来的，与国民党的基本理念相同，因而必然会吸引马英九的一部分票源。实际上这一次宋楚瑜的一股势力，已经成了蔡英文的间接同盟军，故而形势对马英九十分不利。

整个大选实际上仍是以马蔡对阵为主。马英九坚持的是"九二共识"，实即在"一个中国"原则下求同存异；蔡英文坚拒"九二共识"，并欲以所谓"台湾共识"取代"九二共识"。所谓"台湾共识"，实即李登辉过去曾经提出的"台湾命运共同体"，或陈水扁曾经提出的"一边一国"论，两者实际上就是李登辉后来提出的"两国论"，或者"一中一台论"，可见蔡英文提出的"台湾共识"，实乃"台独共识"。整个选战，后来实际上变成了"九二共识"与"台湾共识"的决战。

人所共识，马英九自2008年5月主政台湾以来，正因为他坚持了"九二共识",两岸两会恢复了谈判,先后达成了十六项协议、两项共识,其中包括签订ECFA(两岸经济合作框架协议)、"大三通"(直接通商、通邮、通航),使两岸关系实现了六十多年来前所未有的大改善和大突破,台湾人民其中包括中南部农民也获得了许多实实在在的"和平红利"。最最重要的是,"九二共识"使两岸关系获得了"和平、稳定、健康"的发展,这是包括台湾内部各阶层、周边国家以至美国和日本都乐见的。而蔡英文提出的"台湾共识",不仅包藏祸心,而且本人始终说不清、道不白,被人们称为"空心菜"。正因为如此,它给人民带来了恐惧,也使各方不放心。它的失败,我看是必然的。

(三)蔡英文的败选应从根本上找原因

蔡英文本人,本来是有很多有利条件的,例如,年轻、女性、本土、有知识、有魅力。出任民进党主席以来,也多所贡献,特别是她使民进党这样一个草根性和鲁莽性很强的政党带上了相对比较理性和温和的政党。如前所说,这次台湾大选之所以较之过去文明,这与蔡英文的领导是分不开的。

然而,非常可惜的是,不知是什么原因,蔡英文竟然走向了"台独"的道路。自从蔡英文出任民进党主席以来,我看过她的很多次讲话,也看过她主导的民进党"十年政纲"的许多报道,左一个"台湾主权",右一个"台湾主权",不知讲了多少次、多少遍,难道像蔡英文这样的高级知识分子,能不知道台湾本来就是中国的一部分,台湾人民也本来就是中国人民的一部分?能不知道祖国大陆人民,曾经为了清朝政府的腐败无能、割让台湾给日侵略者而痛心疾首和为此多次反抗而流血牺牲?能不知道祖国大陆为了收复台湾,以及抗击日本侵略者而付出了两千万以上的生命和大量财产?能不知道第二次世界大战以后已经回归的台湾后来又为什么至今没有回到中国?台湾人民曾经与中国大陆人民一起反抗日本侵略者,许多爱国台胞冒着生命危险奔赴祖国大地与大陆同胞一起浴血抗战。在抗日战争胜利结束之后,台湾许多爱国志士包括民进党前身的许多朋友,也都曾经是共产党自卫解放战争中的间接同盟军。然而随着情况的变化,国民党退踞台湾后的两岸关系的主要矛盾，后来已由国共之间的制度和意识形态之争转变为是否维护国家统一的分裂和反分裂之争。有人说，现在的共产党是支持国民党反对民进党和台湾人民的，这是天大的误会和误解。我认为，中国共产党是最爱国也是最讲原则的，在维护国家统一和主权完整上，共产党愿意团结台湾岛内一切可以团结的人。对于这一切，我不知道蔡女士是否都了解，也希望她能通过这次败选认真地总结经验教训。

据说，蔡女士已准备对这次败选做一次反思总结。我个人诚恳希望，蔡女士能在最根本问题上找出原因。而不必纠缠于一些与此无关的鸡毛蒜皮式的细节。老实说，蔡女士个人的许多条件和做法还是应该肯定的。这一次败选，非战之过，而是路线方向之错也！

（四）本次大选后的两岸关系展望

从本文第一部分所谈到的四个特点，可以看到这次大选的激烈程度于一般。马英九虽获得连任，稳定了台湾政局，稳固了两岸关系大盘，然展望未来，马英九第二任期的担子并不轻松，尤其是两岸关系的未来仍将是任重而道远。

其一，蔡英文虽然败选，但仍获得609.3万张选票，这在民进党历次大选中所获选票仍是最高的；马英九虽获得较蔡英文多近80万张选票，但与2008年马英九获得的超过绿营的270万张选票相比，实在相差得很远。与这"总统"大选同时进行的还有"立委"选举。在"立院"总席位113席中，国民党只获得64席，较之上一届的81席大幅减少；而民进党则由上一届的27席大增至40席。说明蓝消绿长之势仍在继续中。

其二，从"立委"得票的整体情况看，在113个总席位中，不仅国民党席位大幅减少，民进党席位大幅增加，而且与民进党一向协调作战的深绿"台联党"，以及声称要对国民党加强监独的亲民党，也各由原来的1席增加至3席，并欲"立院"成立独立党团组织。相对于过去国民党在立法院的一党独大、拥有2/3的席位的时代，已大不相同了。其对马英九未来施政，或在"立院"的议案，很可能有所掣肘或制造麻烦。

其三，大选中所出现的各种矛盾，其复杂和激烈程度，较过去有增无减，"冰冻三尺非一日之寒"。岛内的矛盾在相当程度上也反映了两岸关系的矛盾，说明今后两岸的"解疙瘩"和"化解"任务还将是相当长期的、艰巨的和复杂的，绝不可因为马英九的胜选连任而稍有麻痹和松懈。而且，马英九本身在统一立场上，也似乎不是很坚定的，这就更加不可麻痹大意。

今后怎么办？当然还应在既有基础上继续加强工作。在这次大选中，坚持"九二共识"或"一个中国"大方向的马英九取得连任成功；而反对"九二共识"、主张"台独"、坚持"一边一国"路线的蔡英文败选。说明中国大陆坚持和平发展，坚持"一个中国"的大政方针是正确的。中国大陆在台湾当局配合下，于架起"经济桥梁"的同时，又架起"文化桥梁"，提倡交流、对话、沟通，向台湾人民多做工作、多献爱心。所有这些做法都是正确的、有效的，应该继续和加强。

我个人认为，两岸目前存在的各种问题，主要是不幸的中国历史和外国侵略者一心分化中国造成的。往昔日本侵略者对中国推行的是"以华制华"，美国后来对中国推行的是"以台制中"，实际上都是一路货色，也都是"以华制华"，都是以分裂中国和肢解中国为手段和目的的。日本统治台湾五十年所推行的"皇民化"运动，李登辉和陈水扁统治时期所推行的"去中国化"运动，实际上都是要把在台湾的中国人改造为非中国人。台湾有许多人至今仍不敢承认是中国人，与这一段不幸的历史都是密不可分的。我个人感到十分高兴的是，通过这次台湾选举的大对阵、大辩论以及思想的大解放，有不少人已经在这方面有所反思和有所醒悟，这实在是一件大好事。

限于篇幅，我个人关于今后两岸关系的一些具体想法，这里就顾不上一一谈论了。

2012 年元月 19 日

十四、民进党应从幻想中走出来

自今年元月 14 日，民进党败选迄今，已 50 多天了。这 50 多天来，民进党内各派势力都处在检讨和反思中，然始终在败选原因上形不成共识，他们中的多数特别是主流派，不是在路线上、战略上、大政方针上找原因，而是仅在枝节上、策略上和具体做法上找原因，不承认失败，不肯调整"台独党纲"。这到底是什么原因？一句话，他们对自己台独这快"神主牌"还存在着不同程度的"幻想"。

（一）幻想"其来有自"

在民进党内一些人看来，"台独"路线不是导致此次大选失败的主要原因，当年陈水扁的两次胜出，就都是在举着"台独"旗帜下取得的。民进党自 2000 年以来，共四次参加大选，两胜两败，即使败了，得票率仍有上升。

这里且以民进党四次参与大选情况做一分析：2000 年的"陈吕配"，得票率为 39.3%；2004 年的"陈吕配"，得票率为 50.11%；2008 年的"谢苏配"，得票率为 41.55%；2012 年的"蔡嘉配"，得票率为 45.63%。

在这四次大选中，民进党 2000 年是因蓝营闹分裂而侥幸获胜的，民意并不高；2004 年是在"两颗子弹"帮助下获胜的，至今仍留下难解疑点。其他两次，民进党都败选了，国民党的得票率都较高，说明民意对民进党的"台独"路线还是颇有顾忌的。

在民进党看来，该党在蔡英文主持下已大有转机。例如，三次"立委"补选，都是斩将夺旗，连续击败国民党。最新这一次大选，蔡英文虽败，但得票率仍高达 45.63%，这是除了 2004 年那次特殊情况外，在民进党参选历史上是最高的。与大选同时进行的"立委"选举，民进党的席次更是大幅成长，其中区域立委由上届的 13 席成长到 27 席，总席位则由上届的 27 席上升到 40 席，从而对国民党"形成强大牵制"。

而这一次，相对与国民党比较，马英九虽然战胜了蔡英文，但他的实际得票则较上一届少了一百多万张；国民党在"立委"选举上的得票虽然保住了过半席位，但总席次率则较上一届减少 15%。他们由此得出结论说：岛内总的政治态势仍是"蓝消绿长"；而蔡英文之败于马英九则"非台独党纲之过"，而乃"人为操作失误也"。他们以为，民进党的前景仍然看好。这自然是一相情愿的"幻想"。

民进党人的幻想大体有三种情况：一是以深绿、基本教义派为代表，他们确实梦想建立"台湾国"，即"主权独立国家"；二是有相当一部分人，也认识到建立"台湾国"太难了，但可以"台独"号召为手段，击败国民党，夺取台湾政权，只要有了政权就什么都好说了；三是也有一部分人，并不排除与中国大陆发展关系，甚至不排除与大陆谈统一，但条件是必须排除国民党，由民进党独自参与并主导两岸关系。这自然都是不切实际的，尤其是深绿、基本教义派所主张的"独立建国"，更完全是脱离实际的"一相情愿"。

（二）完全不切实际

幻想就是幻想，它当然是脱离实际的，也是绝不可能实现的。主要理由如下：

它是"背理"的。全世界都知道，台湾土地是中国土地的一部分，台湾人民是中国人民的一部分，两岸都是中国，血肉相连，不可分割，无论从历史、地理、民族、文化、法理、国内外文献看，都是不争的事实。有些别有用心者，妄图利用近一百多年来不幸的中国历史所造成的某些复杂情况，蓄意加以歪曲，以图为分裂中国服务，这是注定会失败的。

它是"背时"的。海峡两岸的中国人，当前的主流民意是求和平、求稳定、求发展，而少数别有用心者，一味挑拨离间，在两岸之间，在族群之间，在本省人和外省人之间，制造不和，制造矛盾，造成相互对立和冲突，从而使社会长期处于动荡不安状态，这也自然会影响到社会和平建设与和平发展，以及社会的进步，是绝对不合时宜的。

它是"背势"的。两岸和好，求同存异，共谋发展，创造双赢，此乃人心所向，大势所趋。但民进党中的掌权者一味漠视整个世界格局，凡与北京互动者即视为敌人，骂为"媚中卖台"。台湾《联合晚报》曾为之感叹说："台湾在整个世界浪潮中，不过是一叶扁舟，只能顺着波涛，小心翼翼地求取生存的策略……"而根本不存在"耍狠泼辣的空间"。

它是"背利"的。这里所谓利，自然指的是台湾人民之利。目前中国大陆是台湾的主要出口市场、主要投资市场，也是台湾最重要的贸易顺差来源，台湾每年向大陆出口的贸易额占全台湾出口额的 40% 左右，每年的贸易顺差达七八百亿以至近千亿美元，而民进党竟视这种贸易为渐进的"主权流失"。其对于两岸签订的 16 项协议，特别是《两岸经济合作框架协议》（ECFA），同样持反对态度。这完全是罔照台湾人民利益。

笔者认为，民进党之所以能在 2000 年和 2004 年两次大选中获胜，决不是因为它的"台独党纲"和"台湾前途决议文"，得到了台湾多数人民的支持，而如上所述完全是偶然和特殊的原因造成的。至于今年元月蓝营在地区领导人选举和"立委"选举中，虽然双双获胜，而得票率却反而下滑，绿营虽败而得票率却反而上升，这是由多种复杂原因造成的，决不能解释为"台独党纲"和"台独路线"仍为台湾人民所接受。目前的民进党党员已从过去号称 40 多万人，而萎缩至最多不过十几万人，大体可以说明其发展前景是不看好的。

（三）必须冲破幻想

俗云："旁观者清，当局者迷。"民进党或许就是如此。笔者认为，民进党必须从幻想中走出来，且须解决以下几个问题：

一是思想问题。必须克服三个"情绪化"：（1）对历史的情绪化。因为不幸的中国历史，曾使台湾数度遭外敌侵凌，特别是受日本帝国主义50年的殖民统治。但不能因此就否认台湾是中国土地，否认台湾人是中国人，这是不符合历史事实的；（2）对中国大陆的情绪化，不能因为清朝政府和当年国民党专制政府的统治者都出身于大陆，并做过对不起台湾人民的事，就把一切仇恨都集中在中国大陆，造成今天的"逢中必反"，这是完全不对的；（3）对国民党的情绪化，认为国民党非本土政党，又是历史上"二二八"事件的罪魁祸首，从而不顾历史和现实的变化，长期与之结怨，对立与对抗，这同样是非常不好的。还有，从李登辉到陈水扁20年的"去中国化"，也加重了以上三方面的"情绪化"。

二是路线问题。民进党的这个路线集中在"台独党纲"以及后来的"台湾前途决议文"上。这就是"台独"路线的本源所在。历史上的"台湾意识"，具有爱国爱乡的本土特色，是正常的、健康的；而后来在台湾分裂主义者操纵下，则逐渐形成"台独意识"，并据以建立妄图分裂祖国的政党；今天的民进党就是被极少数分裂主义的骨干分子所操纵，执行的是分裂主义路线。他们在"本土文化"幌子下，推行的本质上是"台独文化"，用以与中华文化相对抗。李扁时期的"去中国化"教育，对台湾的"文化台独"更起了推波助澜的作用。所以，民进党的"台独"路线不解决，一切都会无从谈起。

三是两岸关系。民进党在这个问题上已经有了一些进步，例如，未再出现以前那种"街头抗争"的激烈场面；也少见"逢中必反"那种"情绪化"场面；党内许多人士发出了要求改善与大陆关系的呼声。所有这些，都是好的、进步的，应加以肯定。但这都还只是一种策略性考虑，尚未看到其有本质性的改变。最近一个时期来，民进党高层一再表示，愿与大陆进行接触和交流，但又说必须在"尊严"、"对等"、"不设前提"下进行，始终避而不谈"九二共识"。而"九二共识"的核心内容就是一个中国，离开了一个中国原则来谈以上这些，实际就是绕着弯子来搞"台独"和分裂，是不可能达到目的的。

四是与国民党关系。如前所说，民进党对国民党的态度，大都是情绪化的。

一切为反对而反对，错的对的都反对。过去国民党搞专制独裁是错的，应该反对，但国民党毕竟还是爱国的，是赞成"九二共识"和"一个中国"的。它在维护中国主权、领土完整，抗击日本侵略，实现台湾回归中国等方面是有贡献的。这一切，也许就是我们与民进党的根本分歧点。中国共产党是最讲原则的，正是在这些原则的基础上才支持国民党，并与之合作的，民进党所谓国共联合打压民进党和台湾人民的说法是错误的。国民党的爱国虽不算很坚定，但毕竟在向好的方面发展；而民进党所谓"爱台"实际是"祸台"。但只要民进党能改变立场，在一个中国原则的基础上一定可以改善包括国民党在内的与各方关系。

在一个中国原则下，民进党中许多人所希望的"尊严、自由、平等、自主性"，同样都是可实现的。

（四）结束语

笔者在写这篇文章的时候，正值北京"两会"的召开，而且即将胜利结束。面对"两会"的热络气氛，再看看台湾民进党的所作所为，真是既好气又好笑。

中国的主体部分，全体大陆人民，正在铆足劲头，奋发图强，力图进一步改变旧中国面貌，而你们却吵着闹分家、搞分裂，妄图拖住中国前进的步伐，牵制住中国的发展，这难道不觉得汗颜吗？

中国的和平崛起，中国的日益强大，全体中国人民，全世界华人，都感觉到做一个中国人的光荣，而你们本来就是中国人，却停留在旧时代，以做中国人为羞，不承认自己是中国人，这是什么样的感情？

一百多年来，中国人民受欺受压，历尽屈辱，中国的台湾就是在这个时候，被迫割让给日本的，如今中国人民站起来了，扬眉吐气了，而你们却感到那么不舒服，与昔日的压迫者一鼻孔出气，这不觉得反常吗？

"九二共识"，一个中国，反对"台独"，这几乎已是两岸全体中国人的共识，一切友好的国家和人民也都在支持我们，而你们却要以什么"台湾共识"来取代"九二共识"，这不是明明妄图在以"分裂"取代"一中"吗？

好了，从整个台湾岛内形势看，从整个中国形势看，从整个两岸及世界发展趋势看，和谐、和平、合作、发展，乃人心所向、潮流所趋，你们如仍 "对着干"、"逆潮流而动"，最多不过是要在台湾岛内掀起一阵 "茶壶里的风暴"，不会有什么好结果。

总之，希望民进党的朋友们，面对现实，审时度势，认真反思。不要太短视了。"亡羊补牢，未为晚也！"

2012 年 3 月 12 日

本书的结束语

本书写到这里，该说该讲的都说了和讲了。但仍似有言犹未尽之意，这里仍想做以下几点小结和补充。

（一）我父亲时代的家庭，时跨清末民初。祖父李广春出生于清光绪元年，相当于公历 1875 年，死于民国 14 年，相当于公历 1925 年。祖母在世时大体也是这个年代。父亲李昌美（字俊卿）出生于清光绪 29 年，相当于公历 1903 年，死于解放后的 1960 年。母亲吴氏，出生年代与父亲同，死于解放后的 1972 年。说明我祖父和父亲都是生于晚清年代，父亲则成长于国民党上升时期。我生长于国民党统治时期，而我的真正成长则开始于解放前后。本书所说的百年风雨，主要指日本侵略、抗战八年、三年自卫解放战争，以及国民党去台以后海峡两岸分裂和反分裂的斗争，这个斗争至今还没有结束。在我研究台湾的过程中，纵的方面必然要联系中国的近现代史，所以实际上并没有完全限制在百年以内；横的方面也必然联系到有关国家和地区如美国、日本，以及其他与台湾有关的国家和地区。

（二）我生长的家庭，就安徽中部的农村来说，是一个比上不足比下有余的小康之家。家里的水田约 40 亩，草屋六间，全是父亲继承祖父的遗产。祖父一代是"广"字辈，父亲一代是"昌"字辈，全村"广"字辈约八户左右，"昌"字辈的约十五六户，我出生后"广"字辈差不多全已辞世，而像我父亲这样的"昌"字辈，则几乎全是小康之家。我不知道他们的田地财产是怎么得来的，也不知道是否因为村子濒临巢湖，乃鱼米之乡，真正的穷人少之又少。20 世纪 50 年代初农村土地改革时，包括我父亲在内所有"昌"字辈的家庭成分，几乎都划成富农，唯有我家因缺乏劳动力划成"地主"。因为我父亲另有教书收入，所以，家庭收入又是"昌"字辈中条件较好者。虽然如此，在我兄弟姊妹八人中，也只有我一人念到高中毕业，继续读大学的条件就不够了。这是造成我后来失学的一个重要原因。我们家乡一直处在国民党广西部队的统治之下，父亲没有这方面的人脉关系，就业没有门路，这又是我后来必然会投奔解放区去寻找机会上学或就业的一个重要原因。

（三）在我幼年及至进入青年时代，全家对我影响最大的当然是父亲，他是一个半土、半洋、半封建的农村知识分子，也是一个"土律师"，在村子里有相当影响。他基本上是以传统的儒家思想来教育子女的，重名不重利，这对我参加工作后虽然出任过兵站站长、粮库主任等基层财务要职，但能以廉洁自持是一个重要原因。他非常注意子女德、智、体方面的教育，"德"就是德育，强调品德，反对贪、奸诈、说谎、欺骗、损人利己之类的行为。在他所教的学生中如发现有类似行为者，必定"揪"出来以示众。"智"就是智育，强调学习，以知识武装自己，认为田地是靠不住的，肚子里的学问，才是真正的财产，是一种无形财产。"体"就是体育，强调锻炼身体，认为没有强壮的身体，即使是满肚子学问，也是毫无用处的。我小时候就养成一清早就起床跑步的习惯。父亲小时候也是读的私塾，念了不少古文，但他在安徽安庆学堂读过一段时间的书，不知道是否因受"五四运动"的影响，生平反对读古书，读死书，提倡读白话文，学而能用，并提倡读半文半白的"应用文"。这种半文半白的文字，很像现在台湾的文字，这对我后来阅读台湾报纸很有用。

（四）我与台湾之所以有"缘分"，书稿中的许多地方都提到了。最重要的是这样几点：（1）读小学时就从老师那里知道台湾是中国的领土，是甲午战争失败后被日本侵略者抢占的。（2）在父亲举办的"学生补习社"（对外挂乡的国民小学牌子）里，曾不时举办或参加"77抗战日"纪念活动，我替别人撰写的纪念文章或讲稿中，每一次都要提到一定要收复包括台湾在内的中国失土。（3）渡江战役中，我搞过后勤。1951年上半年上海华东粮政研究班学习时，曾申请并被批准去福建参加解放台湾的后勤支援工作，后因朝鲜战争爆发而被留在上海工作。（4）在华东粮食局工作的一段时间，知道华东区包括浙江、江苏、山东、安徽、福建、台湾六个省，而每年举行的全区性业务会议，独缺台湾一个省的代表，五个省我都跑遍了而唯独台湾去不成，因而总是感到有一种遗憾。（5）从1973年开始我改行研究台湾经济，一直到1991年共18年，一直从事台湾方面的研究；1991年离退后迄至写完本书草稿（2011）又是20年，即前面曾提到的成为对台研究"个体户"的时间，先后共38年多，我的对台研究如今仍在继续中，这就是我的"台湾缘"。

（五）我自1991年离退以后，为什么还要继续进行对台湾的研究呢？香港《中国评论》记者郭至君小姐在访问我时，我谈了三点：一是感情，几十年的对台研究，不仅使我对这份工作有了感情，也使我对台湾这个地方、对台湾同胞，产生了深厚的感情，我非常同情台湾同胞历史上遭受的苦难，因而觉得他们目前在对统一的态度上，在对台当局的大陆政策上，有这样那样的顾虑是完全可以理解的。二是使命，台湾土地是中国的土地，台湾人民是中国的人民，作为一个长期的对台工作者和研究者，觉得在促进两岸和解与祖国和平统一大业上，应义不容辞地作出自己应有的一份奉献。三是保健，自己已经退下来了，应该有两个"动"，一是体动，不能忘记锻炼身体，这方面我是一直坚持的，早已从年轻与中年时的早晨跑步，转为老年时期的太极拳和散步活动等；二是脑动，现代医学认为，动脑可以延缓衰老。对我来说，即不放弃动脑，不放弃做学术研究和写评论文章。直到目前为止，我还在继续向着以上所说的几个方面努力。

最后，我个人还想着重谈一下，关于台湾的未来和台湾问题的解决之道。我在这一方面的研究、认识和想法，本书其他的好几个篇章都谈到了，这里不想太多重复。问题是今后究竟怎么办？其实《自序》中也已谈到。鉴于目前的状况，深感这个问题很复杂，并似越来越复杂。上面谈到，自己对台湾同胞历史遭受的苦难非常同情，对他们在统一问题上的态度，以及对发展两岸关系上的某些不信任和反弹表示理解。但问题是，现在有些人在这方面早已超越了界限，尤其是被"深绿"和"基本教义派"所牢固控制或绑架的民进党，已走向了分裂祖国的"不归路"。有人说，民进党的"台独"其实是"假议题"，不用担心，不能说没有道理。然而，其中很多人却是"假戏真唱"，也想"弄假成真"。其结果是，影响很坏，严重地阻碍了两岸关系的和平发展和最终的和平统一。民进党中的核心决策者——"主独派"，已日益成为美日等外国势力干涉中国内政的政治工具。

过去，许多人所曾经担心的"五都"选举已经过去了。国民党保住了台北、新北、台中三个市，民进党保住了台南、高雄两个市，而从选票上看，民进党则比国民党多得选票 40 万张，其气势也超过国民党。目前许多人所担心的则是民进党在 2012 年或 2016 年重新执政，届时现在的两岸关系有可能倒退。我的想法，一是要阻止，千方百计阻止这股分裂祖国势力重新上台，只要工作做得好，还是有可能做到的；二是不要怕，即使上台了，也没有什么了不起。现在中国大陆推行的和平发展路线是正确的，但和平发展不等于没有斗争、没有较量。和平发展靠的是"软实力"而不是"硬实力"。过去，国共两党的较量主要靠"硬实力"，也靠"软实力"，是"硬实力"和"软实力"的结合。现在海峡两岸的较量主要靠"软实力"，而"硬实力"则是备而不用的后盾。过去在大陆时，共产党靠的是"硬实力"和"软实力"的结合，打败了国民党的八百万军队；而如今在台湾，大陆 13亿人和台湾 2300 万人中的大多数人结合起来所形成的"软实力"，就无法对付最多占台湾人口 20％的"台独"分裂势力？问题是国民党包袱太多太重，有些畏首畏尾，不敢放开手脚，加上有些政策失当，措施不够有力，无法形成一股团结大多数人的坚强有力的"软实力"；而一旦民进党重新上台执政，其所再一次直接面对的就是中国大陆 13 多亿人口所形成"软实力"，再加台湾岛内、世界华人各种"软实力"的结合和配合，以民进党"主独派"为代表的分裂祖国势力，还能继续像现在这样气焰嚣张吗？看来民进党的"主独派"正迫不及待地想亲自上第一线继续与中国大陆直接较量，说不定还是好事呢！

对于民进党他们中的绝大多数人，我的指导思想还是还是多做工作、多沟通、多化解，而且是真心诚意地去团结和争取，因为这股力量的形成毕竟是中国不幸的历史和中华民族不幸的历史所造成的，他们也毕竟是我们的骨肉同胞和兄弟姐妹，应该在充分理解和同情的基础上更认真、更耐心、更细致地做好他们的工作。

总之，我对台海形势、海峡两岸的未来，总的还是很乐观的。第一，祖国大陆已经和平崛起，这会是团结包括台湾大多数和全世界华人在内的不可战胜的核心力量，也会是对"台独"分裂势力构成最大的威协力。第二，中国大陆关于两岸关系和平发展的政策，是符合包括台湾在内的全体中国人民的最大利益的，是得人心的，是"台独"分裂势力不可抗拒的。第三，"台独"分裂势力并不是铁板一块，除极少数是属于追求所谓"台独"理念的死忠分子以外，其余大都是一些并不坚定动摇于蓝绿之间的"浅绿"或中间分子。只要我们的政策对头，大多数人包括一些死忠分子都是可能争取的。第四，由于中国大陆的和平崛起，政经军实力增强，以及中国在国际地位和影响上的日益增大，外国干涉势力公开支持"台独"分裂势力的行动也会愈来愈有顾忌并趋于收敛。然而，不仅如此，我认为最重要的还是应从各个方面努力，最大范围地争取包括中下阶层的广大台湾同胞，使他们亲身感受到祖国大陆对于他们的真心关爱，感受到搞"台独"分裂对自己和对台湾人民没有任何好处，从而最大限度地孤立这股势力。人民是力量的源泉，只有人民觉悟了，绝大部分台湾同胞都能认识到两岸和解的重要性、团结的重要性、和平发展的重要性，如是则中华民族的伟大复兴，以及两岸人民共奔富强康乐之道，才能因两岸大多数人民有共识而"有厚望焉"。

2011 年 3 月 2 日

注：本书结束语是 2011 年 3 月 2 日写的书稿大部分是在 2010 年底完成的，如今又已一年多了，形势有了新的发展。我的未尽之言，在本书第七篇全书补遗——最新的几篇评论文章中已有所补充，这里就不再重复了。

2012 年 6 月 10 日